멋진 인생
건강하고 달달하게

멋진 인생 건강하고 달달하게
이원희 지음

초판 인쇄 2025년 04월 10일
초판 발행 2025년 04월 15일

지은이 이원희
펴낸이 신현운
펴낸곳 연인M&B
기 획 여인화
디자인 이희정
마케팅 박한동
홍 보 정연순
등 록 2000년 3월 7일 제2-3037호
주 소 05056 서울특별시 광진구 자양로 73(자양동 628-25) 동원빌딩 5층 601호
전 화 (02)455-3987 팩스 02)3437-5975
홈주소 www.yeoninmb.co.kr
이메일 yeonin7@hanmail.net

값 17,000원

ISBN 978-89-6253-601-0 03810

흐르는 물처럼, '건강하고 달달하게' 건달로 사는 것

멋진 인생 건강하고 달달하게

이원희 지음

인생을 어떻게 살 것인가?

단 한 번뿐인 인생을 가치 있게! 보람 있게! 멋있게!
무언가 새로운 것을 찾아가면서 한 점 후회 없는 삶

연인M&B

프롤로그

세상은 넓고 할 일은 많다. 돌이켜 보면 지난 세월 나는 앞만 보며 정신없이 달려왔다. 푸른 제복에 청춘을 바쳤고, 전역 후 대기업에서 직장인으로서의 삶도 맛보았으며, 학생들을 가르치고 연구원으로서의 생활도 해 봤다. 한 마디로 변화무쌍한 삶이었다. 그러던 어느 날 문득 그 오랜 세월을 살아오면서 너무 주어진 틀에 맞춰 수동적인 삶을 살아온 게 아닌가 하는 생각이 들었다. 급기야 "뭣이 중헌디?"라는 생각과 함께 '남은 인생을 어떻게 살 것인가?'에 대한 고민을 하기 시작했다.

하고 싶은 일을 하며, 웃으며 즐겁게 살아도 짧은 생이 아닌가? 오랜 생각과 고민 끝에 찾은 답은 흐르는 맑은 물처럼 살고, '건강하고 달달하게' 건달로 사는 것이었다. 왜 물처럼 사느냐고? 나의 호(號)가 바로 '상수(常水)'이기 때문이다. 노자의 상선약수(上善若水)를 좋아하고, 손자병법의 병형상수(兵形象水)를 연구하던 나를 보고 지금은 고인이 되신 풍석(風石) 이종학 교수님께서 '늘 흐르는 물처럼 살라.'고 하시면서 지어 주셨다. 그래서 지금도 그 이름에 맞게 살려고 노력하고 있다.

우리의 생명을 지켜 주는 물은 낮은 땅속에서 샘물처럼 솟아오르기도 하고, 하늘의 구름이 비를 만들어 뿌리기도 한다. 어느 산골짜기 높은 곳에서 생겨난 작은 물방울은 아래로 흘러내려 작은 물줄기를 이루어 시냇물이 되고, 점점 커져 강물이 되어 바다를 향해 흐른다. 우리네 삶도 이와 마찬가지가 아니겠는가?

가끔 장애물이 나타나 흐름을 방해하면 돌아가기도 하고, 때론 깊은 웅덩이에 모여 있다가 힘을 비축해 큰 폭포를 이루어 떨어질 때도 있다. 이처럼 물은 늘 아래로 향하기에 결코 거스르는 법이 없다. 도도한 강물을 이루어 바다를 향해 유유히 흘러가는 그 느낌이 얼마나 좋은가? 물처럼 살아온 지난 세월, 지금이 가장 좋은 때이자 내 인생의 화양연화(花樣年華)라고 할 수 있다.

'인생을 어떻게 살 것인가?'라는 고민은 삶의 목표를 결정하는 대단히 중요한 문제이다. 내 평생 단 한 번뿐인 인생을 '가치 있게, 보람 있게, 멋있게' 살아야 할 것 아닌가? 무언가 새로운 것을 찾아가면서 한 점 후회 없는 삶. 그래서 삶의 수레바퀴는 다람쥐의 쳇바퀴와는 달라야 한다. 마지못해 끌려가듯이 사는 수동적인 삶이 아니라 스스로가 인생의 주인공이 되어 창조적인 삶을 살아야 하지 않겠는가 말이다.

수년 전 좋은 사람들을 만나 인문학에 눈을 뜨고 등단하였으니 나는 참 복이 많은 사람이다. 세상의 많은 사람들이 시를 짓고 수필과 소설을 쓰고 있다. 그런데 신춘문예나 문예지 등을 통해 소개되는 글들이 신선한 것이 아니라 마치 찍어 낸 국화빵처럼 비슷비슷한 작품이라면 무슨 재미가 있겠는가? 차라리 재야에 숨은 고수들이 툭툭 던지는 삶의 지혜가 묻어나는 그런 토막글들이 더 감동을 줄 수도 있다.

작가의 길은 결코 화려한 길이 아니라 험난한 가시밭길이요 풀 한 포기 나지 않는 막막한 사막의 길일 수도 있다. 그럼에도 불구하고 나만의 특성이 있는 글을 써 봐야겠다는 생각을 했다. 이 책은 등단

후 처음으로 발간하는 나의 애정이 담긴 작품이다. 다른 에세이들과 달리 뭔가 즐거움과 재미를 줄 수 있다면, 독자들이 자신도 모르게 입가에 미소를 짓게 된다면 나는 대만족이다.

나이 들어 중요하다고 하는 '건처재사우(建妻財事友)'를 생각했다. '健'은 육체와 정신의 두 가지, '妻'는 아내와 가족들에 대한 것이다. '財'에 대한 얘기는 가급적 피했는데 현재 지닌 것들을 아껴 쓰면 좋겠다는 생각이 들었기 때문이다. '事'는 어릴 때부터 해 본 농사일과 군사학도라는 학자로서의 두 가지 측면, '友'는 그동안 함께해 온 고향과 학교 친구, 군의 전우 그리고 사회생활을 하면서 인연을 맺은 친구들에 대한 것이다. 이 다섯 가지에 웃음과 해학, 즐거움과 낭만이라는 조미료를 첨가해서 재미를 더하고자 했다. 그래서 '건달작가'라는 닉네임에 부끄럽지 않으려고 노력했다.

사람은 변신에 변신을 거듭하는 카멜레온과 같은 존재이다. 소년, 장년, 노년 등 성장해 가는 시간에 따라 변하고, 직장과 집 등 장소에 따라 변하며, 시대적 상황과 환경에 따라 변화하기도 한다. 나 역시 1인 다역을 하며 변화무쌍한 삶을 살아왔다. 남자로 태어나서 아들과 남편, 아버지라는 역할을 했고, 학교에서는 선생이자 제자, 친구 역할을 했으며, 군에서는 생사를 같이하는 전우이자 친구로, 일터에서는 미로를 찾아가는 학자이자 연구자, 게으른 농부로 살아왔다.

나의 필명은 건달이다. '건강하고 달달하게'라는 의미를 지니고 있다. 한 마디로 나는 '건달작가'이다. 신나게 놀기를 좋아하여 팔도강산을 누비며 유랑을 하고, 농부의 아들이라는 DNA를 버리지 못하고 늘 게으른 농부로 지내면서 하루가 다르게 자라나는 농작물을 바라보며 감사한 마음으로 지내기도 한다. 또한 평생 걸어온 무인(武人)의 길도 버리지 못하고 군사학도로서의 역할도 마다하지 않는다.

우리 한민족은 신바람 민족이다. 그 핏줄을 타고 난 나는 오늘도 '흥생흥사', '폼생폼사'를 외치며 살아가고 있다. 최근 들어 웃음을 잃어버린 많은 사람들에게 웃음을 찾아 주고 싶은 것이 나의 작은 바람이요 이 글을 쓰는 목적이기도 하다. 부족하지만 이 글을 통해 단 한 사람이라도 작은 행복을 느끼고 웃을 수 있다면 성공이다. 그랬으면 참 좋겠다.

2025년 꽃피는 봄날
건달작가 이원희

| 차례 |

2장 게으른 농부

3장 꿈꾸는 방랑자

4장 영원한 노병

1장

신나는 건달

두 번 다시 오지 않는 인생이다
지금 이 순간을 당신의 화양연화로
카르페 디엠!

노자! 노자! 젊어서 노자!

나의 호(號)는 '상수(常水)'이다. 노자 도덕경(道德經) 8장에 나오는 '상선약수(上善若水)'를 좋아하는 것을 보고 은사님께서 지어 주셨다. '늘 흐르는 물과 같이 살라.'고. 그래서 그 뿌리를 찾아 2,500년을 거슬러 올라가 노자를 만나러 갔다. 그런데 구름 위에 앉아 도(道)를 논하는 노자를 먼발치에서 바라보기만 하다 왔으니, 오호 통재라!

「노자」를 처음 접한 것도 아닌데 왜 이리 어려운가? 어떤 대목에서는 시원하게 나아가다가 어떨 땐 가슴이 턱턱 막히기도 한다. 하세월이라고 느껴질 만큼 진도도 무척 느리다. 언제 다 보나 하다가 아예 책을 「노자, 최상의 덕은 물과 같다」로 바꾸었다. 그러고는 책 제목대로 물 흐르듯이 그냥 슬슬 넘겼다. 좋아서 읽는 책 때문에 스트레스 받으면 안 되니까….

그런데 책 제목에 이상한 점이 하나 있다. 나는 상선약수(최고의 선은 물과 같다)를 찾아 여기까지 왔는데 제목이 '최고의 덕은 물과 같다'니… 그러면 善과 德은 같다는 의미인가? 모르겠다. 누군가 한자로 善은 다음과 같이 여러 가지 의미가 있다고 했으니 참고하기로 하자.

① '착하고 바르다'는 의미: 善惡, 積善
② '잘 한다', '능력을 충분히 발휘한다'는 의미: 善用, 善處, 善戰
③ '사이가 좋다'는 의미: 親善, 善隣

사마천의 「사기(史記)」에 의하면, 노자는 초나라 사람으로 이름은 이(耳), 자는 담(聃)이라 했으니 이름과 자 모두 큰 귀와 관련이 있음을 알게 해 주는 대목이다. 노씨라는 성은 태어날 때부터 늙은 모습이라 붙여진 것이라는 얘기도 있지만 그가 언제 태어났고 언제 죽었는지는 불명확하다. 그는 주나라의 장서를 관리하던 사관(도서관장)으로도 알려져 있으니 그곳에서 얼마나 많은 자료를 접했을까 궁금해지기도 한다.

사마천의 「사기열전」 권63 〈노자한비열전〉에 '공자가 노자에게 예(禮)를 물으러 왔다'는 얘기로 보아 이 두 사람은 동시대의 인물로 노자가 연배가 높다고 볼 수도 있다. 문득 성인들과 철학자들의 출생 시기가 궁금해 찾아보니 석가–노자/공자–헤라클레이토스–소크라테스–플라톤–장자–예수–마호메트 순으로 나온다.

「노자」, 「도덕경」, 「노자 도덕경」 모두 같은 내용들이다. 노자의 도덕경은 5,200여 자로 상편 37장, 하편 44장 총 81장으로 구성되어 있으며, 그 명칭은 노자 상편 1장 "道可道 非常道(도라고 말할 수 있는 도는 참다운 도가 아니다)"의 道와 하편 1장 "上德不德(최상의 덕은 자기의 덕을 의식하지 않는다)"의 德을 합해서 부르는 이름이다. 1~37장이 노자 철학의 원리를 다룬 기둥이라고 본다면, 38~81장은 道의 현실적 운용을 다루고 있다고 볼 수 있다. 도덕경을 통해 道와 자연 그리고 인생을 이야기하고 있는 노자는 우주의 본질이 道이고, 우주 만물은 道로부터 탄생하며, 德은 道의 작용이요 道의 드러남이라고 설파하고 있다.

임어당은 "도덕경은 가다듬지 않아도 그 자체로 빛이 나는 보석"이라고 했고, 라이프니츠는 "동양을 알려면 먼저 도덕경을 읽어라."라고 했다. 헤르만 헤세, 칼 구스타프 융, 간디, 베르나르 베르베르 등이 도덕경의 영향을 받았으며, 서양에서 성경책 다음으로 가장 많은 외국어로 번역된 베스트셀러이기도 하다.

노자의 핵심 사상은 '무위(無爲)'다. 노자의 5천여 자를 용광로에 넣고 펄펄 끓이면 아마도 '무위'라는 두 글자만 남게 될 것이다. 여기서 '무위'란 아무것도 행하지 않는 것이 아니다. 이한우의 간신열전(無爲와 有爲)에서는, 無爲의 爲란 僞(거짓)로 억지스러움이니, 무위란 행하되 억지스럽게 해서는 안 된다는 말이고, 有爲란 뭔가 의도나 의지를 갖고서 억지로 행한다는 뜻이 된다고 해석하기도 한다.

마지막 장을 넘겼는데 머리는 텅 비었다. 道는 비우는 것이라더니 벌써 도통했나? '학문은 하루하루 더해 가는 것이고, 도는 하루하루 덜어내는 것(爲學日益 爲道日損)'이라는 말이 새삼스럽게 다가온다. 노자

도덕경은 한마디로 도(道), 두 단어로 무위(無爲), 네 글자로 무위자연(無爲自然)이라는 생각만 남았다. 아, 그러고 보니 하나 더 남은 게 있구나. 노트에 남긴 81개 장의 첫 구절들!

정전이 가져다 준 소확행

아파트 배전반 교체 작업으로 정전이 되어 전기 및 인터넷 등 통신이 중단되고, 수도, 온수, 승강기 운행이 원활하지 않을 수 있다는 방송에 마나님을 모시고 집을 나섰다. 잃었던 점수를 딸 수 있는 절호의 기회가 아닌가?

차를 타고 길을 오가며 간판은 보았지만 여태 가 보지 못한 곳. 조그만 시골 마을의 한식당을 찾았다. 이름하여 '다솜차반'. '다솜'은 사랑의 순수한 우리말이고, '차반'은 잘 차린 음식을 말한다. 그런데 음식 받침대에 쓰인 글이 무척이나 인상적이다. 페이스북을 하며 친구를 맺은 분들 중에 유난히 시인이 많아 자연스레 집주인도 시인인가 하는 착각에 빠진다.

햇빛, 달빛, 물빛 가득 머금은 생명 음식
물항아리 동김치 담고
햇빛 조물조물 겉절이 묵나물 무쳐

사랑 솥밥 고슬고슬 뜸 들면
정성스런 차반 한상
다솜으로 차린다는 음식 약속입니다.

호박죽을 먹고 '왜 밥은 안 나오지?'라는 생각이 들 때쯤 직원이 살며시 다가와 하는 말. "음식은 두 번 나옵니다. 요걸 다 드시면 다음 음식을 갖다 드립니다." 정말 센스 만점이다. 손님이 뭐가 필요한지, 무슨 생각을 하는지를 알아본다는 것 아닌가? 연필 들고 좌판만 깔면 되겠다.

이곳 주차장에 차가 꽉 들어차 있는 이유가 있었던 것이다. 음식값은 아름다운 풍광과 서비스를 생각하면 전혀 비싼 게 아니었다. 사람은 배만 부르다고 만족하는 게 아니지 않은가? 맛있게 먹고 나오는데 건물 입구에 영축 총림 통도사 주지이신 '원산 도명 스님'이 교훈을 내걸었다. 들어갈 땐 못 본 글이다.

〈교훈(教訓)〉

봄에 씨앗을 뿌리지 아니하면
가을에 거둘 것이 없고
어려서 배우지 아니하면
늙어서 아는 바가 없으며
아침에 일찍 깨어서 서둘지 아니하면
할 일을 다하기 전에 어둠이 온다

오늘은 다시 돌아오는 내일이 아니니
주어진 하루에 최선을 다하여
후회없는 생활을 하여라.

가슴이 뜨끔하였다. 게으른 농부인 내가 늘 하던 말은 "봄에 씨앗을 뿌리지 않으면 가을이 편안하다."였는데… 나를 꾸짖는 말이 아닌가? 다행히 그 옆의 글을 보고 위안을 삼는다. "웃어도 하루, 화내도 하루!"

넓다란 잔디밭에 앉아 커피를 마시며 활짝 갠 하늘을 바라보니 속웃음이 절로 난다. 아, 정전이라고 짜증을 내었는데 집을 나오길 잘했다. 일일시호일(日日是好日)이라 했던가? 그래. 오늘만 같아라. 인생 뭐 있어? 이렇게 웃으며 즐겁게 살면 그만이지. 조그만 눈덩이가 모여 눈사람을 만들고, 시냇물이 모여 바다를 이루지 않는가? 그런데 이렇게 작은 행복이 모이면 뭐가 될까? 그것이 궁금한 하루다.

내 인생의 봄날은 지금이다

친구들과 며칠을 놀다 왔더니 일말의 염치가 남았는지 마나님 보기가 민망하다. 그래서 가까운 논산 양촌에서 곶감축제를 한다고 해서 짝꿍과 함께 축제장을 찾았다. 주차장 옆에 차를 대고 내리니 냇가의 윤슬이 유혹한다. 작은 시내지만 잔물결에 작은 파동이 일고 그 파동에 빛이 비추어 불규칙적으로 빛이 반사된다. 윤슬과 이슬의 '슬'은 그 차이가 무엇일까? 갑자기 의문이 생긴다.

축제장에서는 벌써 공연이 시작되었다. 얼굴을 모르겠으니 아마도 유명 가수는 아니고 동아리 활동을 하는 분인 듯하다. 하지만 노랫가락이 주는 흥겨움은 나로 하여금 어깨춤을 추게 한다. 금잔디의 '오라버니'를 불러 대니 이 어찌 흥겹지 않으리오. 볼거리도 제법 풍성하다.

바비큐를 할 수 있을 정도로 큰 드럼통 위에는 큼직한 고기들이 익어 가고, 터키의 케밥도 보이고 각양각색의 감으로 만든 예쁜 음식들도 그 자태를 뽐낸다. 짝꿍은 곶감 무늬의 작은 가방도 하나 샀다. 딸이 이런 곳에 들르면 기념이 될 만한 걸 무조건 하나씩은 사라고 했다나 뭐라나.

이곳저곳 음식을 파는 부스를 둘러보면서 계속 맛을 보다가 보니 서서히 배가 불러온다. 역시 축제장은 이런 맛에 오는 게 아닌가 싶다. 그런데 문제는 부스 주인들이 맛보기로 던지는 미끼를 덥석덥석 물다 보니 손에 든 보따리가 점점 늘어 간다는 것이다. 공짜로 맛만 보고 가기가 미안해 사게 되는 건 나와 짝꿍이나 마찬가지다. 곶감 축제장에 와서 문어, 버섯, 다시마 등 엉뚱한 것들만 잔뜩 샀다. 안 되겠다 싶어 곶감을 사기로 작정했다.

곶감 축제장이라 그런지 곶감 부스가 20개는 되는 것 같고, 곶감과 관련된 얘기들도 많이 나온다. '호랑이보다 무서운 곶감'의 민담으로부터 '감나무 밑에 누워서 입안에 홍시 떨어지기를 기다리지 마라.'는 교훈도 있다. 속담 중에는 그동안 몰랐던 것들이 많다. '우선 먹기는 곶감이 좋다.'는 말은 많이 들어 봤지만, '곶감죽을 먹고 엿목판에 엎드러졌다.', '곶감이 접 반이라도 입이 쓰다.', '곶감죽을 쑤어 먹었나.' 등은 해설을 봐야 이해가 된다. 역시 배움의 길은 끝이 없는가 보다.

이번 축제장에서의 하이라이트는 '명언/가훈 써 주기' 코너에서 일어났다. 신청한 글을 무료로 써 준다기에 '락희당(樂喜堂)'이라는 글을 한자로 신청했다. 오래전부터 시골 농막 위에 걸어 놓고 싶었던 글이다. '즐겁고 기쁘다'는 뜻의 '락희'를 잘 읽으면 '럭키(Lucky)'로 들려 행운까지 가져온다면 이야말로 금상첨화가 아니겠는가? 20~30분 후에 오라는 얘기에 축제장을 한 바퀴를 더 돌고 왔다.

그런데 감 그림을 그리고 계시던 분이 그림도 신청하면 그려 준단다. 얼씨구나 싶어 정중히 부탁을 했다. 다정한 목소리로 "작가님, 그림 옆에 '내 인생의 봄날은 지금이다'라고 써 주시면 정말 감사하겠습니다."라고. 어떤 양반인지 궁금했는지 얼굴을 들어 한번 쳐다본다. 빙그레 웃는 미소로 답했다. 부스 안쪽 줄에 걸려 있던 파랗고 붉은 감 그림들이 응원을 하는지 아래위로 펄럭인다.

작가가 그림 그리는 것을 가까이서 구경하는 것도 묘한 즐거움을 준다. 쓱쓱 싹싹 하는 것 같은데 금방 그림이 완성된다. 달인이 따로 없다. 한 장도 아닌 세 장을 부탁하고 보니 봉사하는 분들에게 미안한 생각이 든다. 그래서 서예화가에게 작은 목소리로 "커피라도 한 잔 드시겠냐?"고 물었더니 안 된단다. 일행이 5명이라 혼자만 먹을 수가 없다면서… 어떻게 하나? 짝꿍은 눈짓으로 '얼른 갔다 오라.'는 신호를 보낸다.

달짝지근한 라떼로 다섯 잔! 그 기다림이 왜 이리도 긴지. 혹시나 싶어 기호에 맞게 골라 드시라고 두 잔에는 시럽을 넣었다. 무사히 배달 임무 완료! 봉사하시던 분들이 모두 감사하다고 하시는데 내가 더 큰 위안을 받는 느낌이다. 하긴 이해인 수녀께서는 〈가을 엽서〉라는 시에서 '낙엽 빛깔 닮은 커피를 한잔 마시면서 사랑하는 마음을 더하면 쓴맛도 달게 변한다.'고 한 적이 있었지.

내 감 그림에는 다른 것과 달리 먹 이외에는 다른 색을 사용하지 않았다. 나중에 들은 얘기지만 내가 커피를 사러 간 사이 짝꿍에게 "내 나이가 좀 있어 보여 그에 맞게 그렸다."고 일러 주셨단다. 맞춤형 그림을 그려 주는 그 마음이 정말 예쁘고 인상적이다. 사실 나는 다른 색깔까지 들어간 알록달록한 것도 좋았었다.

그런데 집에 와서 보니 짝꿍이 그분 이름을 알고 있는 게 아닌가? 내가 없는 사이 이름을 물어보았단다. 혹시나 싶어 인터넷에 찾아보니 남원에서 태어나 지금은 양촌에서 사시는 '응천 김갑순' 선생님이다. 두 번의 개인전도 열었고, 국선을 비롯해서 많은 상도 받았다. 어찌 여유가 있어 보인다고 생각했다.

그분이 좋아하는 글 중에 '산을 움직이는 사람은 작은 돌부터 옮긴다.', '인생의 모든 문제는 한 번에 해결되지 않는다.'는 글들이 눈에 들어온다. 글을 보면 사람을 알 수 있다고 했다는 말이 이럴 때 하는 말이 아니겠는가? 좌우간 기억하고 싶은 참 고마운 분이다.

오는 길에 차 뒤에 쓰인 글을 보고 배꼽을 잡았다.

극한 초보
지금까지 이런 초보는 없었다.
이것은 액셀인가 브레이크인가

가만히 생각하니 나는 지금 인생 열차의 액셀을 밟고 있는가, 브레이크를 밟고 있는가? 〈고장 난 벽시계〉의 노랫말처럼 세월은 고장도 없이 달려가는데 가속도까지 붙었다. 브레이크를 밟아야 하는데 건달로 살다 보니 신나게 액셀을 밟고 있다. 그러니 속도가 줄여질 리가 있나? 내 인생의 봄날은 바로 지금인데 그 봄날이 또 이렇게 흘러간다.

신바람 나는 세상

2023년의 끝자락에 가황 '나훈아 콘서트'에 다녀왔다. 나훈아 노래를 이제 다시 들어볼 수 있을까 라는 짝꿍과의 대화를 귀담아 들은 아들이 친구들까지 동원해 어렵게 구한 표다. 정작 아들은 표를 구하지 못했고, 친구 두 명이 각각 한 장씩 구하다 보니 자리도 뚝 떨어져 있다. KTX와 지하철을 몇 번 갈아타고 공연장인 일산 킨텍스 근처에 일찌감치 도착해 다슬기 아욱국으로 점심을 해결했다. 식사를 하며 나가는 손님들마다 주인에게 킨텍스가 어디냐고 물어 대니 공연장 위치 정보는 덤으로 돌아왔다.

수많은 인파 속을 헤치며 공연장에 들어갔다. '지나친 박수와 환호는 건강에 좋습니다, 노래는 큰 소리로 따라 부르거나 춤을 춰야 청춘을 돌려받습니다, 나훈아를 스마트폰으로 보지 말고 눈에 담아 가십시오, 나훈아 콘서트는 1초의 오차도 없이 진행됩니다' 등의 자막이 차례로 뜬다. 그의 공연 철학과 관객에 대한 서비스 정신을 알 수 있는 대목이다.

드디어 공연 시작, 노래는 신나게 달리는 열차 소리와 함께 〈고향역〉을 시작으로 신곡인 〈체인지〉 그리고 〈기장 갈매기〉, 〈사내〉 등이 이어졌다. 특히 〈사내〉라는 노래 중 '사내답게 살다가 사내답게 갈 거다'라는 대목에서는 메말랐던 가슴이 울컥해진다. 하긴 나도 한때는 닉네임이 싸나이였으니까.

자신을 트로트 가수라 부르지 말고 전통 가수라고 불러 달라는 그는 뛰어난 가창력에 사내다운 카리스마도 있고, 무대 장악력과 연출 능력도 탁월하다. 한때는 남진과 라이벌 관계를 구축하며 한 시대를 풍미했던 가수다. 히트곡이 무려 120곡, 자작곡 800여 곡, 취입한 곡이 2,600곡, 앨범이 200장을 넘는다. 방송 출연을 하지 않는데도 불구하고 노래방 책에는 가장 많은 곡이 실려 있다. 이런 그가 가황이라 불리지 않는다면 오히려 이상한 일이다. 모창 가수는 물론이고 수많은 짝퉁 가수도 여러 명 만들어 냈다. 더구나 익히 알려진 사실이지만 1996년 일본 오사카 공연에서 '독도는 우리 땅'이라 노래했고, 텃세 심한 미국 공연도 최고의 대우를 받으며 다녀왔지만, 2018년 북한 김정은의 평양공연 초청에는 자기 고모부를 쏴 죽인 자 앞에서 노래를 부를 순 없다며 응하지 않았다.

노래 중간에 하는 그의 인사말이 친근하게 다가온다. "고맙습니다. 오늘 저는 잘할 낍니다. 우째기나 잘해야 합니다. 왜냐하면 오늘은 금년도 마지막이기 때문에 특별한 날에 귀한 시간을 내어 주신 분들께 본전 생각나지 않게 해야 하지 않겠습니까? 무대에서 죽는 한이 있더라도 잘하겠습니다."라며 너스레를 떤다. 그러고는 시간을 아낀다며 노래를 한 곡씩 할 때마다 무대 위에서 그냥 옷을 갈아입었다. 넌지시 묘한 실루엣을 보이면서….

TV는 뉴스 외에는 보지 않는다는 그는 한국의 인구감소 문제가 심각하다면서 대한민국이 사라질지도 모른다는 내용과 인도의 74세 할머니가 쌍둥이를 낳았다는 신문기사를 영상으로 내보이며 애들이 아이를 낳지 않으니 우리라도 낳아 보자고 해서 관객석에서는 폭소가 터져 나왔다. 우짜든동 애들을 꼬셔서 애를 낳게 하란다. 애는 내가 봐줄 테니 걱정 말라고 해 놓고, 나중에는 내가 너를 키웠듯이 네 애들은 네가 키우라고 하면 된단다. 그러고는 기를 준다며 찢어진 청바지에 흰 민소매 티를 입고 〈청춘을 돌려다오〉를 열창한다.

수년 전에도 충남대 정심화홀에서 나훈아 콘서트를 본 적이 있다. 당시 매일 차를 타기만 하면 트로트를 틀어 대는 나에게 짝꿍은 좀 고상한 노래, 조용한 노래를 틀면 안 되느냐고 했지만 나는 주야장천 나훈아 노래만 틀어 댔다. 그러다 우연히 나훈아 공연이 있다는 소식을 듣고 생각이 없던 짝꿍을 꼬셔 함께 공연에 갔던 것이다. 그 이후, 그토록 나를 타박하던 사람이 트로트에 대한 생각이 바뀌고, 나훈아를 극찬했다. 상상도 못했던 백티에 찢어진 청바지를 입고 열창을 하는 모습, 세련되지 않은 경상도 사투리로 관객을 쥐락펴락하면서 최선을 다하는 모습이 그토록 아름다웠던 모양이다.

오래전 군 지휘관으로 근무 시 '내 평생에 단 한 번! 가치 있게! 보람 있게! 멋있게!'라는 부대 슬로건을 내걸었던 적이 있다. 두 번 다시 오지 않는 인생이다. 순간순간 최선을 다하고, 신나게 살아야 한다. 그렇게 누적된 삶이 최고의 삶이 아니겠는가? 여자는 여자다울 때 매력이 있듯이 남자는, 사내는 사내다워야 멋이 있다. 공자도 '君君臣臣 父父子子'라 하지 않았던가? 한번 사는 인생, 늘 흐르는 물처럼 빙그레 웃는 얼굴로 신나게 살고 싶은 것이 테스형을 닮고 싶은 나의 개똥 같은 인생철학이다.

딸랑 딸랑 딸랑

누군가 여름철 최고의 피서는 방콕이란다. 에어컨 틀어 놓고 시원한 수박이나 먹으면서 '방에 콕 들어박혀 지내는 것'이 편하고 좋다는 말이다. 그런데 그 좋은 피서를 팽개치고 뜻을 같이하는 친구들과 이열치열을 택해 필드에서 놀기로 했다. 다행히 짝꿍의 허락이 떨어졌다. 처음에는 "이렇게 무더운 날에 그런 것은 삼돌이나 돌쇠를 시키면 될 것을 찾아서 생고생하느냐?"며 반대하더니. 애잔한 눈빛의 나를 한번 쳐다보고는 '메뚜기도 한철'이니 알아서 하라는 얘기를 한다. 감사한 일이다.

이번에는 웬일인지 그 어렵던 골프 부킹도 풍년이다. 이틀간 2건 이상씩 되니 골라서 치는 재미도 있다. 그래서 우린 모처럼 타군을 배려해 준 감사의 마음을 담아 충주와 원주의 공군체력 단련장을 이용하기로 했다. 무더위를 이길 수 있도록 서로서로 '단디 준비하라.'는 말을 전하면서.

첫날 운동은 말 그대로 혹서기 운동이었다. 땀이 주체하지 못하고 온몸의 땀구멍에서 봇물 터지듯이 줄줄 흐른다. 중간중간에 수분을 보충해 줘도 갈증은 끊이질 않는다. 그래서 내가 그랬다. "오늘 운동은 무사히 마치는 것이 목표!"라고. 그런데 몇 홀을 남겨 두고 다리에 쥐가 난다는 친구도 나왔다. 이 친구는 늘 허리가 안 좋다고 하면서도 골프만 치면 괜찮아진다고 했었는데. 어쩌겠나? 먼저 나가서 몸조리하라고 했다. 즐기자는 운동 때문에 사람을 잡을 순 없지 않은가?

저녁에는 ○○회관에서 모처럼 양꼬치를 주문했다. 다른 음식점의 절반 가격이니 이 얼마나 고마운 일인가? 오늘 하루 더운 날씨에 고생했고, 내일의 격전을 치러야 하니 미리 든든하게 채워 놓아야 한다며 선택한 메뉴다. 운동 후 시원한 소맥 한잔은 피로회복제이다. 이제 마음이 편하다며 혼자서 참이슬 두 병을 거뜬히 해치운 애주가도 있다. 숙소에 들르니 파리 올림픽 선수들의 선전 소식이 들려온다.

아침은 전날 저녁에 준비한 간편식으로 해결했다. 구름이 가린 날씨는 전날과 비교하면 더 이상 좋을 수 없다. 이곳은 수십 년 전 1군 사령부에 근무할 때 몇 번 운동한 적이 있지만 기억이 가물가물하다. 어쨌든 전날에 이어 이날도 공이 잘 맞았다. 모두들 다음부터는 핸디를 달라고 한다. 내가 "동기들끼리 핸디는 없다는 게 우리들의 일관된 주장이 아니었나? 달라면 줄께."라는 말에 모두 없던 걸로 하잔다. 설마 싸나이의 자존심을 건드린 건 아니겠지?

운동 후 점심은 충주 중앙탑 인근의 막국수집에 들러 치킨을 곁들여 먹었다. 지난번에 이곳에서 먹은 맛을 잊지 못해 다시 찾은 것이다. 그리고 치킨 한 마리씩은 포장해 가기로 했다. 집에 가서 짝꿍에게는 골프 쳐서 딴 것이라고 말하기로 하고. 설마 이런 사실을 마나님들이 알기나 할까?

카풀로 이동하는 차 속은 동네 마을회관의 모습이나 다를 바 없다. 건강 이야기, 자식과 손주 이야기, 정치 이야기, 인생 이야기 등 세상의 온갖 얘기들이 다 쏟아진다. 그럼에도 졸음이란 불청객은 그 얘기 사이를 비집고 찾아온다. 이에 대비해 조수석에 탄 사람은 운전자가 졸지 않도록 먹을 것도 주고 얘기도 하면서 감독 역할을 잘해야 한다. 내가 터득한 졸음 방지법은 유튜브를 활용해 노래를 부르도록 하는 것. 한참을 가다가 운전자의 노래 주문을 받았더니 제목부터 요상하다. 〈빈 깡통〉!

딸랑 딸랑 딸랑~~ 딸랑 딸랑 딸랑~~
가진 것 없지만 마음은 부자. 빈 깡통이 나가신다
돈 없으면 어때서 모자라면 어때서
나를 나를 놀리지마

세상에 태어나서 한번쯤은 떵떵거리며 살고 싶었다
무시하지 마라. 놀리지 마라. 내 멋에 살아간단다
돈 없고 백 없고 걱정도 없는 마음은 부자랍니다
딸랑 딸랑 딸랑~~ 딸랑 딸랑 딸랑~~

운전자와 승객이 다함께 딸랑 딸랑 딸랑을 외치니 차가 흔들린다. 그런데 '떵떵거리며 살고 싶었다'는 가사와 '내 멋에 살아간다'는 가사가 참 마음에 와닿는다. 노래를 들은 친구가 이 딸랑 딸랑이라는 단어가 옛날 직장 다닐 때 윗사람에게 아부하는 자들의 모습을 연상시킨다고 하자, 또 다른 친구는 지금 자기가 집에서는 짝꿍에게 아부하는 모습이라고 맞장구를 친다. 그런데 생각해 보면 지금의 우리 모습이 바로 빈 깡통 아닌가? 집에서도 밖에서도 힘도 쓰지 못하고 말로만 요란한 빈 깡통. 모두가 맞는 얘기라며 노래를 한다. 딸랑 딸랑 딸랑~~ 딸랑 딸랑 딸랑~~

누죽걸산, 동네 한 바퀴

'호사다마'라고 했던가? 불청객이 찾아왔다. 지난 몇 개월 동안 잘 먹고 잘 놀았는데 원인 불명의 복통이 기습한 것이다. 꼼짝도 못하고 그냥 당했다. 어느 선배님 말씀대로 음양이 조화를 이루는 모양이다. 즐거움 뒤에 고통이 따르니 말이다. 며칠간 병원과 한의원을 오가며 고군분투했건만 전세가 호전되지 않는다.

그래서 아침 일찍 자리를 박차고 나왔다. 병원이나 어디에 의존할 게 아니라 내가 스스로 이를 극복해야겠다는 생각이 들었다. '누죽걸산(누우면 죽고 걸으면 산다)'이라는 말이 떠올라 걷기로 한 것이다. 등산은 아직 조심스러워 찾은 곳이 동네길이다. 아파트와 아파트를 연결하는 작은 길을 따라 돌아보니 느티나무, 단풍나무들이 그늘을 이루고 있고, 중간중간에 벤치도 있으니 무더운 여름철에 걷기에는 안성맞춤이다.

이따금 부지런한 아주머니들이 두 팔을 흔들며 열심히 걷는다. 보기가 참 좋다. 건강을 잃고 나서 나처럼 운동이니 뭐니 해 봐야 뭐하나? 며칠간 제대로 먹지 못했더니 체중도 확 줄었다. 짝꿍이 제일 걱정하는 부분이다. 그렇지 않아도 바싹 마른 사람이 더 말랐으니 그 마음이 오죽하랴.

스마트폰의 음악에 맞춰 춤을 추듯 걷는다. 몸통을 좌우로 흔들고 팔을 올리고 내리며 스트레칭도 한다. 저 멀리 벤치에 앉아 있던 할아버지가 손뼉을 치니 지나가던 아주머니가 뒤돌아본다. 내 입가엔 저절로 미소가 번진다. 먼, 아니 얼마 후의 나의 모습이 아른거린다. 잠시 후 지팡이를 짚고 가는 할아버지를 보니 괜히 서글퍼진다. 참으로 사람의 마음이 이리 간사해서야 되겠나 싶기도 하다.

일찍 출근하는 직장인들의 바쁜 발걸음, 개를 데리고 산책하는 사람들, 손자 손녀 손을 잡고 유치원에 등교시키는 할머니. 폐지를 수집하려고 리어카를 끌고 가는 어르신. 다양한 군상들을 접하며 아직 통증이 가시지 않은 배를 쓰다듬으며 그래도 이렇게 살아갈 수 있음에 감사한 아침이었다.

아파트 옆 공원에 들러 운동기구도 한번 사용해 본다. 얼마 전 몇 개월에 걸쳐 업그레이드된 공원은 분위기가 산뜻하다. 운동기구도 몇 군데 더 만들어졌고 어린이 놀이터와 평상도 설치되고 팔각정과 발로 걷는 돌길도 만들어졌다. 앞으로 잘만 사용하면 참 좋겠다는 생각이 든다. 나의 건강을 위해 애써 주시는 시청 공무원들이 고맙다.

그동안 쓸데없는 걱정을 너무 많이 했나 보다. 유럽과 중동 그리고 우리나라에 닥칠 앞날들에 대해서. 그런데 내가 걱정하지 않아도 이 세상은 톱니바퀴처럼 잘 돌아가는 것 같다. 너무 근심 걱정일랑 하지 말자. 지구를 구하는 것도 아니고, 혼돈에 빠진 우리나라를 내가 구할 수 있는 것도 아니지 않은가? 이렇게 다짐하면서도 '그럼, 소는 누가 키우나.'라며 또 걱정한다. 아마도 인간은 걱정하며 사는 동물인가 보다.

두꺼비 두 마리

이 세상에서 제일 '소중하고 예쁜' 외손녀 소예가 왔다. 할머니가 보고 싶다며 하루라도 더 같이 있겠다고 조르니까 딸이 금요일 저녁에 열차를 타고 내려온 것이다. 현관에서 손녀가 오는 소리를 듣고 할아버지와 할머니가 다함께 방안 구석 이리저리 숨고 했지만 헛탕이었다. 금방 알아채고는 생긋이 웃으며 품 안에 안긴다.

저녁에는 모처럼 손녀가 좋아하는 산 낙지와 소고기 육회를 시켜 먹었다. 그런데 잠시 후 손녀가 각국의 국기를 그려 놓고는 나에게 어느 나라 국기인지 맞혀 보라고 한다. 이런 일이 있나? 20개 가까운 국기 중에 내가 알 수 있는 건 겨우 몇 개뿐이다. 그러다가 국기에 색깔이 없어 그렇다는 핑계를 대고 손녀의 첫 글자 힌트를 받아 겨우 체면치레를 했다. 나라와 국기에 대해서 공부를 좀 해야겠다. 일곱 살 손녀에게 외국 국기를 배운다면 사람들이 웃지 않겠는가?

내년에 초등학교에 들어가는 손녀는 어느 날 글을 깨우치고는 오고 가는 열차와 차 속에서 동화책을 읽기 시작했다. 글 읽기와 쓰기 실력이 일취월장했고, 가끔은 그림도 그리면서 노는데 성장해 가는 모습이 정말 놀랍고 대견스럽다. 아들과 딸을 키울 땐 몰랐던 묘한 감정이다.

아침을 먹고, 딸이 자기가 아는 네일샾에 나보고 같이 가자고 한다. 내가 "무슨 남자가 네일샾이냐?" 하면서 사양을 했더니 옆에서 지켜보던 짝꿍이 "아니, 당신이 언제 저런 걸 해 보겠느냐?"며 손녀랑 같이 가 보라고 권한다.

내가 누구인가? 호기심 많고 안 해 본 것, 못해 본 것은 늘 호기롭게 도전하는 사람이 아니던가? 못 이기는 척하며 따라나섰다. 혹시나 해서 샤워를 하고 얼굴에 스킨과 로션을 바르고 청바지에 꽃단장을 하고서 말이다. 더구나 딸의 고등학교 친구가 운영하는 가게라니 더 신경이 쓰일 수밖에.

처음 가 보는 가게 이름이 '수달네일'이다. 아니 갑자기 웬 수달? 궁금해서 물어보았더니 손 '수(手)'자에 통달할 '달(達)', 그러니까 손에 통달한 달인이 운영하는 네일샵이라는 뜻이란다. 그런 의미라면 저 안쪽에 앉아 있는 수달은 왜 갖다 놓았는가? 알고 보니 딸이 선물로 준 것이란다. 그것 참, '이름 따로 전시품 따로' 묘한 곳이다.

'수달네일' 사장은 금산에 가면 '너구리의 피난처'라는 식당이 있는데, 그곳은 점심때는 수제비를 하고, 저녁에는 돈까스만 하는데 사람이 줄을 잇는다고 했다. 자기가 딱 한 번 가 봤는데 그 이름이 잊혀지지 않더란다. 그만큼 가게 이름이 중요하다는 얘기. 그러면서 정작 금산의 가게 이름을 왜 그렇게 지었는지를 물어보지 못했다며 나보고 다음에 한번 알아보란다. "어머님 모시고 바람도 쐬고 좋잖아요?" 참 기특한 녀석이다. 내가 놀러 갈 곳도 알려 주니….

손톱 손질을 하면서 손톱 위에 바르는 물질에 자성(磁性)이 있다는 것을 처음 알았다. 색깔이 들어간 메니큐어 같은 걸로 칠을 하고 자석을 가까이 갖다 대니 이리저리 움직이면서 색깔이 변한다. 난생 처음 보는 참으로 기묘한 현상이었다. 여기에선 손톱뿐만 아니라 발톱과 눈썹까지도 케어해 준다고 한다.

손질을 받으면서 아빠 입장에서 세상 사는 얘기를 하며 지금이 바로 '화양연화'이니 즐겁게 일하라고 했다. 딸 친구는 맞장구를 치며 샘플을 꺼내는데 그 이름이 '화양연화'다. 오늘 참 이상한 날이다. 뭔가 통하는 모양이다.

손질을 마치고 옆에서 놀고 있는 사장 딸에게 용돈을 쥐어 주고는 먼저 나왔다. 모처럼 만난 친구끼리 수다도 떨고 해야 하는데 분위기 파악도 못하고 앉아 있다면 꼰대 소리를 듣지 않겠는가? 그리고 다음에 이런 데를 또 같이 가자고 하겠는가 말이다. 어쨌든 오늘은 신천지를 경험한 특별한 날이다.

저녁에 손톱 손질을 하기 전·후의 사진을 통해 서로 비교를 해 봤다. 거친 내 손을 보며 딸이 "우리 아빠, 고생 참 많이 했네."라고 한다. 그래서 언젠가 '문학 시간에 시 읽기'라는 책에서 본 "자전거를 타고 가는 아빠의 손을 보고 아버지 양손엔 우툴두툴한 두꺼비가 살고 있다."고 한 내용을 얘기했더니 공감이 가는 모양이다.

그렇다. 나를 포함한 세상의 모든 아버지들은 잘 생기든 못 생기든 두꺼비 두 마리를 키우며 살아간다. 오늘 그 두꺼비가 새 단장을 했다. 참 기분 좋은 날. 살다 보니 이런 날도 있구나 싶다.

누(樓)와 정(亭)을 찾아서

예로부터 선비들은 마음을 다스리기 위해 산천을 즐겨 찾았다. 「한국의 누와 정」이라는 책에는 전국의 누(樓)와 정(亭) 중에서 51개 명소를 소개하고 있다. 이 책은 전역 후 5년간 근무한 삼성중공업을 퇴직 시 노동자협의회 위원장께서 송별 만찬과 함께 선물로 준 책이다. "형님, 이제 전국 곳곳의 명산을 찾아다니며 즐겁게 지내세요." 라며… 그런데 퇴직 후에도 학교에 적을 두고 정신없이 지내다 보니 이 책은 그동안 책장에 고스란히 묻혀 지냈다.

추석 연휴 기간 책장을 정리하다 이 책을 발견하고는 또 하나의 새로운 목표를 정했다. 숙제처럼은 아니겠지만 쉬엄쉬엄 지나는 길에 찾아보기로 했다. 그래서 잊어버리지 않도록 목록을 적고, 전국 지도에 딱지로 표기를 하였다. 백수가 이런 것이라도 해야 지나는 시간이 즐겁지 아니하겠는가? '노자, 노자 젊어서 노자'를 부르짖던 내가 아닌가? 문득 지난 9월 중순 국방 관련 토론회에 참가차 서울에 갔을 때 평소 존경하는 고향 선배님께서 "너는 노자를 무척이나 좋아하나 보다."며 페이스북을 통해 즐겁게 노니는 내 모습을 얘기한 것이 생각난다.

아는 만큼 보인다고 했지? 우리가 흔히 접하는 정자(亭子)는 과연 무엇이고 어떤 것이 있을까? 물론 정자는 영자의 동생도 아니고, 난자의 짝꿍은 더더욱 아니다. 정자는 자연 경관을 감상하고 휴식을 목적으로 지어진 간소한 구조의 목조 건물로, 대부분 벽이 없이 기둥과 지붕만 있는데 통상 그 건물 이름에는 누(樓)나 정(亭)자가 붙어 있다. 정(亭)자는 한자의 뜻 그대로 '쉰다, 머무른다'는 의미가 내포되어 있는 반면에 누(樓)는 '다락, 망루'를 의미하니 이층 구조로 되어 있음을 알 수 있다.

누와 정 이외에 정자와 비슷한 역할을 하는 것으로 여러 가지가 있다. 온돌방이 있거나 사랑채 기능이 있으며 ○○당(堂), 문설주가 있는 큰 집은 ○○각(閣), 추녀나 처마가 있으면 ○○헌(軒) 등으로 부른다. 그리고 억새나 짚으로 지붕을 올린 초당(草堂), 수양을 위해 지은 정사(精舍), 학문을 위해 지은 학사(學舍), 움집인 와(窩) 등도 있다.

정자의 종류는 지어진 위치에 따라 ① 계곡에 지어 놓은 것(덕유산 용추계곡, 괴산 선유동 계곡, 합천 홍류동 계곡 등), ② 해안가에 지어 놓은 것(관동팔경 등), ③ 차경(借景)하기 좋은 자리에 정자를 지어 놓고 사랑방과 같이 지내는 곳(담양 소쇄원 광풍각 등), ④ 궁궐의 정자(창덕궁, 경복궁 등), ⑤ 사찰이나 서원의 정자(영주 부석사 안양루 등), ⑥ 향리 혹은 관아의 정자(진주 촉석루 등) 등으로 분류할 수도 있다.

정자는 물과 관련이 많다. 그래서 계곡이나 흐르는 시냇물 즉 계류(溪流)가에 자리 잡고 있는 것이 많다. 계곡의 물은 높은 곳에서 흘러내리기 때문에 더러운 것과 흐린 것조차도 돌에 부딪치고 모래를 지나며 자연스럽게 걸러져 정화가 된다. 선비들에게 산수(山水)는 단순한 산과 물이 아니라 도(道)의 본질이 내재된 총체적 자연의 상징이었고 물질적 세계가 아니라 정신적 세계였던 것이리라. 그래서 조선초기의 문신 권근(權近)은 「동문선」 제78권 기(記) 〈고간기(古澗記)〉에서 "물은 밤낮 없이 만고의 세월 동안 쉬지 아니하니 도(道)를 닦는 선비가 마땅히 이를 보고 자강(自强)하여 그 마음을 맑게 하고 그 천성을 회복하여 선(善)에 머무르게 하여야 할 것"이라고 했다.

내친김에 한 마디 더하자. 논어 옹야(雍也) 편에는 "지혜로운 자는 물을 좋아하고, 어진 이는 산을 좋아하며, 지혜로운 자는 동적(動的)이고, 어진 이는 정적(靜的)이다. 지혜로운 사람은 삶을 즐기고, 인자한 사람은 천수를 누린다(知者樂水 仁者樂山 知者動 仁者靜 知者樂 仁者壽)."고 하였다. 갑자기 나는 지자(知者)인가 인자(仁者)인가, 아니면 덕자(德者)라도 되는가? 하고 생각해 본다. 결론은 이도 저도 아닌 것 같다. 앞으로 더욱 분발해야 할 것 같다. 물을 좋아하여 상수(常水)라는 호를 지닌 내 이름값이라도 해야 할 것 아닌가? 많은 사람들이 전국의 누와 정을 찾아 고고한 선비의 기풍을 맘껏 누려 보았으면 좋겠다.

'오로'와 '오롯이'

오늘은 월 1~2회 실시하는 '오로' 모임에 다녀왔다. '오로'는 바둑의 또 다른 이름이다. 바둑은 한자로는 흑돌과 백돌의 게임을 빗대어 까마귀(烏)와 백로(鷺)의 싸움을 뜻하는 '오로(烏鷺)'라고 하고, 일본에서는 '고'라고 하는데 영어로도 이를 그대로 이어받아 'go'라고 한다.

바둑은 가로, 세로 각각 19줄에 그어진 바둑판 위에 391개의 교차점에서 이루어지는 게임이다. 나는 가끔 바둑 게임은 스포츠가 아니라 전쟁이라는 생각을 한다. 초반의 포석으로부터 중반의 공방(攻防)으로 나타나는 사활 형태와 마무리가 마치 전쟁에서의 전략과 다양한 전투, 전과 확대, 전장 정리 등과 크게 다르지 않기 때문이다. 동양의 장기나 서양의 체스 게임에 비해 그 수가 무궁무진하기에 내가 좋아하는지도 모른다.

바둑은 신사 게임이다. 마치 골프의 핸디처럼 게임에서 그 수준에 따라 맞바둑을 두기도 하고 접바둑을 두기도 한다. 최근에는 기원에 여러 명이 모이기가 어려워 인터넷 바둑도 많이 둔다. 나도 그런 사람 중의 하나다. 인터넷 바둑은 한큐 바둑, 한게임 바둑, 넷마블 바둑, 피망 바둑, 사이버 오로 등 여러 곳이 있는데 그 수준은 차이가 크다고 볼 수 있다. 실례로 나만 하더라도 어느 곳에서는 2~3단 정도인데 다른 곳에 가면 5~6단 정도가 된다. 물론 여기서 단이란 아마에게 적용되는 비공식적인 것으로서 규칙에 정해진 게임을 여러 번 이기면 한 단씩 승단하게 된다.

바둑 용어도 여러 가지가 있다. 정치권에서 자주 사용하는 자충수, 승부수, 국면, 타개 등을 비롯해서 곤마, 복기, 포석, 행마, 호구, 만패불청 등이 모두 바둑과 관련된 용어들이다. '적의 급소는 나의 급소', '한 칸 뜀에 악수 없다', '좌우동형은 중앙이 급소', '붙이면 젖히고 젖히면 뻗어라' 등을 비롯해서 '아생연후살타(我生然後殺他)', '사색작전' 등은 물론이고 '신선놀음에 도끼자루 썩는 줄 모른다.'는 속담도 바둑에서 나왔다.

건달들이 '오로' 모임을 하고 저녁에 들른 곳은 '오롯이'라는 음식점이다. 전에는 '화심 순두부'라는 상호였는데 이름을 바꾸었다. 참 예쁜 이름이다. 닭볶음탕과 오리백숙을 주메뉴로 하고 있었는데 상호처럼 모자라지도 않게 온전하게 대접하겠다는 주인의 정성만큼이나 음식 맛도 좋았다. 이렇게 놀다가는 정말 도끼 자루가 썩는 줄도 모르겠다. 어쨌든 친구들과 함께한 복된 하루였다.

복수혈전

얼마 전 건달들과의 스크린 골프 경기에서 완패한 적이 있다. 그래서 그 원인을 파악, 오늘 재도전에 나섰다. 한 명은 일찌감치 제주로 도망 아닌 도망을 가 버렸고 남은 한 명과 다시 한 번 자웅을 겨루었다. 이 친구는 며칠 전 이글, 홀인원, 투 언더를 친 막강한 실력을 지닌 고수이다. 오래전 동기생 골프대회에서 우승한 전력도 있다.

우리는 먼저 진수성찬으로 점심을 함께했다. 운동을 하려면 우선 잘 먹어야 한다. 그런데 메뉴판을 보니 최초 주문은 2인 이상이란다. 이 식당은 혼자서는 못 오고 혼자서라도 꼭 먹고 싶다면 2인분을 주문해야 한다. 혼자서는 먹고살기도 힘든 세상이다.

드디어 경기 시작, 1라운드는 도긴개긴이었다. 모두 74타 동타가 나온 것이다. 나로서는 고수를 상대로 정말 선전을 한 셈이다. 이게 얼마 만의 기록인가? 커피 한잔 나눈 다음 그 기세를 몰아 2라운드를 시작했다.

누군가 '간절히 원하면 이루어진다.'고 했던가? 복수혈전! 성공이었다. 73타와 75타. 단 두 타 차이지만 이긴 건 이긴 것이다. 프로경기에서도 단 한 타 차이로 승부가 결정된 사례는 부지기수가 아니던가? 오늘 승리했지만 일승일부(一勝一負)는 병가지상사다. 자만은 금물이다.

들뜬 마음을 뒤로하고 저녁식사는 가까이 있는 한정식집을 택했다. 거창한 곳이 아니다. 백반 전문집인데 이름이 멋있다. '두꺼비집'. 문득 할머니 손이 두꺼비손인가 하는 생각이 들었다. 얼마 전 어느 시집에서 가족을 먹여 살리기 위해 고생하는 아버지의 두 손을 두꺼비에 비유한 시를 읽은 기억이 났기 때문이다. 두꺼비! 내 아버지 양손엔 우툴두툴한 두꺼비가 살았다고 했던 것 같다.

그런데 식당 입구에 '요일밥상 할머니 마음대로 백반'이라는 광고 글귀가 돌아간다. 들어가서 보니 요일별로 밥상이 다르다.

월 – 제육볶음

화 – 닭도리탕

수 – 육개장

목 – 김치찌개

금 – 할머니 마음대로

토 – 여기 마음대로

금방 눈에 들어오는 것은 금요일의 '할머니 마음대로', 토요일의

'여기 마음대로'라는 메뉴다. 이날에는 주문이 필요 없는 모양이다. 주인장 마음대로이니까.

하긴 오래전 식당의 메뉴를 정하기 어려울 때 늘 하던 말 중의 하나는 '아무거나'라는 메뉴였다. "뭐 먹을래?" "아무거나" 그럴 때마다 식당에 '아무거나'라는 메뉴를 만들어 놓으면 엄청나게 잘 팔릴 것이라고 했었다.

오늘 함께한 이 친구가 나는 참 좋다. 이런 친구 몇 명만 있으면 인생이 더욱 풍요롭고 재미는 배가될 것이다. 고맙다! 친구야! 누군가 그랬지. 도토리도 딱딱한 껍질을 벗어야 말랑말랑한 맛이 나는 묵이 되고, 밤도 가시 옷을 벗어야 겨울 군밤으로 탄생할 수 있다고. 우리 이런 껍질들일랑 훌훌 벗어던지고 남은 인생 함께 손잡고 가자꾸나. 지금처럼 재미있게 살자꾸나. 사랑한다. 친구야!

5분 대기조 출동

군에 다녀온 사람이면 '5분 대기조'가 뭘 의미하는지 잘 알 것이다. 거수자 출현 등 긴급 상황 발생 시 초동 조치를 위해 즉각 출동할 수 있는 만반의 대기 태세를 갖추어 놓은 '신속대응부대'라고 할 수 있다. 제대별 그 규모는 차이가 있지만 통상 연대(여단)급에는 1개 소대, 대대급에는 1개 분대 규모가 편성되어 일정한 주기로 교대되면서 임무를 수행한다.

전역 후에도 나는 늘 5분 대기조와 같은 역할을 할 때가 많다. 무슨 소리냐고? 계룡대가 있는 이곳에서 운동을 계획했다가 펑크가 나면 나에게 연락하는 동기, 선후배들이 많기 때문이다. 이곳저곳에서 대치할 수 있는 사람을 찾다가 안 되면 마지막 수단으로 인근에 살고 있는 나에게 연락을 한다. 그래서 이런 전화를 받으면 나는 특별한 약속이 없으면 무조건 나간다. 누이 좋고 매부 좋고, 꿩 먹고 알 먹고 아닌가? 그게 소문이 나다 보니 요사이도 심심치 않게 출동을 한다.

얼마 전의 일이다. 밤 11시가 넘어 가까운 동기에게서 연락이 왔다. 긴급 상황인데 내일부터 이틀간 운동을 할 수 있느냐고? 그것도 가까운 곳이 아니라 두 시간 이상 달려야 하는 곳이라 아침 일찍 출발해야 할 것 같아 실례를 무릅쓰고 밤늦게 전화를 했다고. 나와도 절친인 동반자 한 명이 갑자기 모친 상(喪)을 당한 것이었다. 이런 비상 상황을 알기라도 한 듯이 잠도 자지 않고 있던 나는 시원하게 말했다. "좋다, 내가 출동하겠다."고.

가는 길도 그냥 차를 얻어 타고 갔고, 그날 점심과 저녁, 다음 날 아침 식사는 물론 숙박비까지도 나에겐 돈을 내지 못하게 했다. 내가 그들에게는 구세주라며. 1/N을 담당하겠다는 완고했던 나의 의견은 철저히 무시되었다. 참 세상은 요지경이다. 만약 이런 얘기를 짝꿍에게 하면 다음부터는 절대 못 가게 할 것이다. 이럴 땐 입 꾹 다물고 있다가 다음에 빚을 갚는 게 상책이 아닐까?

그런데 오늘 또 5분 대기조 호출을 한다. 1박 2일간 동계 체력 단련을 하고 도착해 뒤풀이를 하고 있는데 전화가 왔다. 반가운 마음에 안부를 물었더니 대뜸 "내일 뭐하냐?"고 한다. 토요일 출발하는 일본 여행 갈 짐을 챙겨야 한다고 했더니 앓는 소리를 하며 여차저차 상황을 얘기한다. 이것 참 야단났네. 나에게까지 연락이 온 건 분명 비상 상황이 맞긴 맞는데… 이런 얘기를 들으면 마음 약한 나는 거절을 못한다. 집에 가서 짝꿍에게 혼날 각오를 하고 "알았다." 고 했다.

이번 주는 정말 강행군이다. 두 번 5분 대기조로 출동을 했고, 또 이틀간은 인근 동기들과 계획된 운동이 기다리고 있다. 과유불급(過猶不及)! 모든 게 지나치면 안 된다고 했거늘 이건 체력 단련이 아니라 강제 노동이 될 수도 있다. 그래도 좋은 친구들 만날 생각에 오늘밤엔 꿀잠을 잘 것 같다.

뭣이 중헌디?

아무리 '인생 백세 시대'라지만 조금 있으면 망팔(望八: 여든을 바라본다는 뜻으로 71세를 일컬음)을 바라보는 나이에 내일을 기약하기란 쉽지 않다. 결코 남은 인생 길지 않은 이 시기에 앞으로 어떻게 살아갈 것인지, 무엇이 내 삶의 우선순위가 높은지에 대한 고민은 늘 가슴 한구석을 차지하고 있다.

그래서 어느 순간부터 나는 '건달'(건강하고 달달하게)로 살아야겠다는 생각을 했다. 최근 운동을 같이하던 동기가 이런 나의 얘기를 듣고는 비슷한 생각을 가진 동기가 있는데 그 동기가 얼마 전 책을 냈다고 했다. 솔깃한 마음에 책 제목을 물으며 그 책을 사서 읽어 보겠다고 했더니 아쉽게도 비매품이란다. 다행히 자신이 그 책을 갖고 있으니 나에게 빌려주겠다고 했다.

이튿날 빠른 등기로 책이 날아들었다. 육사 교수로 평생을 보낸 이 친구는 나보다도 더 성질이 급한 모양이다. 고마운 마음을 가지고 이제 막 앞부분을 읽기 시작했는데 저자인 동기에게서 연락이 왔다. 며칠 후에 있는 동기생 모임에 오느냐고? 모처럼 서울 창덕궁 구경도 할 겸 간다고 했더니 그날 자기가 쓴 책을 주겠노라고 했다. 에헤라디야! 이 얼마나 반가운 소리인고?

동기생 모임에 가서 책을 받았다. 책 제목부터 그가 얼마나 많은 사유와 성찰을 했는지가 느껴진다. 「뭣이 중헌디?에 답하다」 저자에게서 받은 책에 며칠간 연필로 줄을 긋고 형광펜으로 색깔을 입히며 마치 수능시험 공부라도 하듯이 열심히 읽어 나갔다. 이건 결코 쉽게 답을 구할 수 있는 문제가 아니었기 때문이다.

결론부터 말하자면, 웃으며 즐겁게 살아도 짧은 생(生)인데 남의 눈치나 보며 살 것이 아니라 나의 생을 제대로 한번 살아 보자는 것이다. "내 평생에 단 한 번! 가치 있게, 보람 있게, 멋있게!"라는 슬로건이 바로 내 삶의 기본 철학인데 그는 "가치 있는 일을 하자. 본질에 충실하자. 몰입해서 살자."고 했다. 나와 그의 생각에 비슷한 면이 많은 것 같았다.

그는 7년간의 군 생활을 마치고 과기부 공무원으로 30년을 지냈다. 영국에서 2년, 이탈리아에서 2년을 살았고, 피렌체에서 두 달을 지내면서 자기의 남은 삶의 방향을 잡았던 것으로 보인다. 그래서 피렌체를 '제2의 고향'이라고 했다. 그의 책에는 동양의 얘기는 쏙 빠지고 서양에 대한 얘기만 가득한 건 그동안 살아온 장소와도 관련이 있었을 것으로 생각되었다.

책은 철학, 과학, 예술 등에 대한 17개의 꼭지로 구성되어 있다. 철학 부분은 소크라테스, 플라톤, 아리스토텔레스, 데카르트 등이 등장하고, 예술 분야에는 비너스, 모나리자, 칼레시민, 진주 귀걸이를 한 소녀, 비트루비우스 인간, 사과와 오렌지 등에 대한 얘기가 있다. 그리고 양자역학을 연 사제지간 3대 과학자(존 톰슨, 러더퍼드, 채스윅) 얘기와 사업가 록펠러, 시카고대학의 고전 100권 읽기 등 인문학에 대한 내용도 담겨져 있다.

책에 나오는 내용 중 몇 가지만 간추려서 소개한다.

– 뮤즈들이 사는 곳이 '뮤지엄'인데 우리는 그것을 일본 사람들이 번역한 '박물관'으로 쓰고 있다. 차라리 영문 그대로 쓰면 어떨까?

– 사랑의 여신 비너스(아프로디테)는 누구하고 결혼했을까? 제우스의 아들이지만 절름발이이면서 못 생긴 '대장장이의 신' 헤파이토스와 결혼했다. 세상은 참 공평한 것 같다.

– 그림 속 '모나리자'는 피렌체 비단 장수의 부인이다. 눈썹은 없는 게 아니라 그림의 오염물 제거 작업을 하는 과정에서 쓸려나갔을 것이라는 주장에 설득력이 있다. 2007년 고해상도 스캔을 통해 원래 눈썹이 있었다는 작은 증거를 찾아냈기 때문이다.

– 플라톤은 유럽 최초의 대학이라고 할 수 있는 '아카데미아'를 세워 놓고 입구에 '기하학을 모르는 자 이 문에 들어서지 말라!'고 써 놓았다.

– 영국의 과학전문 잡지 '네이처'가 2007년 11월 인류 역사를 바꾼 천재 10명을 선정했는데 과학자들이 대부분일 줄 알았는데 그게 아니었다. 1위 레오나르도 다빈치, 2위 셰익스피어, 3위 괴테, 4위

피라미드 설계자들, 5위 미켈란젤로였다. 낯익은 과학자로는 뉴턴(6위), 아인슈타인(10위) 정도다.

– "너 자신을 알라!"는 말은 소크라테스가 처음 사용한 말이 아니라 그리스 격언이고 델포이의 아폴론 신전 입구에 새겨져 있는 말이다.

– "나는 생각한다. 고로 존재한다."고 한 데카르트는 천장에 붙어 있는 파리의 위치를 정확하게 알아내기 위해 x, y좌표를 만들었고, 방정식을 풀기 위해 f(x)도 만들었다. 그는 수학을 이용한 근대과학자였다.

– '자연으로 돌아가라'는 말은 누가 했는가? 다들 루소가 했다고 알고 있을 것이다. 그런데 그 루소가 사상가 루소(장 자크 루소)인가, 화가 루소(테오도르 루소)인가? 다들 사상가 루소라고 주저 없이 말한다. 그런데 아니다.

– 폴 세잔이 그린 〈사과와 오렌지〉는 천 번을 보고, 백 번을 그리고, 백 번을 고쳐서 6년이나 걸려서 61세에 내놓은 정물화이다. 세상을 바꾼 사과 세 개가 있다. 전에는 아담과 이브의 사과, 뉴턴의 사과 그리고 세잔의 사과라고 했는데 지금은 세잔의 사과가 스티브 잡스의 한입 베어 먹은 사과로 대체되었다.

잘 알다시피 '뭣이 중헌디?'란 말은 영화 〈곡성〉에 나오는 대사 중의 하나다. 그것도 주인공이 아닌 조연의 어린 소녀가 이불 속에서 내뱉은 대사다. 책을 읽고 보니 유명한 철학자, 과학자, 예술가, 사업가, 정치가들이 남긴 업적과 유산은 결국은 '뭣이 중헌디?'에 대한 답을 찾아가는 과정에서 나온 열매였다고 생각된다. 답이 따로 정해져 있는 게 아니라 각자가 스스로의 답을 찾아가는 것이다. 친구와 함께 나도 그 답을 찾아가야겠다는 생각을 해 본다.

그런데 몇 가지 궁금증이 생겼다. 교양 한 줌 나누고 싶다면서 비매품으로 책을 발간한 이유는 무엇일까? 책을 팔아야 다른 사람들도 읽어 볼 것 아닌가? 이율배반적이라는 생각이 든다. 혹시나 책 속에 들어 있는 사진들 때문인가? 그건 아닌 것 같다. 다음에 만나면 한번 물어봐야겠다.

또 하나 더. '뭣이 중헌디?'에 대한 답은 폭 넓게 동서양의 선현들에게서 찾아야 한다고 생각되는데 동양의 위인들에 대한 얘기는 없다. 한쪽 면만 본 것이라는 생각은 들지 않는지? 혹시 후속작을 위한 것일까? 동양에도 공자, 맹자, 노자, 장자 등 철학자들도 많이 있고, 그림에 문외한인 내가 보기에도 동양화 특히 묵화 등은 서양화와는 확실한 대조를 이루고 있는데.

마지막 페이지를 넘기면서 그의 말대로 나의 묘비명에 뭐라고 쓸 것인지 고민에 빠졌다. 어느 벼슬과 직책을 수행했다고 쓸 것인지, 무슨 일을 했노라고 적을 것인지 각자가 판단할 일이겠지만 나는 그냥 건달로 살다가 "한바탕 잘 놀다 간다."고 쓸까 보다. 뭣이 중헌디? 그가 질문을 던졌지만 나는 내가 원하는 답을 아직 찾지 못했다. 아마도 죽는 순간까지 찾아야 할 숙제인 것 같다.

인생도 후반전이 중요하다

대전 월드컵경기장을 찾았다. 며칠 전 텃밭을 같이 가꾸는 친구가 황선홍 감독이 데뷔하는 축구 경기 티켓을 구할 수 있으니 몇몇 동기들과 같이 가 보자고 했다. 나는 "이런 횡재가~~" 하며 박수를 치며 좋아했다. 좋은 친구란 이런 친구를 말하는 것 아닌가? 늘 함께하고 싶은 친구, 만나면 즐겁고 헤어지면 다시 보고 싶은 친구, 농사와 골프는 물론 노는 것도 함께하니 참 좋다. 그냥 참 좋다.

4명이 약속한 곳에서 만나 차 1대로 이동하기로 했다. 그리고 경기가 19시에 시작되니 일찌감치 저녁부터 먹고 가기로 뜻을 모았다. 그래서 찾은 곳이 경기장 인근의 석갈비집, 잘 먹어야 응원도 열심히 할 수 있다며 배를 든든히 채우기로 한 것이다.

식사를 하며 자초지종을 알아보니 티켓은 그의 주거래 은행인 ○○은행에서 고객에 대한 답례 차원에서 제공하는 것이란다. 우린 돈이 많아 좋겠다며 부러움을 표하면서 각자 은행을 바꿔야 될 것 같다는 농담도 던졌다. 그런데 경기장 인근에서 티켓을 건네주기로 한 장○○ 차장을 찾는 것도 쉬운 일은 아니었다. 마치 보물찾기를 하는 느낌이랄까?

나는 ○○은행이 충청권을 연고로 한 은행이라는 사실도 이번에 처음 알게 되었다. 대구은행, 부산은행, 광주은행처럼 지역 이름이 들어 있지 않으니 어쩌면 모르는 게 당연할 수도 있다. 경기장에 입장할 때 소지품 검사도 있었다. 최근 경기장에서 물병이 날아와 선수들을 다치게 한 사건이 있었던 것 때문이 아닐까 싶다. 왜 좋은 구경을 하면서 난동을 부리는지 모르겠다. 승부에 집착한 광팬들 때문일지도 모른다. 예로부터 지나침은 부족함만 못하다고 했는데….

우리 네 명 중에서 한 명은 40여 년 전 생도 시절 삼군사관학교 체육대회 때 축구와 럭비 경기를 응원하기 위해 경기장에 와 본 후 처음으로 경기장을 찾는다고 했다. 놀라운 얘기였다. 그래도 나는 짝꿍과 함께 야구 경기장, 축구 경기장을 여러 번 찾았었다. 전주 경기장에서는 이동국이 참가한 축구 경기를 근접 거리에서 보기도 했던 기억이 난다. 심지어 우린 상암 월드컵경기장에서 경기가 아니라 '7080 콘서트'를 즐겼던 적도 있다.

이날의 경기는 '광주 FC'와 '대전 하나 시티즌'과의 경기였다. 경기 전부터 장내 아나운서가 다양한 이벤트로 분위기를 북돋웠다. '키스타임'도 있었다. 카메라가 비추는 곳의 관중이 키스를 하면 경기 후에 선물을 주는 것. 꼬치를 안주로 맥주를 마시다가 전광판에 자기들의 모습이 보이자 모두 내팽개치고 남녀가 끌어안고 바로 키스를 한다. 그것도 아주 격렬하게. 관중들은 환호성을 내지르며 박장대소를 한다. 옆의 친구에게 "만약 카메라가 우리를 비추면 내가 진하게 키스해 줄게."라고 했더니 "조오치."라고 한다. 모두가 폭소를 터뜨렸다.

경기 시작 전 몸을 푸는 모습들도 하나의 볼거리다. TV에서 보는 것과는 분위기가 사뭇 다르다. 광주 FC 응원단과 대전 응원단이 서로 반대편을 차지해 힘찬 응원전을 펼쳤는데 양쪽 응원단 아래에 걸려 있는 응원 문구가 비슷하다. "심장이 뛰는 한 광주답게!"(광주) "우리의 심장은 뛰고 있다!"(대전) 비가 오는 듯 마는 듯한 날씨인데 우리 앞쪽에 각양각색의 우의를 입고 있는 관중들의 모습이 이채로웠다. 우리 자리는 천정의 지붕이 비를 막아 주어 천만다행이었다. 하긴 하나은행에서 좋은 자리를 주기로 했다지.

경기가 시작되면서 양쪽의 응원 열기도 점점 달아올랐고 관중들도 흥분되기 시작했다. 전반전은 대전팀이 계속 수세에 밀리는 현상이 계속되더니 결국 한 골을 먹고 말았다. 공이 상대편 진영으로 나아가지를 못하고 답답하게 자기 진영에서 맴돌기만 하니 응원단도 맥이 빠졌다. 그래서 홈구장 경기는 반드시 이겨야 한다고 했는데 당시는 그런 분위기가 아니었다.

전반전이 끝나고 휴식 시간에는 장내 아나운서가 '댄스 배틀'을 시켰다. 카메라가 관중들 중에서 두 팀을 선정한 후 음악에 맞춰 춤을 추어서 이기는 팀에게 나중에 선물을 주는 것이다. 휴식 시간 볼거리 중의 하나였다.

후반전은 분위기가 사뭇 달랐다. 대전팀의 볼 점유율이 점점 높아지더니 드디어 동점골을 터뜨렸다. 응원석이 떠나갈 듯한 함성이 터지고 모두 일어서서 팔을 흔들어 댄다. 말 그대로 난리 부르스다. 우리도 벌떡 일어나 환호성을 지르며 골인의 기분을 만끽했다. 옆의 친구는 "황 감독이 전반전은 수비 위주로 하고, 후반전에 공격을 해서 승부를 결정내려 했다."는 자기 나름대로의 관전평까지 펼친다. 마치 황 감독의 머리에라도 들어가 본 듯이 펼치는 어설픈 얘기까지도 하나의 멜로디로 들렸다.

경기가 과열되면서 부상자도 발생했다. 선수가 다치면 전에는 들것에 실려 나왔는데 지금은 아예 카트 차량이 들어가 싣고 나온다. 바뀐 풍속도이다. 후반전 말미에 5분의 루스타임이 적용되었는데 종료 2~3분을 남겨 두고 기다리던 역전골이 터졌다. 축구 경기는 이런 맛에 보는 것 아니겠는가? 이 역전골은 대전팀 선수들이 홈팬 관중들에게 주는 최고의 선물이었다. 끝이 좋으면 다 좋다고 했다. 우리는 경기장을 나서며 그동안 막혔던 게 다 내려갔다며 승리의 여운을 즐겼다.

집으로 오는 길에 문득 「60대 이후의 인생전략」에서 인생은 후반전이 더 중요하다시던 은사님의 말씀이 생각났다. 인생은 축구시합처럼 전반전에 패하더라도 후반전에서 역전승이 가능하기 때문이라

시며. 오늘 축구 경기가 바로 그 말씀을 그대로 재현한 것이었다. 축구도 전반전에 이어 후반전 심지어 연장전까지 있을 때가 있다. 인생도 마찬가지다. 흔히들 '인생 1, 2, 3막'을 얘기한다. 인생 후반전을 살고 있는 우리 모두 지금 이 순간 최선을 다해 인생역전을 한번 노려보면 어떨까?

손녀는 못 말려

생일이 5월 5일인 우리 손녀의 이름은 '소예'다. '소중하고 예쁘게' 자라라고 아빠와 엄마가 머리를 짜내 지은 이름이다. 하긴 자연분만하려고 갔다가 의사가 '태반조기박리(분만 전에 태반이 떨어지는 것) 현상이 있고 탯줄이 목을 감고 있다.'는 말에 갑자기 엄마 배를 가르고 나온 녀석이니 어찌 소중하고 예쁘지 않겠는가? 하긴 조선일보에도 이 녀석의 탄생을 축하하는 글이 실렸었지. 〈우리 아이가 태어났어요〉라는 코너이던가? 생일이 어린이날이라 잊을 수도 없고, 그날이면 할아버지는 늘 두 배의 선물을 준비해야만 한다.

1막

올해 들어 여섯 살이 된 요 녀석이 요즈음엔 효녀 노릇을 톡톡히 하고 있다. 회사에 다니는 딸이 골프를 배우겠다고 얼마 전 연습장에 등록해 배우기 시작했단다. 회사에서 하루 종일 일하고 골프를 배우는데 7번 아이언을 가지고 아직도 '똑딱이'를 치고 있다니 안 봐도 그 모습이 눈에 선하다.

어느 날 직장 일과 골프 연습을 마친 딸이 집에 와서는
"아이구 힘들어, 재미가 하나도 없고…." 하고 투덜대니까 이 녀석이 한다는 말이
"엄마 힘들어?"
"오늘도 선생님한테 혼났어?"
"그래도, 나는 할 수 있다. 할 수 있다 하고 한번 해 봐~~"

아빠가 방에 들어가 게임만 하고 있는 걸 보고 엄마가 잔소리를 해 대니 아빠에게 다가와
"아빠, 제발 엄마말 좀 들어."
"엄마가 한번 하지 말라면 하지 말아!"
"엄마가 싫다잖아~~"
이 말을 들은 아빠가 삐져서 방에서 나오질 않는다.
분위기가 이상한 걸 눈치챈 이 녀석이 자기 엄마에게 와서 하는 말,
"엄마! 아빠한테 좀 잘해 줘."
"불쌍하잖아~~~"

그래도 아빠가 자기 방에서 나오지 않자 살며시 다가가서 하는 말이
"아빠, 양말 벗겨 줄까?"
"아빠, 목말라? 물 갖다 줄까?"

애들 효도는 일곱 살이 되기 전에 다한다는 말이 있지만 오늘도 이런 손녀 얘기에 웃음꽃을 피운다.

2막

여름철에 농장에 들러 웃통을 훌렁 벗고 잠자리채를 들고 뛰어다니던 손녀가 하루에도 몇 번씩 나를 웃게 만든다. 여름에 시골 농장을 구경하고 크게 자란 옥수수 옆에서 사진을 찍고 감자를 캐서 삶아 먹어 본 손녀는 유치원에 가서는 "우리 할아버지는 대단한 농부야!" 하고 자랑하더란다. 선생님이 딸에게 하는 말. "할아버지께서 농사를 크게 지으시나 봐요?" 손녀 눈에는 농작물을 크게 키우는 할아버지가 대단한 농부로 보였나 보다.

농장에서 후투티라는 새가 이리저리 걸어 다니는 걸 본 손녀가 신기한 듯 저 새 이름이 뭐냐고 묻는다. 후투티라고 알려 주자 유치원에 가서도 그 이름이 기억나는지 하루 종일 "후투티, 후투티…."라고 중얼거리더란다. 선생님이 엄마에게 전화를 해서는 "오늘 소예가 하루 종일 후드티를 찾는데 혹시 집에 두고 가져오지 않은 것 아니냐?"고.

어느 날 TV를 보던 할아버지가 "뽕" 하고 방귀를 뀌자, 옆에 있던 손녀가 "방구가 뿡뿡 나네~~" 하고 장단을 맞춘다. 그래서 내가 손녀를 보고, "소예야, 어른이 방구를 뀌면 시원하시겠습니다." 해야지 그랬더니 "할아버지가 방구를 뀌면 할아버지는 시원할지 몰라도 냄새가 나요."

잠들지 않는 손녀를 재우기 위해 할머니가 등을 살살 긁어 주자. "고것 참 시원하네."라고 해서 한바탕 웃게 만든다. 얼마 후 자기네 집에 가서는 잠들기 전에 엄마에게 등을 긁어 달라고 하더란다. 대충대충 건성으로 긁어 주었더니 엄마에게 하는 말. "할머니처럼 긁어 봐. 정성을 다해야지~~"

할아버지가 골프를 치러 간다고 하면 현관문까지 마중 나와서 "할아버지 나스~~ 샷!"을 외치며 배웅을 한다. 나가던 걸음을 멈추고 손녀에게 골프를 어떻게 치는지 아느냐고 물었더니 "요케, 요케~~" 하면서 두 손을 모아 손바닥만 좌로 우로 돌린다. 그날은 골프가 되는 날이다.

손녀가 모처럼 할머니, 엄마, 이모들이랑 며칠간 일본 여행을 다녀왔다. 그런데 일본 여행을 할 때는 한마디도 않던 애가 인천공항 편의점에 들러 물건을 사면서 매장 아가씨에게 고개를 푹 숙이며 인사를 하며 하는 말, "아리가또 고자이마스." 주변에선 폭소가 터졌다. 늘 유쾌한 웃음을 선사하는 손녀는 우리 집안의 보물이다.

손자의 람보르기니

날씨도 덥고 해서 모처럼 짝꿍의 일손도 줄여 줄 겸 해서 손자, 손녀들을 데리고 누룽지 삼계탕을 먹으러 나갔다. 이곳은 한식대첩 우승자가 운영하던 식당인데 간판이 바뀐 듯하다. 표창장도 수두룩하다. 하긴 워낙 오랜만에 와 봤으니 모르는 건 당연하다. 매운 건 질색인 손자 녀석과는 달리 손녀는 커다란 고추도 겁도 없이 잘 먹는다. 물론 맵지 않은 아삭이 고추다. 푹 고아 삶았는지 삼계탕 살이 무척이나 부드럽다.

동행한 짝꿍은 중국어 공부를 해야 한다며 문예회관으로 가고, 우린 가는 길에 손자가 좋아하는 떡볶이를 사 가기로 했다. 딸과 함께 떡볶이를 사러 갔던 손자 녀석이 웬일인지 먼저 차가 있는 곳으로 왔다. 그러고는 차 속의 이것저것을 둘러보더니 계기판 오른쪽에 있는 'pass air bag'이라는 걸 가리키며 저건 뭐냐고 묻는다. 자동차를 무척이나 좋아하는 손자 녀석이 궁금증이 동했나 보다.

나야 원래 기계치이니 알 수가 있나? 그냥 차가 있으니 몰고 다니는 재주밖에 없다. 그래도 답은 해 줘야 할 것 같아 네이버에 도움을 청했다. 그런데 이게 새로운 걸 가르쳐 준다. 여기서 pass는 passenger를 의미하는데 유사시 운전석과 함께 조수석도 에어백이 작동한다는 것이다. 운전수 옆자리에 조수가 타면 이곳에 불이 들어온다고 해서 직접 자리를 옮겨 확인해 보니 색이 바뀐다. 아! 하고 손자 녀석이 탄성을 지른다. 나도 오늘 하나 배웠다.

집으로 오는 길에 손자더러 어떤 차를 좋아하느냐고 했더니 전에는 '람보르기니'가 좋았는데 그 차는 너무 비싸서 할아버지가 못 사 줄 것 같아 생각을 바꾸었단다. 그래서 이제는 아우디나 여러 사람이 같이 탈 수 있는 테슬라 같은 큰 차가 좋다고 한다. 웃음이 나면서도 기특한 녀석이라는 생각이 든다. 아니 약삭빠른 녀석이다. 적당한 날을 잡아 장난감 가게에 가서 원하는 자동차를 하나 사 주고 미리 땜빵해야겠다.

실컷 놀다간 손자의 뒷담화

다음은 일본에 사는 초등 3년의 손자가 한국에 왔다가 떠난 지 한참이 지난 어느 날 아침에 짝꿍과 같이 밥을 먹다가 나눈 이야기이다. 손자 녀석이 한국에서 오래 살고 싶다고 하더란다. 왜냐고 물으니 할아버지 집이 자기네 집보다 더 넓고 할머니가 맛있는 밥도 해주고 떡볶이랑 과자도 마음껏 먹을 수 있어 좋단다. 키즈 카페도 이모와 외삼촌이 번갈아 가며 데려가 주고 게임도 맘껏 할 수 있고 모두가 챙겨 주니 한국은 한마디로 천국이란다. 언젠가 할머니가 "시윤이는 할머니의 보배!"라고 했던 걸 기억하고는 할머니에게 되묻더란다. "할머니! 시윤이는 할머니의 뭐라고 했지?"

손자에게 "세상에서 엄마가 제일 좋지 않으냐?"고 하니 엄마는 자기더러 공부도 안 하고 놀기만 한다며 가끔은 "이놈의 시키야." 하며 혼도 내고 해서 싫단다. 우리가 "너는 엄마 새끼가 맞지 낳느냐?"고 했다. "네 엄마도 할아버지와 할머니 새끼."라면서. 그러자 손자 왈, "그래도 '이 새끼야'는 괜찮은데, '이놈의 시키야'는 욕."이란다. 그런데 엄마와 달리 아빠는 혼도 내지 않고 돈도 벌어다 주니 참 좋단다. 앞날이 걱정이다.

이제 손자 녀석이 돈맛도 알았다. 돈을 주면 맛있는 것도 사 먹을 수 있고, 자기가 좋아하는 자동차 장난감도 살 수 있다는 것을 알게 된 것이다. 그래서 "시윤아, 뭐해 줄까?" 하고 물으면 이젠 대놓고 "돈을 주시오. 돈을! 이왕이면 일본 돈을!"이라고 한다.

손자와 손녀는 두 살 터울이다. 오빠가 초등 3학년, 동생이 1학년. 매일 같이 지내면서 오빠가 항상 동생을 놀린다. "너는 뚱뚱한 곰이다. 뚱땡이!", 그러거나 말거나 동생은 "나는 모르지롱. 곰 같아도 괜찮고 네가 뭐라고 해도 상관없다."면서 자기 할 일만 한다. 손녀가 벌써 세상을 살아가는 법을 배웠나 보다. 오빠보다 한 수 위다.

얼마 전 손자녀석이 한 달간 한국살이를 마치고 자기네 집으로 갔다. 출국 장소인 청주국제공항까지는 차편이 불편하니 내가 공항까지 데려다 주기로 했다. 이곳을 이용하는 건 딸이 이런저런 연구를 하더니 경비와 시간이 절약되고 편리하다며 택한 방법이다.

차를 몰고 달리는데 갑자기 뒤에 앉은 손자가 할아버지가 과속을 한다고 소리를 지른다. 계기를 보니 구간단속 구간을 달리는데 순간 102Km/h가 나온 것이었다. 평균 속도는 100Km/h가 안 되는데. 그래도 교육 차원에서 설명을 하며 속도를 줄였다. 애들 앞에서 찬물도 못 마신다는 데 잘못된 것을 가르쳐서야 되겠는가? 당연한 얘기지만 동네 좁은 길에서도 나는 애들과 같이 갈 때는 절대로 빨간 불에 건너지 않는다. 우리 손자뿐만 아니라 초등생들이 있을 경우에도 마찬가지다.

고속도로를 달리다 보니 좌측 앞에 잘 빠진 밴틀리가 지나간다. 조수석의 할머니가 손자에게 저 차가 무슨 종류인지 아느냐고 물으니 밴틀리란다. 척척박사다. 그래서 내가 손자더러 "할아버지에게 저 차 하나 사 달라."고 해 봤다. 이 녀석 대뜸 한다는 말이 "할아버지가 돈 벌어서 사세요."라고 한다. 갑자기 서운한 생각이 들어 "이 녀석아, 나는 네가 전에 람보르기니 하나 사 달라고 해서 비싸지만 하나 사 주려고 돈을 모으고 있는데 너는 할아버지에게 저런 차도 한 대 안 사 주느냐?"고 했다.

이 녀석 하는 소리가 가관이다. "아니, 할아버지, 할머니는 나보다 훨씬 부자인데 왜 나더러 사 달라고 하세요? 그리고 왜 내가 사 달라고 하는 차보다 더 비싼 걸 사 달라고 하세요?"라고 한다. 그리고 지금 자기에겐 1만 엔밖에 없다고 한다. 자기 수중엔 29만 원밖에 없다던 모 대통령이 생각났다. 손자에게 완패한 날이다.

집으로 갈 때가 되니 손녀는 아빠가 보고 싶어서 일본에 가는 게 좋다고 하는데 손자 녀석이 가기 싫다고 심술을 부렸다. 자기는 한국에 오래 살고 싶다고 한다. 그리고 왜 방학은 두 달밖에 안 하는지 모르겠다며 적어도 6개월은 해야 맞는 것 같단다. 그렇게 버티던 녀석이 공항 가까이 오니 포기를 했는지 할머니에게 이번 겨울방학 때

또 오겠단다. 할머니가 "아니야, 아니야. 이번에는 내가 너한테 갈게."라며 손사래를 친다. 이건 아마도 본심일 거다.

짝꿍은 손자와 손녀가 올 때는 반가웠지만 간다고 하니 떠나는 뒤꼭지가 그리도 이쁘다고 한다. 어느 시인께서는 "가야 할 때가 언제인지를 알고 떠나는 이의 뒷모습은 얼마나 아름다운가?"라고 하더니 실감이 난다. 오는 길에 휴게소에 들러 공주 생맛밤과 충무김밥을 사서 둘이 먹으며 한결 가벼워진 기분을 만끽한다. 얼마 만에 누리는 자유인가?

아들이 보낸 11월 마지막 날의 선물

오늘은 11월의 마지막 날. 올해 달력도 이제 마지막 한 장만 달랑 남겨 놓았다. 마치 가을 찬바람에 다 떨어지고 남은 '마지막 잎새' 마냥 애처롭기만 하다. 오랜만에 백수가 집안에 앉아 그동안 밀린 숙제하느라 바쁘다. 그런 나에게 짝꿍이 따뜻한 국물이나 먹으러 가자고 해서 인근 광장 옆 식당을 찾았다. 이름하여 '마치 광장'. 방학 때면 손자, 손녀들이 자동차를 타고 행진을 하며 뛰어놀던 곳이다.

저절로 발길이 닿은 곳은 어제께도 들린 '유성갈비'집. 대낮부터 갈비를 뜯기는 좀 거시기하다며 우린 갈비탕을 주문했다. 햇빛이 드는 2층 창가에 앉아 핸드폰을 만지작거리다가 바깥을 내려다보니 앙상한 나뭇가지는 물론 각양각색의 식당 모습들조차 삭막하게 느껴진다. 광장을 오가는 사람들의 복장에서도 겨울이 가까이 다가왔음을 알 수 있다. 이따금 바바리코트에 깃을 세우고 바삐 걷는 신사, 팔짱을 끼고 걷는 연인들. 허공에 웃음을 날리며 오가는 아지매들 모습만 보일 뿐이다.

그런데 저 멀리에서 다리를 절뚝거리며 걸어오는 노인의 모습이 보인다. 아니, 걷는다기보다는 다리를 밀며 온다는 표현이 맞을 것 같다. 보기가 애처롭지만 이조차도 못한다면 그는 어떻게 될까 하고 생각하니 찬바람만큼이나 마음이 시려 온다. 가만히 생각하니 코메디언 ○○○는 '누우면 죽고 걸으면 산다!'는 '누죽걸산'이라는 신조어도 만들었었지.

어저께처럼 갈비탕의 국물을 하나도 남기지 않았다. 깔끔하면서도 맛있는 집이다. 오는 길에 짝꿍이 후식이라며 탕후루 하나를 사 준다. 내가 한 번도 먹어 보지 못한 것, 올여름 그렇게 매스컴을 달구었던 과자라면서. 그런데 생각과 달리 달면서도 뭔가 딱딱한 느낌이다. 여름철엔 줄줄 녹아내렸다는데….

오는 길에 본 단풍나무는 빨강, 노랑, 갈색 등 총천연색이다. 서리를 맞은 윗부분의 갈색잎은 떨어지기 직전이다. 갑자기 내 뒤통수가 저와 같을 것이라는 생각에 모자를 푹 눌러 썼다.

집에 도착하니 며칠 전 해외여행을 떠난 아들에게서 카톡이 와 있었다. 이 녀석은 불과 2주 전에 전 가족이 다녀온 오키나와를 다시 간 것이다. 스쿠버에 흠뻑 빠져 국내 이곳저곳, 제주도까지 다녀오더니 이제 해외로 발길을 돌린 것이다. 보낸 동영상을 보니 우리가 다녀온 '만좌모'의 코끼리 바위 아래 해저동굴을 헤집고 다니고 있는 모양이다. 인터넷에 조차 나오지 않는 '오키나와 만좌모 피카추'란다. 참 좋은 세상이다. 그렇다. 노는 걸 좋아하는 아빠의 피를 물려받았으니 이를 어이하랴?

그런데 마지막 문자 하나에 환성이 터졌다. 내용인즉슨 조금 전 회사로부터 연락이 왔는데 과장으로 승진했다는 것이다. 그러고는 토요일 귀국하면 일요일엔 맛있는 것 사 주겠다고 한다. 갑자기 짝꿍 얼굴에 생기가 돈다. 둘이 손을 맞잡고 만세를 부르며 고고도, 탱고도, 블루스도 아닌 정체불명의 막춤을 추어 댔다. 그러고는 바로 답장 문자를 보냈다. "아들아! 일요일에는 아빠가 쏜다. 네가 좋아하는 고기, 그것도 한우로!" 아들이 보내 준 11월 마지막 날의 선물이 참으로 감동적이다. 사랑하는 우리 아들, 고마워. 너 때문에 또 이렇게 웃는다.

팔불출의 어깨춤

옛말에 자식 자랑은 무덤에 가서나 하고, 마누라 자랑을 하면 팔불출이 된다고 했다. 그렇지만 오늘은 팔불출을 각오하고 이 글을 쓴다. 도저히 입이 근질거려 참을 수가 없다. '임금님 귀는 당나귀 귀'라고 대나무 숲에 가서 외치던 동화 속 그 얘기, 아니 삼국유사에 실린 신라 경문왕 때의 얘기라던가? 그 얘기가 이해가 된다. 속에만 두면 병이 될 것 같아 그냥 소리를 질러야겠다. 이곳이 나에겐 대나무 숲일지니.

많은 분들의 격려와 성원 덕분에 나는 올해 봄 종합문예교양지 '연인'을 통해 수필 작가로 등단하였다. 너무나 감사한 일이다. 그런데 또 놀랄 만한 일이 벌어졌다. 짝꿍이 '연인'지 가을호를 통해 신인문학상을 받으며 등단을 한 것이다. 인생은 놀라움의 연속이던가? 오늘이 바로 그 시상식 날. 한 마디로 우린 부부작가가 된 셈이니 이는 결코 흔하지 않은 일일 것이다. 때마침 오늘 아침에 한강 작가의 노벨 문학상 수상 소식이 전해졌는데, 솔직히 짝꿍의 이 신인문학상

수상이 나에겐 그에 못지않게 기쁜 일이다.

등단 행사가 포함된 이날의 인문학 잔치는 서울, 부산, 대구, 청주 등에서 많은 문인들이 참석한 가운데 감미로운 음악과 함께 다채롭게 진행되었다. 계간 '연인'의 신○○ 대표께서 먼길을 달려와 시상을 해 주셨고, 인산 김○○ 작가는 〈인류, 인간, 나〉라는 주제의 인문학 강의를 통해 참석한 사람들에게 진한 감동을 전해 주었다.

김○○ 시인과 대구의 배○○ 작가는 다양한 먹거리와 차, 커피 등을 준비해 참석자들의 입을 즐겁게 해 주셨고, 충주의 최○○ 시인은 참석한 짝꿍의 지인들에게 주라며 시집을 전해 주었다. 신○○ 대표님이 부상으로 준비한 등단 작가 이름이 새겨진 만년필, 서○○님의 스카프 선물, 하람 작가의 부채와 책갈피 선물이 고맙고, 박○○ 시인님의 〈울 엄니〉라는 시 낭송은 참가자들의 마음을 짠하게 만들었다.

특히 존경하는 선배님 사모님과 인근 동기생 가족들이 꽃바구니를 들고 몰려와 축하를 해 주고, 마지막까지 자리를 함께해 주신 것은 참으로 감사한 일이 아닐 수 없다. 귀한 시간을 내어 함께해 주신 그 고마움은 마음속 깊이 오래도록 새겨 두어야 할 것이다. 이런 분들과 함께할 수 있다는 것은 정말 복 받은 삶이 아닐까 자문해 본다.

인산 작가의 인문학 강의는 늘 기대 이상이고 진한 감동을 전해 준다. 나는 단 한 번 사는 인생을 다른 무엇에 이끌려 반응(REACTIVE)

만 하면서 수동적으로 살아갈 것인가, 아니면 스스로 내 생의 주인이 되어 창조적(CREATIVE)으로 살아갈 것인가, 이는 오로지 각자의 선택에 달렸다는 그 얘기에 힘찬 박수를 보냈다. 그의 말대로 REACTIVE의 C를 앞으로 바꾸기만 하면 CREATIVE가 된다. 많은 내용 중 가장 마음에 와닿는 부분이었다, 그동안 내가 추구해 오던 '신바람 나는 삶'과도 그 맥을 같이하기 때문이리라.

오늘부로 나와 짝꿍 두 사람은 같은 '작가'라는 이름을 갖게 되었다. 하지만 두 사람의 글의 결은 완전히 다르다. 관심사가 다르고 스타일도 판이하게 다르니 글 자체가 다를 수밖에. 그렇지만 때로는 서로의 부족한 부분을 채워 줄 수 있으니 그게 좋은 점이기도 하다. 딱 하나 차이점이라면 내가 등단 선배라는 점. 군뿐만 아니라 문단에도 어련히 선후배의 서열은 있을 것 아닌가? 짝꿍은 오뉴월 하루 땡볕이 얼마나 무서운지를 알려나? 목에 힘이 들어간다. '어험!' 하고.

행사가 끝나고 우린 대전 컨벤션센터에서 개최된 '2024 나훈아 라스트 콘서트'에 다녀왔다. 아들이 어렵게 구한 표다. 나와 짝꿍이 지난해 나훈아 콘서트에 갔다 와서 정말 감동했다고 했더니 그 영향을 받았나 보다. 이제 정말 나훈아 콘서트는 마지막이구나 싶었는데 어떻게 구했는지 아들의 그 정성이 가상하기 그지없다. 요즘 공연은 물론이고 운동경기 관람, KTX 등 분야를 가리지 않고 암표상들까지 기승을 부리고 있다고 하는데. 이건 복권 당첨이나 마찬가지다.

공연장 가는 길에 내가 짝꿍이 등단했다고 나훈아 축하공연까지 섭외했다고 했더니 크게 웃는다. 농담하지 말라고, 알랑방귀 뀌지 말라고. 그러면서도 싫지는 않은 표정이다. 여기서 공연 얘기는 생략하기로 한다. 할 말이 너무 많기에.

공연 후에 집으로 오는 길에 앞으로 그를 보지 못한다는 생각에 아쉬움이 남는다. 그동안 살아오면서 힘들고 어려울 때마다 그는 노래를 통해 나에게 힘을 주었는데. 마음속으로 그의 건강을 빌며, 잊지 않고 감사의 말을 전했다. "테스형! 고마워! 짝꿍이 등단했다고 이렇게 거창하게 축하공연까지 해 줘서~~"

때늦은 해후

풍경 #1

가뭄과 산불이 이어지는 가운데 단비가 내렸다. 봄비가 대지를 촉촉이 적시면서 가뭄에 시달리던 남부 지방은 급한 불을 껐다. 전국 방방곡곡에서 발생했던 산불도 진화가 되었으니 '일타이피'의 효력을 발휘한 셈이다. 단비가 내리던 날 40여 년 전 옛 전우를 만났다. 그를 만나러 가는 차 속에서 바라보니 벚꽃이 바람에 휘날려 꽃비가 되어 내린다. 이 자리는 3주 전 나를 만난 얘기를 전해들은 소대원이 나를 만나고 싶다고 해 급히 마련한 자리. 그는 전역 후 고향 완주에 내려가 농사를 지으며 지역 조합장을 세 번이나 한 진정한 농사꾼이다. 농자천하지대본(農者天下之大本)이라 했던가?

동학사 인근의 호젓한 한식집. 옛날 그때 그 시절 얘기에 음식 메뉴나 맛 따위는 처음부터 논외였다. 내 입에선 "먹고 해, 먹고 해!"가 연발이다. 금강산도 식후경이 아니던가? 다행히 '풍경'이라는 음식

점 이름처럼 창밖으로 보이는 비 오는 날의 풍경은 한층 운치 있는 분위기를 자아내고 있었다.

식후 커피 한잔은 문화인이 거쳐야 하는 코스라 했던가? 못다 한 얘기를 위해 옮긴 자리는 '어썸 845(Awesome 845)'. 경이롭고 위엄 있는 계룡산과 그 주봉인 천황봉의 높이가 845m여서 이름 지어진 유명 커피점이다. 이곳은 주차장이 넓어 좋다. 이색적인 것은 3층이 회전초밥처럼 360도 회전하기 때문에 가만히 앉아 통유리를 통해 주변 전망을 볼 수 있다는 점. 그날도 나는 달달한 라떼와 함께 40여 년 전의 과거를 여행했다.

문득 수다란 여자들만의 전유물은 아니란 생각이 든다. 쉼 없는 그때 그 시절의 뻔한 얘기들. 군대 얘기는 이제 식상하다고 하지만 여기에도 옮기지 못할 숨은 얘기들도 많이 오갔다. 뭐냐고요? 쉿! 군사 2급비밀이라니깐….

아쉬움을 달래며 헤어질 무렵 오늘 처음 만나면서 그 흔한 사진 한 장도 찍지 않았다는 걸 알고 마지막에 인증샷 한 장을 남겼다. 전우는 떠나며 자기가 수확한 곶감을 선물했다. 진한 전우애, 그 정이 오롯이 전해 온다. 3명은 그리 멀지 않은 곳에 있기에 좀 더 자주 만날 것을 기약하였다. 블루베리와 감 농사를 하고 있는 천상의 농부, 그 전우가 올해에도 대풍을 이루기를 기원한다.

풍경 #2

남자는 두세 명만 모여도 한다는 군대 이야기. 축구 얘기까지 하면 날밤이 새는 줄 모를 테니 오늘은 축구 얘기는 빼기로 하자. 세상을 살아가며 숱한 모임이 있지만, 군대 사회든 일반 사회든 상하관계 또는 동료들 간의 모임이 대부분이다. 그런데 상하와 수평이 어우러진 환상적인 모임이 이루어졌다. 필자의 수도경비사령부 소대장 시절 우리 중대장님과 인접 소대장, 그리고 우리 소대원이 한자리에 모인 것이다. 이런 모임이 바로 '환상적인 모임', 이름하여 '기똥찬 모임'이 아닐런가?

40여 년 전 일이지만 당시 수경사 요원들은 수도 서울을 지키고 청와대를 경호한다는 자부심이 가득했다. 중·소대장 요원들은 전방에서 1차 중·소대장을 마친 자 중에서 선발되었고, 심지어 병사들도 신원이 확실한 정예요원으로 뽑았다. 벌써 카키색 제복부터 달랐다. 인천, 용인, 대전, 음성 등 전국 각지에 흩어져 있던 그 역전의 용사들이 우여곡절 끝에 3월 중순 동여주CC로 모여들었다. 새벽안개를 헤치며 들뜬 마음을 간직한 채 두 시간을 어떻게 달렸는지 기억도 나지 않는다.

운동을 하면서 온통 그때 그 시절 얘기뿐이다. 여기서 골프 스코어 따위는 얘기하지 말기로 하자. 나만 빼고 모두들 프로 수준이니까. 노장들은 나이가 들었음에도 불구하고 마음은 40년 전 그 시절로 돌아가 있었다.

링 위에서 이루어진 소대장들끼리의 복싱 신고식으로부터 중대 대항 사격대회와 체육대회 우승에 대한 얘기, 인왕산 호랑이굴을 발견한 얘기, 그리고 인왕산에 주둔하던 소대들 이름이 투호, 비호, 백호, 맹호 등 모두 호랑이인데 이들을 거느리는 중대 이름은 막상 코끼리라는 얘기에서는 모두가 빵 터져 버렸다. 중대장이 '코끼리가 얼마나 무서운지 아느냐?'며 항변을 하자 세 명은 또 한 번 파안대소를 한다.

4시간 동안 못다 한 얘기는 점심시간까지도 계속 이어졌다. 집으로 오면서 생각하니 나만 건달(건강하고 달달하게)로 사는 줄 알았더니 모두가 건달이었다. 노는 지역과 분야만 조금씩 다를 뿐. 그래 맞다. 인생 뭐 있나? 까이꺼 이렇게 살면 되는 거지 뭐.

풍경 #3

모처럼 촌놈이 또 콧구멍에 서울 바람을 쐬고 왔다. 지난달 국립중앙박물관을 다녀온 이후 올해 들어 두 번째 나들이다. 그런데 이번은 놀기 위한 목적이 아니라 국방컨벤션에서의 동기생 딸 결혼식에 참석하기 위해서다.

오늘 딸을 출가시키는 동기는 개인 사정으로 조금 일찍 군문을 떠났지만 생도 때 동기회장도 하고 태권도, 춤, 영어 등에 탁월한 재능을 지닌 정말 다재다능한 친구였다. 전역 후 기업에서도 일했고 나중에는 연합사에 자리를 잡아 지금도 뛰고 있는 최장수 현역(?)이다. 미리 도착한 몇 명 동기들과 차를 한잔하면서 이런저런 얘기를 나누는데, 놀랍게도 생도 때 우리 훈육관님께서 오시는 게 아닌가?

훈육관님은 몇 년 전 동기 자녀 결혼식에 오신 적도 있다. 오랜만에 뵈었지만 정말 동안이시다. 누군가 훈육관님을 보면 동기로 오해하겠다고 그랬다. 장난기 많은 내가 "훈육관님, 이런 말씀 드려도 될지 모르겠지만 저 친구 말을 믿기 어려우니 제가 사진을 찍어 제3자에게 한번 물어보겠습니다." 하며 사진을 찍었더니 "야! 이원희. 그래도 그렇지. 너 너무 심하다."고 하시면서 파안대소를 하신다.

9년 선배이신 훈육관님은 다른 동기들보다 늦게 입교하셨다며 지금 연세가 79세라고 하신다. 그러고는 나보고 "네 애들 결혼할 때 꼭 연락해라."라고 하시는데 갑자기 고마우면서도 걱정이 밀려온다. 이를 우째노? 애들이 언제 결혼할지는 나도 모르는데….

결혼식엔 동기들도 많이 왔는데 특히 3, 4학년 때 같은 중대에서 지낸 동기들이 대부분이다. 지금은 조금 바뀌었지만 그때 육사 생도대에는 16개 중대가 있었는데 중대의 이름이 서로 달랐다. 우리 5중대는 무열중대, 황소중대라는 별칭을 갖고 있다.

최근의 중대 모임 중 가장 많은 인원이 모였다. 이날 참석한 동기

중에는 지금의 내 짝꿍을 만나게 해 준 동기도 있고, 나의 딸 주례를 해 준 동기도 있다. 이 친구는 자기 아들과 내 딸이 초등학교 짝꿍이었다. 참 이리저리 얽힌 요상한 인연들이다.

주례를 하신 목사님께서 오늘 결혼한 신랑과 신부는 상대방에게 '헌신하라'는 말씀을 하셨다. 하나님이 여러분들에게 하셨듯이… 주례 말씀을 듣는 동안 과연 나는 결혼 후 내 반쪽에게 헌신하고 있었는지를 자문하며 미안하고 감사한 마음이 스며들었다. 아마도 이 글을 짝꿍이 보면 이런 결혼식 자주 다녀오라고 할 것 같다.

피로연에서 중대 동기들은 올 가을에는 대구, 그다음에는 대전에서 만나기로 했다. 열차에 몸을 실은 후 오기를 참 잘했다는 생각을 하며 화랑대의 그 시절을 회상해 본다. 그러다가 갑자기 '교가'와 삼군사관학교 체전 때 외쳐 대던 '무락카'는 생각이 나는데 '중대가'의 가사가 아리송해진다. 퍼레이드를 할 때 그렇게 고래고래 지르던 군가였건만….

밤늦게 집에 돌아와 먼지 쌓인 앨범을 꺼내 보니 다행히 중대가가 기록으로 남아 있다. 가사를 보자마자 금방 기억이 되살아났다. 그런데 한밤중에 살며시 중대가를 불러 보니 뭔가 어색하고 어울리지 않는다. 두 주먹 불끈 쥐고 힘차게 불러야 제맛이거늘….

〈황소 5중대가〉

민족정기 이곳에 피를 뿌려서

힘차게 자라난 정의의 투혼

지인용 끓는 정기 용솟음친다

석전경우 이 기백을 그 누가 당하랴

아, 아~ 우리는 청백의 선봉

화랑의 모듬이다 무열 5중대

2장

게으른 농부

지게 장단이 따로 있나?
맨발로 밭고랑 밟으며
흥얼흥얼 장단을 맞추면 되지!

그대 봄비를 무척 좋아하나요?

농장에 세워 둔 차가 밤사이 새 얼굴로 단장을 했다. 송홧가루와 먼지로 가득 덮혀 있던 차가 밤에 내린 봄비에 말끔히 씻겨 내린 것이다. 참 좋은 봄비다. 새싹을 움트게 하고, 나무도 푸르게 하고, 꽃들도 피게 하더니 이제는 내가 농사 짓느라고 힘 드는 줄 알고 세차까지 해 주니 말이다. 게다가 어제 심어 놓은 묘종에게는 공들여 물을 주지 않아도 되니 이보다 더 고마운 일이 어디 있으랴. 만물을 살리는 봄비, 식물도 살리고 나도 살린다.

우산을 쓰고 세차를 한 차를 물끄러미 바라보다가 문득 내가 좋아하는 오탁번 시인의 〈잠지〉라는 요상한 시가 생각났다. 다른 건 몰라도 이 시는 너무 재미있어 잊혀지지도 않는다.

〈잠지〉

할머니 산소 가는 길에

밤나무 아래서 아빠와 쉬를 했다
아빠가 누는 오줌은 멀리 나가는데
내 오줌은 멀리 안 나간다
내 잠지가 아빠 잠지보다 더 커져서
내 오줌이 멀리멀리 나갔으면 좋겠다
옆집에 불 나면 삐용삐용 불도 꺼 주고
황사 뒤덮인 아빠 차 세차도 해 주고
내 이야기를 들은 엄마가 호호호 웃는다
네 색시한테 매일 따스한 밥 얻어먹겠네

비가 내리니 이제 농장에서 할 일이 없어졌다. 문턱 앞 의자에 걸터앉아 삼박자 커피 한잔을 마시며 하염없이 떨어지는 비를 바라보며 비멍을 때린다. 빗소리와 커피향, 신록으로 덮인 분위기에 빠져드니 세상의 온갖 근심 걱정도 사라진다.

한참이 지나 스마트폰을 펼치니 오늘 날씨를 알기라도 하듯이 친구가 카톡으로 배따라기의 〈그댄 봄비를 무척 좋아하나요〉란 노래를 보냈다. 참 좋은 친구다. 몇 년 동안이나 하루도 빼먹지도 않고 그 오랜 세월 좋은 글이라고 계속해서 뭔가를 보내 주다니. 제대로 읽지도 않고 답글을 못하는 나는 가끔 미안한 생각이 들기도 한다.

'떡 본 김에 제사 지낸다.'고 한 곡을 듣고 보니 왠지 한 곡을 더 듣고 싶다. 유튜브를 통해 이은하의 〈봄비〉를 듣고 나니 장사익은 불후의 명곡에서 똑같은 제목의 다른 노래인 〈봄비〉를 불렀다. "~~나를 울려 주는 봄비, 언제까지 내리려나?~~"

짝꿍은 늦잠을 즐기고 있다. 그 언젠가 짝꿍은 잠이 오지 않을 때 수면음악으로 빗소리를 들으면 잠이 잘 온다고 했다. 그런데 오늘은 인공이 아닌 자연의 빗소리를 들으니 얼마나 좋으랴. 보진 않았지만 따뜻한 방바닥을 이리저리 뒹굴며 봄날의 느긋함, 그 낭만을 즐기고 있으리라. 인생 뭐 있나? 이렇게 살면 되는 거지.

이렇게 비가 오는데도 저 멀리에선 비둘기가 구구단을 외고 있다. "구구 구구~~ 구구 구구~~" 이놈은 부지런하지만 머리가 썩 좋지는 않나 보다. 맨날맨날 똑같은 것만 외워 대니. 그래도 참 정겹고 한가로운 봄날 아침이다.

농사꾼 아내의 쑥떡

인생은 타이밍이란 말이 있지만 농사짓기도 타이밍이 중요하다는 건 삼척동자도 다 아는 사실이다. 제때 심지 못하면 좋은 결실을 기대하기 어렵고 제때 수확하지 못하면 그동안의 수고도 말짱 도로 아미타불이 되기 때문이다. 열심히 놀던 건달 농부도 때가 때인지라 부랴부랴 농장으로 달렸다. 다음 주의 약속 등을 고려하니 가용시간이 며칠밖에 없다.

한 달을 훌쩍 넘겨 찾은 농장은 아니나 다를까 밭에는 잡초가 무성하고 길가엔 민들레가 군락을 이루고 있다. 예초기로 주변을 좀 정리하려고 했더니 얼마 가지 않아 요놈이 말썽을 부린다. 기계에 대해 문외한인 나로서는 어찌해 볼 도리가 없다. 이럴 때는 해결사, 농기구 수리점 사장님을 찾을 수밖에.

시간과의 싸움인지라 예초 작업은 뒤로 미루고 관리기로 밭을 갈아엎었다. 사각형 밭을 뱅글뱅글 맴돌며 로터리를 치기 시작했다.

밭을 앞뒤로 왔다 갔다 하며 가는 것보다 외곽을 따라 거미줄처럼 원을 그리며 돌면서 작업하는 게 훨씬 능률적이라는 것까지 아니까 말이다. 서당개 3년이면 풍월을 읊는다고, 농사짓기가 10년이 가까워 오니 이제 나도 반농사꾼이 되었다.

잠시 휴식 시간에 짝꿍이 쑥떡을 해 먹자며 쑥을 좀 베어 달란다. 하긴 옛날에 내가 이 밭을 쑥밭이냐 쑥대밭이냐 하고 의문을 제기할 정도였으니 쑥이 얼마나 많았겠는가? 내가 좋아하는 찹쌀로 쑥떡을 만들어 준다는 말에 낫으로 한 대야를 철철 넘치게 뜯었다. 밥그릇에 담긴 밥보다 위의 봉긋하게 솟은 밥이 더 많았던 옛날 머슴밥처럼. 수북한 쑥 무더기를 흐뭇하게 쳐다보던 짝꿍이 그늘 아래에서 쑥을 다듬으며 이것 삶으면 얼마 되지 않는다고 한다. 이땐 크게 웃는 게 답이다.

밭을 갈고 나니 인물이 훤해졌다. 시간과 노력을 투자하면 이렇게 바뀌는구나 싶다. 잠시 후 묘종도 살 겸 떡을 만들기 위해 읍내 장터로 나갔다. 오래 농사를 짓다 보니 그 사이 묘종 구입도 단골집이 생겼다. 늘 그렇듯이 보이는 대로 골랐다. 토마토(대추토마토. 왕토마토, 흑왕토마토), 오이, 가지, 고추(모닝, 샤인, 비타민, 아이맛, 롱그린, 미인, 풋고추, 땡초), 토란과 땅콩 한 판, 옥수수 한 판, 실파 한 단에 참외, 수박까지 그 종류도 다양하다.

참외의 고장 성주에서 무슨 노지 참외냐고 하겠지만 이건 순전히 재미삼아 한번 심어 보자는 짝꿍의 선택이다. 수박도 큰 수박

두 포기와 '신품종인데 맛이 기똥차다.'는 주인장의 말에 넘어가 망고수박 두 포기도 추가했다. 예로부터 '장사꾼 말은 절대 믿지 말라.'고 했지만 그래도 기대가 크다. 그동안 몇 번 수박 농사를 지었었다. 작은 복수박은 잘 키웠으나 수확 시기를 놓쳐 버렸고, 큰 수박은 손자 손녀들이 있는 가운데 몇 개를 따면서 현장교육, 산교육을 했는데 할아버지는 대단한 농부라는 칭찬 아닌 칭찬도 들었다.

쑥은 묘목가게에 오기 전 방앗간에 맡겼다. 그런데 참 좋은 세상이다. 묘종을 구입하는 동안 쑥떡 한 박스를 뚝딱 만들어 주었다. 사장님이 바쁘니까 낱개로 만드는 건 집에 가서 하란다.

저녁에 마주 앉아 쑥떡을 만들었다. 내가 비닐장갑을 끼고 크게 한 웅큼을 잘라 주면 짝꿍은 이를 얇은 비닐에 돌돌 마는 작업이다. 비닐에 참기름을 발라 주면 떡이 잘 붙지 않는다. 그러다가 한석봉 어머니의 떡 썰기 얘기를 하며 웃는다. 내가 잘라 주는 떡의 크기가 제멋대로였기 때문이었다. 그래서 앞으로 먹는 것도 복불복이다. 가져온 콩고물에 묻혀 먹으니 목이 메인다. 쑥떡을 만들어 준 짝꿍의 그 정성에 감격해서 그런 건 절대 아니다.

하루를 바쁘게 보냈다. 일하지 않으면 밥도 먹지 마라던 옛말을 그대로 실천한 하루였다. 짝꿍은 내가 놀기에 바쁜 부지런한 농부지 절대 게으른 농부는 아니란다. 이 말엔 나도 헷갈린다. 그래도 심어 놓은 식물들이 자라는 모습과 다양한 야채와 과일로 채워질 풍성한

식탁을 생각하니 벌써 마음부자가 되었다. 밤늦게 짝꿍과 마주 앉아 쑥떡 때문에 쑥덕거리기도 했지만 오늘만큼은 밥값 제대로 한 하루였다.

부채 타령

오랜 장마에 이어 무더위가 극성을 부리고 있다. 오늘은 폭염주의보까지 예보되어 있으니 아예 집 밖으로 나가기를 포기했다. 이럴 땐 시원한 그늘 아래에 앉아 바둑을 두면서 부채를 살랑거리고 있는 신선의 모습이 부럽기만 하다.

사실 나에게도 부채는 몇 개 있다. 오래전 홈스테이하던 일본 여학생에게 주고 남은 태극선이 그려진 한국의 '전통 부채', 논산의 서예가 노정 윤○○ 선생님이 직접 글을 써 준 '유선풍', 그리고 얼마 전 짝꿍의 요청에 하람 이○○ 선생이 써 준 '그냥 참 좋다'는 글의 부채가 그것이다.

나의 부채 자랑에 짝꿍도 여러 개의 부채를 선보인다. 담양 부채 장인이 만든 부채, 수많은 나비가 그려진 나비부채, 출처 불명의 오래된 부채, 손부채에 이어 손 선풍기까지 들고 나온다.

부채란 무엇인가? 무더운 날 시원한 바람을 일으켜 주는 물건이 아니던가? 그런데 부채를 뜻하는 선(扇)은 새의 깃털인 우(羽)와 드나드는 문을 뜻하는 호(戶)가 합해진 한자어이다. 이는 새의 날개가 문을 들락거리며 바람을 일으킨다는 의미가 아닐까? 나만의 해석이다.

글을 좀 쓰거나 그림을 좀 그린다고 하는 선비들은 부채에도 글과 그림을 써 놓는 경우가 많았는데 이 부채는 여름철 선비들의 휴대품이기도 했다. 부채는 바람을 일으키는 기본 용도 이외에도 종교의식용으로, 권위를 상징하는 물건으로, 심지어 호신용 무기로 사용되기도 하였다.

예로부터 부채는 팔덕선(八德扇)이라고도 불렸다. 바람을 일으켜 더위를 쫓고, 햇빛을 가리고, 비를 막으며, 파리나 모기를 쫓고, 방석으로 쓰며, 밥상으로도 쓰고, 머리에 이고 물건도 나르며, 얼굴을 가리는 쓰임으로 여덟 가지 덕을 지녔다는 것이다.

부채는 접히지 않는 '단선'과 접었다 폈다 할 수 있는 '접부채'로 나뉜다. 단선에는 태극선, 까치선, 미선, 제갈량이 쓰던 깃털 부채, 나비 날개를 닮은 나비선 등이 있고, 접부채에는 대나무 속살로 살을 만들고 한지를 붙여 접었다 폈다 할 수 있게 만든 칠접선, 합죽선, 쇠로 만든 철선, 궁중에서 왕비와 공주가 햇빛을 가리기 위해 사용하던 대륜선(햇빛을 가리는데 사용하였기 때문에 日傘이라고도 한다) 등이 있다고 한다.

수많은 부채 중에서 선비들은 곧음의 상징인 대나무와 기품 있는 한지로 만든 합죽선을 선호했다. 요사이는 시대가 변해 부채보다 손 선풍기, 목 선풍기를 들고 다니는 젊은이들이 많다. 그래도 이번 여름에는 선풍기나 에어컨 대신 부채를 한번 펴보면 어떨까? 혹시 조선 시대의 점잖은 양반 모습, 기개 높고 고상한 선비의 모습이 나올지도 모르지 않는가?

보리수 그늘 아래서

시골 농장 밭 한쪽에 수년 전에 심은 토종 보리수 두 그루가 서 있다. 봄이 되는 이때쯤이면 나는 그 향기를 잊지 못해 농장을 찾곤 한다. 보리수 향기는 인공이 아닌 자연에서 풍기는 천연향이다. 잘 알려진 향수 '샤넬 NO.5' 저리 가라다. 그 묘한 향기를 맡아 보지 않은 이는 이에 대한 말을 가급적 아껴야 할 것이다.

밭이랑을 오가던 어느 날 진한 향기에 취한 탓인지 문득 왜 석가가 보리수 아래에서 어떻게 득도했는지가 궁금해졌다. 순수하게 고행과 명상을 통해서였을까? 혹시 보리수 향기에 취해 무념무상의 세계로 빠져든 것은 아닐까? 이런저런 생각에 번뇌가 일어나는 걸 보니 나는 아직 마음공부를 더해야 하나 보다.

보리수 작은 꽃에는 온갖 벌과 나비가 찾아든다. 검은 나비, 흰나비, 호랑나비가 쌍쌍이 노닐고 각양각색의 벌들도 윙윙거리며 꿀을 채취하느라 여념이 없다. 그 광경을 보노라니 우리가 살아가면서 어떤 사람과 어울리느냐가 인생에서 정말 중요하다는 생각이 든다. 얼마 전 '연인'지 등단 인사말을 하며 "파리, 모기떼를 쫓아다니다 보면 화장실 주변을 맴돌게 되고, 벌과 나비를 쫓다 보면 꽃밭에서 논다."고 했던 말이 떠오른다.

토종 보리수 바로 옆에는 개량종 보리수 두 그루가 있다. 어릴 적에 아버지께서 따다 주시던 그 보리수 열매를 한번 먹어 보겠다고 토종 보리수를 사서 심었는데 완전히 기대가 빗나갔다. 작아서 먹을 게 없었던 것이다. 그래서 선택한 방법이 바로 개량종이었다. 개량종은 열매가 큼지막한 게 제법 먹는 맛도 난다. 나는 토종 보리수는 진한 향을 위해 키우고 개량용 보리수는 식용으로 삼기 위해 키운다. 이곳을 찾았던 친구는 토종 보리수 열매로 술을 여러 병 담가서 술도 마시지 않는 나에게 기념이라며 한 병을 갖다 주기도 했다.

이제 곧 초파일, 부처님 오신 날이다. 달력을 보니 올해에는 5월 15일이 '스승의 날'이자 '부처님 오신 날'이다. 보리수 은은한 향기가 바람에 실려 온 들녘에 퍼져 가는 날이면 나는 두 손 모아 기도를 한다. 보리수 그 진한 향처럼 부처님의 사랑과 자비의 손길이 온 누리에 번져 나가 더 살맛나는 세상이 되게 해 달라고….

나비 예찬

최근 서예를 배우기 시작한 짝꿍이 호(號)를 지어야 한다고 했다. 며칠간 고민에 고민을 거듭하기에 내가 '나비'가 어떠냐고 했다. 예로부터 벌과 나비, 꽃에 대한 그림이 많은데 이 중에서 꽃과 나비는 부부간의 사랑과 행복을 상징하는 것으로 표현되기도 했다며. 나는 벌이 되고 짝꿍은 나비가 되면 함께 꽃밭에서 놀지 않겠느냐고. 그리고 장자의 호접몽(胡蝶夢)이라는 꿈 얘기도 했다.

장자는 어느 날 꿈에 나비가 되어 꽃밭을 훨훨 날아다니며 즐거워했다. 그런데 그 꿈이 너무나 생생하여 잠에서 깬 후에도 자기가 나비가 된 것인지 아니면 나비가 자기로 변한 것인지 한참을 생각했다고 한다. 비록 장자의 나비 꿈 이야기가 인생무상, 인생의 덧없음을 보여 주는 것이라지만 나름대로 의미 있지 않겠느냐고 하면서. 이어서 가수 김흥국의 〈호랑나비〉라는 노래까지 얘기했다. "아싸~ 호랑나비 한 마리가~~"로 시작되는 바로 그 노래. 그런데 반응이 없다.

짝꿍은 모란, 장미, 수국, 연꽃, 작약 등 봉오리가 큰 꽃을 좋아한다. 그 꽃들을 찾아다니는 게 벌과 나비가 아닌가? 물론 벌과 나비가 어디 큰 꽃만 찾아다니겠냐만. 나비는 내가 알기에도 흰나비, 노랑나비, 호랑나비 등 그 종류도 수도 없이 많다. 오래전 다녀온 함평 나비축제 얘기도 했다. 그리고 짝꿍에게 본인이 나비가 된다면 좋아하는 꽃들을 찾아 날아다닐 수 있어 좋지 않겠느냐고 했다. 역시 묵묵부답이다.

서양에서도 '부활과 영혼'을 상징하는 나비가 종종 등장한다. 이는 나비가 번데기에서 탈피하여 날아가는 것을, 육체의 죽음으로부터 영혼이 부활한 것에 비유했기 때문이란다. 그리스 신화에 프시케가 나온다. 그는 사랑의 신 에로스의 연인으로서 나비를 동반하거나 나비의 날개를 달고 있는 모습으로 묘사되기도 한다. 프시케는 고대 그리스어로 '영혼'과 '나비'라는 두 가지 뜻을 지니고 있는데, 프시케가 미의 여신 아프로디테보다 아름답다고 소문이 나는 바람에 아프로디테의 미움을 사기도 했다.

'나비효과'라는 것도 있다. 나비의 작은 날갯짓이 지구 반대편에서는 태풍을 일으킬 수 있다는 바로 그 '카오스 이론' 말이다. 그래서 짝꿍의 호(號)를 나비로 하면 날갯짓만으로 우리 집에도 큰 변화를 일으킬 수 있을 것이고, 집안에 나비가 있으면 나와 아이들은 따뜻한 봄날을 만끽할 것이라고도 해 봤다. 견지망월(見指忘月)이라 했던가? 나의 나비 예찬론에도 불구하고 결국 짝꿍은 호를 '봄날'로 정했다. 그래서 "좋다, 그냥 참 좋다!"고 했다.

나비 얘기가 나온 김에 에피소드 한마디. 육, 해, 공군이 모두 모인 어느 회식 자리에서 건배사를 하면서 각자 자기 군의 슬로건을 외치더란다.

육군은 '미래로!'
해군은 '세계로!'
공군은 '우주로!'

그러자 누군가 "그럼 우리나라는 누가 지키느냐?"고 하자,
한쪽에서 "천하무적 해병대가 있잖아요!"
그런데 진짜 해병 출신이 하는 말.
"우리도 귀신 잡으러 가야 해요."

Navy! 그냥 읽으면 나비다. 해군! 나는 육군 출신이지만 해군 장교를 꿈꾸는 대학생들을 교육한 적이 있고, 해양안보포럼 등에서 활동을 하면서 해군을 사랑하고 좋아하게 되었다. 배를 만드는 조선회사에서 근무한 적도 있고, 더욱이 나의 호(號)가 '늘 흐르는 물처럼 살라'는 상수(常水)가 아니던가? 그래서 영어로 된 나비, 해군(Navy)을 좋아하는지도 모르겠다. 하다가 보니 얘기가 옆으로 빠져 버렸다. 그래도 알라뷰 나비~~

빈 지게 철학

우연히 지게도인 육잠(六岑, 여섯 봉우리) 해광 스님의 빈 지게 철학에 대한 글을 보았다. 육잠 스님의 일상생활은 2022년 11월 KBS에서 '자연의 철학자'라는 프로그램으로도 방영된 적도 있다. 자연 속의 단순하고 소박한 삶이 가장 기뻤다는 스님, 거창 토굴 두곡산방(杜哭山房)에서 경북 영양 산골 오지로 자리를 옮기신 스님은 부족한 듯 보여도 결코 모자라지 않는 '텅 빈 충만함'을 만끽한다고 하신다. 참으로 오묘한 말이 아닐 수 없다.

인생은 빈 지게처럼 허허롭고 적막한 것이라는 스님. 맞는 말이다. 공수래공수거(空手來空手去), 빈손으로 왔다가 빈손으로 가는 게 인생이 아니던가? 그래서 우리는 인생을 종종 구름에 비유하는지도 모른다. "생야일편 부운기 사야일편 부운멸(生也一片 浮雲起 死也一片 浮雲滅, 삶이란 한 조각구름이 일어남이요 죽음이란 한 조각구름이 사라지는 것이다)"라고 했다. 그런데 흔적조차 남기지 않는 구름에게서 무한한 한가로움을 느끼는 까닭은 또 무엇 때문일까?

매일 아침 고양이 세수도 아닌 햇빛 세수를 하시는 모습을 보며 나처럼 게으른 탓인가 했더니 그것도 아니었다. “살아 있는 것은 쉬지 않고 움직인다. 움직이지 않으면 굶어 죽는다.”며 생명불식(生命不息)을 강조하신다. 그래서 먹거리도 손수 가꾸신다.

농사야말로 도를 닦는 일이라는 말씀에 마음이 솔깃해졌다. 선농일치(禪農一致) 즉 농사란 마음밭을 가는 일이요 곧 수행이라는 말씀. 낮에는 밭을 갈고, 달뜨는 밤이면 호롱불 밝혀 먹을 갈아 글을 쓰고 그림을 그리는 모습, 주경야독(晝耕夜讀)하는 그 모습이 정겹고 부럽기만 하다.

스님은 봄철이면 콩씨를 심어도 세 알을 심는단다. 한 알은 길짐승 주고, 한 알은 날짐승 주고, 한 알은 본인이 먹는다며. 그럼 나는 네 알을 심어야겠다. 친구와 주변에도 나눠 줘야 하니까. 부엌 위에 걸린 양관선사(良寬禪師)의 글에서 육담 스님의 ‘텅 빈 충만함’이라는 그 뜻을 조금은 알 듯도 하다.

자루엔 쌀 석 되
화롯가엔 땔나무 한 단
밤비 부슬부슬 내리는 초막에서
두 다리 한가로이 뻗고 있네

또 스님은 얘기한다. “비우고 살면 사는 게 쉬워요. 채우다 보면 자꾸 채우려 하는 본능이 생기고, 계속 채우다 보면 결국 그 무게를 견

디지 못하고 쓰러지지요.” 무소유와 청빈한 삶을 살았던 법정 스님이 애송한 ‘욕심이 없으면 모든 것이 넉넉하고 구하는 바 있으면 만사가 궁하다.’는 말과 일맥상통하는 말이다.

육잠 스님의 빈 지게 철학은 한 마디로 나누고 비우는 삶이다. 농촌에서 태어난 나는 어릴 적에 아버지를 도와 지게를 짊어지던 시절도 있었다. 가난한 그 시절 지게는 삶의 수단이기도 했기에 지금도 친근하게 다가온다.

나는 스님의 빈 지게 철학에 장단을 맞추기로 했다. ‘불편한 대로, 없는 대로’ 노랫말 가사처럼 있으면 있는 대로, 없으면 없는 대로 살면 되지 않겠는가? 그리고 지게 장단이 따로 있나? 빈 지게 지고 작대기로 목발을 두드리며 흥얼흥얼 장단을 맞추면 되지. 신명나게 콧노래 부를 수 있다면 이 또한 멋진 인생 아니겠는가? 오늘도 나는 지게 목발에 장단을 맞추는 그런 삶을 살고 싶다. 이것도 과욕이련가?

좌충우돌 농부의 일상

풍경 #1 (비 오는 날의 단상)

봄은 게으른 농부도 대지로 불러낸다. 때가 되니 천방지축으로 뛰어놀던 농부가 멀리 떨어진 농장으로 향했다. 옥천 이원 묘목시장에 들러 블루베리, 사철나무, 비파, 제니키위를 샀다. 농장에 한두 그루 심어져 있는 초코베리(아로니아)와 복분자, 켐벨 포도나무에 구색을 맞추려다 보니 이것저것 한두 그루씩 산 것이다.

비파는 남부 지방에서만 자라는데 그 엑기스 맛에 반해 키워 보기로 한 것이다. 키위는 두 번 실패한 후 한 그루에 거금 5만 원을 주고 다시 도전했다. 넝쿨을 올려 그늘을 만들어 서서 따 먹겠다는 원대한 꿈을 가지고… 머루나무 한 그루가 살아남았는데 이건 살아도 산 게 아니다.

마나님이 가꾸는 꽃밭에는 황매화, 원추리, 백합, 철쭉, 수선화, 꽃

잔디, 작약, 방아, 붓꽃, 창포, 로즈마리 등이 옹기종기 모여 있다. 꽃 이름만 들으면 꽃밭이 거창한 것 같은데 마나님의 성화에 못 이겨 만든 조그만 꽃밭이다.

유박, 금농비료를 짊어지고 30여 포를 뿌리고 관리기로 갈아엎었다. 냄새가 사라지라고. 옆밭의 친구는 그 냄새조차도 구수하단다. 그 친구 코가 이상해졌나 보다. 사람 코는 왜 거름 냄새와 매화 향기를 다르게 받아들일까? 기분이 좋으면 향기라 하고 싫으면 냄새라고 하니 말이다. 사람을 포함한 모든 동식물에는 나름대로 독특한 향기가 있을 것이다. 나에게는 어떤 향기가, 아니면 어떤 냄새가 날까?

비멍을 때린다. 상수(常水)가 물을 만났으니 이 또한 즐겁지 아니한가? 하이얀 매화 꽃비가 내린다. 잔디 위에도, 검은 천 위에도, 보라색 제비꽃, 봄 냄새 풍기는 냉이 위에도, 이름 모를 잡초 위에도, 심지어 유박 거름 위에도 내린다. 가리는 곳 없이, 차별 없이 온 누리에 뿌려 준다. 향기를 온 누리에 풀어 준다. 마음이 꽤나 넓은가 보다.

처마에서는 낙수물 떨어지는 소리가 바람 타고 내리는 빗소리와 화음을 이룬다. 문득 "빗소리 들리면 떠오르는 모습, 달처럼 탐스런 하이얀 얼굴…." 옛날 즐겨 듣던 〈긴머리 소녀〉의 노래 가사가 떠오른다. 유튜브로 한 곡 때리며 그날의 감흥에 젖는다. 모처럼 느껴 보는 망중한이다. 멍을 때리며 마시는 삼박자 커피가 이렇게 향기롭고 맛이 있었던가? 별다방의 마담이 따라 주던 그 커피는 저리 가라다.

가만히 생각하니 게으른 농부에게는 이게 안성맞춤이다.

풍경 #2 (시골 농장)

나는 누구이며 뭐하는 사람인가? 갑자기 든 생각이다. 무슨 철학이 깃든 심오한 얘기가 아니라 오늘 아침 문득 스쳐 간 느낌이다. 어저께는 손오공처럼 남쪽 시골 농장으로 날아갔고 오늘은 홍길동이 되어서 동쪽 텃밭으로 달려갔으니 하는 말이다. 두 곳의 농장 일을 하는 내 모습이 그렇다. 이게 뭐하는 짓인가?

손오공이 근두운을 타고 가듯이 애마를 타고 보리수 열매를 따기 위해 시골 농장으로 달린 게 불과 며칠 전의 일이다. 각종 농작물이 얼마나 컸는지 정말 궁금하기도 했다. 예초 작업을 하고 수박과 참외가 잘 자라고 있음을 확인한 다음 보리수를 한 바구니 땄다. 지난해 유박 비료 한 포대를 갖다 부은 보리수는 열매가 주렁주렁 달려서 가지가 휘어져 있었고, 일부 열매는 주인을 기다리다 지쳐 땅바닥에 떨어져 널브러져 있었다. 한 그루는 지나친 전지 작업으로 겨우 부러지는 것을 면했다.

마나님은 보리수로 무엇을 만들지 벌써부터 행복한 고민이다. 요리에 대해서는 문외한인 나야 어떻게든 먹으면 되지 않겠느냐고 했지만 정작 당사자인 짝꿍은 고민이란다. 술을 담그나? 잼을 만드나? 아니면 엑기스로 만들어야 하나?

풍경 #3 (동네 텃밭)

오늘은 부산 유엔기념공원을 다녀온 여독이 채 풀리지 않았음에도 불구하고 가까이 있는 동네 텃밭으로 향했다. 말이 텃밭이지 적은 평수가 아니라 손이 가는 곳이 한두 곳이 아니다. 다행인 것은 할 일이 있을 때마다 시계 알람처럼 알려 주는 농장을 관리하시는 형님의 전화가 오기 때문이다. 벌써 늦었다며 빨리 마늘을 캐란다. 며칠 후에 친구랑 일하기로 했다고 하니 더 늦출 수가 있는 상황이 아니란다. 그래서 햇볕을 피해 오후 늦게 농장으로 향했다.

나는 마늘을 캐서 적당한 길이로 자르는 역할을 하고, 짝꿍은 몇 개씩 묶는 일을 했다. 올해에도 마늘에 대한 기대가 크다. 육종마늘의 한 종류인 홍산마늘은 양념 재료로 사용하고, 코끼리 마늘은 흑마늘을 만들면 된다. 지난해에 만든 흑마늘의 효능은 기대 이상으로 좋았기 때문이다. 무릇 좋은 음식엔 정성이 듬뿍 들어가야 제맛이 난다. 두 가지 마늘을 비교해 보니 크기 차이가 확연하다. 게다가 마늘쫑을 뺀 것과 빼지 않은 것은 차이가 거의 2배 정도 차이가 난다.

저녁 늦게까지 일을 하고 집에 오니 온몸이 나른하다. 가만히 생각해 보니 요 며칠 동안은 정말 바빴다. 두 곳의 농장을 손오공과 홍길동처럼 오가며 동분서주, 좌충우돌했으니 말이다. 시원한 물에 샤워하고 두 다리를 뻗으니 지상낙원이 따로 없다. 땀 흘려 일한 보람이 바로 이런 것 아니겠는가? 인생 뭐 별것 있나, 이렇게 사는 거지 뭐.

수박이 대박

고인이 되신 풍석 이종학 교수님에 대한 경주에서의 사제 동행 논문집 헌정식에 참여했다가 대전으로 올라오는 길에 시골 농장에 들렀다. 놀러 다니느라 오랫동안 가 보지 못했는데 지금쯤 한번 들를 때가 되었던 것이다. 그동안 농작물이 얼마나 자랐는지 궁금하기도 하고 장마에 대비하여 잡초들도 제거해 놔야 다음이 편할 것 같았기 때문이다.

차 안에서 짝꿍은 복분자는 다 익었을 것이라면서 고추, 오이 등도 수확할 수 있을 것이라고 했다. 그런데 가만히 생각해 보니 수박과 참외도 심었지 않은가? 비록 몇 포기 안 되지만….

차를 주차하고 바로 밭을 둘러보니 가관이다. 오이는 완전히 익어 노오란 노각이 되어 주렁주렁 매달려 있고, 기대했던 복분자는 아직 다 익지를 않았다. 그런데 대박사건이 발생했다. 기대반 걱정반이었는데 정말 큼지막한 수박이 달려 있지 않은가? 일반 수박 두 포기,

애플 수박 두 포기해서 모두 네 포기를 심었는데 애플 수박 하나에 달린 것은 거의 다 익은 듯하다. 그리고 일반 수박도 여러 개 달려 있다. 헤아려 보니 여덟 개쯤 되니 한 포기에 두 개쯤 되는 셈이다.

수년간 수박을 심어 봤지만 딱 한 번 제대로 익은 수박을 맛볼 수 있었다. 대부분 수확 시기를 놓쳐 밭에 벌겋게 녹아내렸던 것이다. 그래서 이번에는 비록 조금 덜 익었겠지만 그중에서 가장 잘 익은 것으로 하나를 따 가기로 했다. 그게 농사를 지으면서, 세상을 살아오면서 배운 교훈이다. 너무 완벽을 기하지는 말자. 이 세상에 완벽이란 없는 것이다.

오는 길에 휴게소 화장실에 들렀더니 영어로 다음과 같은 글이 쓰여 있었다.

You can like the life you're living
you can live the life you like.
–Musical 'Chicago'–

당신이 살고 있는 삶을 좋아할 수도 있고,
당신이 좋아하는 삶을 살 수도 있다.

오잉~~ 이 무슨 소리? 나는 지금 살고 있는 삶이 좋고, 이런 삶이 내가 좋아하는 것인데. 그냥 이대로가 참 좋은데… 제발 남은 인생 이대로만 같아라.

농부의 삶, 이만하면 됐다

'인생은 선택의 연속'이라 했는데 이 말에는 타이밍이 중요하다는 뜻도 내포되어 있다. 이런저런 핑계로 시골 농장을 가 본 지도 오래다. 농작물은 주인의 발자국 소리를 듣고 자란다는데 얼마 전에 심어 놓은 고추, 오이, 토마토 심지어 상추와 파들이 오늘도 주인 욕을 얼마나 하고 있을지 모르겠다.

이리저리 날짜를 계산해 농장 가는 날을 잡아 두었는데 딸과 손녀가 찾아왔다. 이를 어떡하나? 이번이 아니면 가용시간이 없는데. 그러다가 손녀가 올라가는 날 아침에 딸과 손녀가 잠든 틈을 타서 시골 농장으로 내달렸다. 손녀와의 하루 때문에 1년 농사를 망칠 수는 없지 않은가? 물론 딸에게는 전날 미리 양해를 구했다. 딸은 자기들 걱정하지 말고 아빠, 엄마 계획대로 움직이라고 했지만 오는 동안 마음이 개운치가 않았다.

농장에 도착해 보니 만개한 붉은 작약과 보라색 붓꽃이 반가이 맞아 준다. 그동안 이 꽃들의 개화 시기를 맞춘 게 과연 몇 번이나 있었던가? 도착과 동시에 밀린 숙제하듯 하나 둘 해야 할 일들을 처리했다. 예초기를 돌려서 잡초를 제거하고, 고춧대도 세우고, 비워 둔 이랑에는 뒤늦게나마 고구마순도 심었다.

저녁 무렵에 인접 농장의 친구 부부가 오늘까지 '성주참외 & 생명문화축제'가 이어진다고 한다. 매년 찾았던 축제 행사인데 깜빡했다. 시간을 보니 지금쯤 축제도 파장일 것이라는 생각이 들었지만 부랴부랴 축제장인 '성밖숲'을 향해 달렸다. 매년 축제 때마다 꽉 차 있던 주차장이 하나둘 이빨 빠진 듯이 빈 것을 보니 축제가 막바지인 게 맞긴 맞나 보다.

멀리서 들리는 방송과 음악에 몸을 실어 축제 현장에 이르니 피날레를 장식할 불꽃놀이를 보려고 많은 사람들이 마지막까지 자리를 지키고 있었다. 끝이 좋으면 다 좋다고 했던가? 밤하늘에 펼쳐지는 불꽃놀이를 어찌 글로서, 사진 몇 장으로 전할 수가 있을까? 심지어 동영상을 찍어도 마찬가지이다.

옆에 앉아 있던 짝꿍이 영상으로 담으려고 하지 말고 그냥 눈에 담으라고 한다. 그 소리에 모든 동작을 멈추고 현장에서 즐기기로 했다. 여기저기서 연신 탄성이 쏟아진다. 필자의 미력한 필력으로는 그 장관을 도저히 표현할 길이 없다. 눈으로 찍어 둔 영상은 아쉽게도 재생이 안 된다. 오직 그때의 그 감흥만 가슴속에 남아 있을 뿐이다. 사회자의 내년을 기약하는 멘트를 뒤로하며 '성밖숲'의 상징인

버드나무 위에 걸린 달을 배경으로 기념사진 한 장을 남겼다.

아쉬움에 찾은 ○○커피점은 체인점이라 곧 문을 닫는다고 한다. 참 배부른 세상이다. 할 수 없이 바로 옆에 있는 ○○○커피점으로 자리를 옮겼더니 다행히 밤 11시까지 영업을 계속한단다. 우리는 달달한 바닐라라떼를 마시며 오늘 하루도 치열하게 살았고 마지막에 불꽃축제를 본 게 어디냐며 서로를 위로하고 격려했다. 가슴 벅찬 하루였다. 그래 사람 사는 게 이만하면 됐지 뭘 또 바랄 것인가? 카르페 디엠!

봉알농장 이야기

수확의 계절 가을이다. 게으른 농부의 농장에도 계절의 변화는 어김이 없다. 오늘은 시골 농장에 대한 이야기다. 주변에 소나무가 많은 곳이라 행정구역상으로는 송계리인데 그냥 '황새봉'이라 부르기도 한다. 짝꿍 가라사대, 이곳은 주변을 포근하게 감싸는 소쿠리형, 풍수지리학상 금계포란형이라고 했지만 난 그냥 '송계농장'이라고 부른다.

그런데 고향 친구가 이 동네 농장은 전부 다 그 이름을 사용한다고 하면서 송계농장이란 이름은 엄청 많다고 한다. 그러자 짝꿍은 우리 농장 이름을 바꾸자고 한다. 여기가 알이 나오는 곳이니 황새봉의 봉자를 따서 '봉알농장'이라고 하면 어떻겠냐고? 실없이 잘 웃기는 나에게서 전염이 되었나 보다.

잘 알다시피 봉황(鳳凰)은 상상 속의 새인데 수컷을 봉(鳳), 암컷을 황(凰)이라고 한다. 나는 그 봉황의 봉자라면 모르겠으나 황새봉의 그

봉은 봉우리 봉(峰)자이니 불가하다고 했다. 그러자 짝꿍은 그럼 붕새의 붕(鵬)자를 따서 '붕알농장'은 어떠냐고 하며 웃는다. 봉알? 붕알? 그 참 묘한 느낌이 나는 이상한 이름이다.

붕새도 하루에 구만리를 날아간다는 상상 속의 새가 아니던가? 장자에도 붕새에 대한 얘기가 나온다. 북해에 살던 곤이라는 물고기가 변해서 새가 되면 구만리를 날아간다는 그 새가 붕새인 것이다. 나는 봉새도 아니고 붕새도 아니다. 뱁새가 어찌 황새의 뜻을 알랴만 짝꿍은 이곳에서 봉황을 키운다는 귀신 씻나락 까먹는 얘기를 한다.

나는 노자의 상선약수(上善若水)를 얘기하며 물처럼 살겠다고 하니 자기는 돌처럼 살겠다고 한다. 그러고는 오랜 세월을 묵묵히 견디면서 갈고 닦아 매끌매끌하게 윤이 나는 돌, 단단하면서도 부드러운 돌을 얘기한다. 아무 말도 하지 않고 변함이 없는 돌이 얼마나 좋으냐고?

그래서 낙수물이 떨어지는 곳에 있는 동그란 돌을 집에 갖고 가서 키우겠다고 한다. 사실 이 돌은 몽돌이다. 고백컨대 거제 몽돌해수욕장에서 기념으로 하나를 주워 온 것인데 짝꿍이 마치 보물처럼 가지고 다니다가 다른 돌과 함께 처마 밑의 물받침으로 박아 둔 것이다.

어느 날 아들이 자기 엄마더러 "우리 엄마는 본래 원석 같은 분인데 다듬지를 않아서 그렇지 보석과 같다."고 했단다. 세상에 어느 엄마치고 자식 사랑하지 않는 이가 있을까? 그 사랑을 듬뿍 받은 아들이 하는 알랑방귀 뀌는 소리를 마냥 좋아하는 이 사람을 보니 참 순진하다는 생각도 든다.

짝꿍의 돌 사랑은 유별나지만 돌을 키운다는 데에는 고개가 갸우뚱해진다. 최근 들어 문학, 역사, 철학으로 이루어졌다는 인문학 공부를 너무 많이 했나? 조금 있으면 "만물의 근원은 돌이다."라는 주장이 나올지도 모르겠다. 하긴 죽은 고목에도 싹이 솟는데 돌이라고 자라지 말라는 법도 없겠다. 실제로 동굴 속에서 종유석도 자라지 않는가? 어느 먼 훗날 저 돌을 깨뜨리면 속에서 봉황이 알을 깨고 나올지도 모른다. 우리는 그날을 기대하자. 그땐 봉알농장, 붕알농장이라 해도 시비 걸 사람은 없을 테니까.

수컷의 비애(悲哀)

모처럼 시골 농장에 들렀다. 한 시간이 훌쩍 넘는 거리 관계로 한 참을 못 와 봤더니 온 천지가 풀밭으로 뒤덮였지만 그래도 생각했던 것만큼 무성한 것은 아니었다. 지난달에 예초 작업을 해 둔 덕분이다. 한여름의 예초 작업은 아침, 저녁 시원한 시간에 해야 한다. 햇볕이 내리쬐는 무더위에 하다간 잡초가 아니라 사람 잡기 십상이다.

올해에는 붉은 고추도 제법 달렸고, 죽은 줄로만 알았던 참외도 꼭지가 마른 채 서너 개 달려서 주인을 기다리고 있었다. 옛 약수터 위에 자리 잡은 이곳은 내가 생각해도 참 희한한 곳이다. 가뭄도 타지 않고, 주인이 게으른 농부인 줄 아는지 농작물들이 스스로 알아서 살아갈 궁리를 하나 보다. 자생력이 있다. 가지, 오이도 누렇게 익어 내 나이만큼이나 연배가 들어 보이지만 그래도 먹을 만하다.

며칠을 농장에서 지냈다. 짝꿍은 다른 약속만 없다면 이곳에서 오래도록 지내고 싶다고 한다. 멀리 떨어져 있어 처음에 오기가 쉽지 않지만 한번 오면 가기가 싫은 곳이다. 저녁에 둘이 드러누워 있으니 적막강산인데 짝꿍은 잠을 자지 못하겠다고 한다. 한여름 그리도 울어 대던 매미가 가고 나니 이젠 쓰르라미, 귀뚜라미가 제 세상인 양 계속 울어 대고 있다는 것이다. 짝꿍은 "아이구! 저놈의 귀뚜라미 울음소리 때문에 잠을 못 자겠다."며 나에게 저 소리 안 들리느냐고 묻는다. "나는 쓸데없는 건 안 들어. 아니 안 들려."라고 했더니 참 좋겠단다. 사실 이건 부러움과 약간의 무시 두 가지가 반반 섞인 말이리라.

사실 나는 청력이 별로 좋지 않다. 아주 오래전 군 초급장교 시절, 군사령부 사격경연대회를 준비한답시고 매일같이 사격 연습을 했다. 양철 지붕 아래에서 직접 사격도 하고, 또 경연에 참가하는 병사들을 대상으로 사격통제관으로서의 임무도 수행했다. 이때부터 청력에 문제가 생긴 것이다. 지금 같으면 귓속에 방음 역할을 할 수 있는 '귀틀막'을 했을 것인데 그 당시에는 아무 생각도 하지 못했다. 오직 부대 명예가 걸린 사격대회 우승뿐이었다. 무식의 발로(撥路), 그 대가를 지금 치르고 있는 셈이다.

청력만 문제가 있는 건 아니다. 이제 후각도 떨어지고, 시력도 점점 약해지고 기력조차 떨어진다. 동물적 감각이 거의 바닥권으로 내려온 셈이다. 옛날 같으면 사냥하기도 힘들었을 것이다. 수컷으로서 가족을 위해 먹이 사냥해 올 수도 없는 상황이 도래된 것이다. 이렇게 되면 나만의 문제도 아닐 것이니 이 얼마나 슬픈 일인가?

내가 수컷으로서의 기능이 상실되어 버렸다며 앓는 소리를 했더니 짝꿍은 그렇게 생각하지 말고 점점 진화되어 간다고 생각하라며 위로의 말을 건넨다. 사용하지 않아도 되는 것들이 점점 퇴화되어 가는 건 당연한 것이고, 긍정적으로 생각하면 그게 바로 진화되어 가는 징조가 아니겠느냐고. 듣다 보니 말에 어폐가 있다. 내가 퇴화한다는 것인가 진화한다는 것인가?

그런데 나와 반대로 짝꿍의 후각, 청각 능력은 뛰어나다. 내가 밖에서 무슨 음식을 먹었고 뭘 했는지도 코를 한 번만 쿵쿵거리면 금방 알아낸다. 내가 '세퍼드 코'라고 놀리기도 하지만 어떨 땐 무섭기도 하다. 아마도 경험이 있는 남자라면 내 말뜻을 알아들을 것이다.

청각도 대단하다. 멀리서 들리는 소리를 다 알아듣는다. 아파트의 엘리베이터가 오르락내리락하는 소리, 집의 현관문을 열고 들어오는 소리는 물론, 시골 농장의 온갖 벌레 소리를 다 듣는다. 심지어 미세한 지진이 일어나는 것도 느낀다고 하니 놀라지 않을 수가 있겠는가? 우리 부부는 이제 서서히 남녀의 기능이 서로 바뀌어 가는 모양새다. 음이 양이 되고 양이 음이 되는 음양의 조화인가?

얼마 전 동기 모임을 하고 밤에 집으로 귀가하면서 있었던 일이 생각난다. 동기생 부부 여러 명이 운동을 하고 저녁 식사를 했다. 그런데 식사 후 몇 명이 더 놀다 가겠다고 같은 아파트에 사는 동기생에게 자기 가족을 좀 태워다 달라고 부탁을 한다. 그러자 그 가족이 "아니, 이 밤에 단둘이 차를 타고 가라고?" 하자 옆에 있던 마나님들이 왈(曰) "에이, 남자가 아니야, 남자가 아니니 걱정하지 말고 타고 가!" 이 소리를 듣고 나는 "아!" 하고 탄성을 내질렀다. 그 동기생이 이 말을 듣지 않은 걸 천만다행이라고 생각하며.

이제 한여름이 지나고 가을이다. 밤이면 귀뚜라미가 초저녁부터 새벽까지 밤새 울어 댄다. 아마도 8~10시간 정도 되는 것 같다. 생물학자인 최재천 교수는 귀뚜라미가 저 정도는 구애를 해야 암컷이 겨우 관심을 보인다고 한다. 귀뚜라미가 소리를 내려면 두 날개를 뒤로하고 비비며 소리를 내는데 그 자세도 요상하다. 짝짓기를 위한 절규요 몸부림, 생존과 번식을 위한 본능이라 할 수밖에 없다. 아직도 짝을 찾아 밤새 울어 대는 저 귀뚜라미가 부럽다고 한다면 혹시 나에게도 수컷의 본능이 살아 있다는 방증이 아닐까? 깊어 가는 한밤에 혼자서 시름에 잠긴다. 아! 옛날이여~~

밤톨 삼 형제와 민들레

"하나를 얻으면 하나를 잃고, 둘을 잃으면 둘을 얻는다." 이 말처럼 신은 세상을 정말 공평하게 만드는 모양이다. 올해 농사를 지으면서 이 말처럼 되었기 때문이다. 게으른 농부가 농사를 망치고 어떤 핑계를, 무슨 말을 하리요마는 기후 온난화 등으로 올해 농작물 작황이 좋지 않다. 솔직히 농민들이 걱정되는 건 사실이다. 나도 약간 실망을 하다가 돌아서서 미소를 지었다. 얻은 것도 있기 때문이다.

10여 그루의 감나무에 올해는 감이 하나도 달리지 않았다. 지난 몇 해간 악조건 속에서도 한 접은 넉넉히 땄었는데. 아마도 짝꿍 말처럼 지난해 전지 작업을 하면서 나무를 몽땅 빗자루처럼 잘라 버렸기 때문인가 보다. 무슨 할 말이 있으랴? 모든 게 내 탓이라고 할 수밖에.

그런 와중에 밭 한 귀퉁이에 심어 놓은 두 그루의 밤나무가 나를 달래 준다. 큰 기대를 하지 않았는데 제법 많이 달렸다. 몇 개는 떨어져 땅바닥을 뒹굴고 있고, 익은 밤송이는 입을 벌리고 대롱대롱

매달려 있다. 이 모습을 보고 감 따는 장대를 들고 와서 짝꿍 몰래 밤을 따는 재미를 느끼고 있었는데 어떻게 알아차렸는지 "아니, 요런 건 같이해야지." 하며 나타났다. 감 따는 장대는 짝꿍 차지가 되고 나는 밤 가시와 씨름하며 까는 역할을 맡게 되었다.

일전에 손녀가 말한 그대로 발을 요리조리 움직이며 까다가, 아예 그늘 아래 자리를 잡고 앉아 호미와 막대기를 이용해 밤을 깠다. 한 알이 든 밤은 씨알이 굵고, 두 알이 든 쌍밤은 조금 작은데 가끔은 오순도순 모여 있는 밤톨 삼 형제가 나타나기도 한다. 짝꿍은 나무 아래에 있는 밤부터 잘 익은 놈, 덜 익은 놈을 따지지 않고 무작정 따 버린다. 복불복이다. 우린 먹을 만큼만 따고 반은 남겨 두기로 했다. 이런 즐거움은 한 번에 끝내기가 아깝지 않은가? 나누어서 즐겨야지. 비록 다음에 와 보면 다 떨어져 있을지라도….

시선을 돌려 전번에 심은 무밭을 살펴보니 누가 손질이라도 한 듯이 깨끗했다. 내가 할 일이 아무것도 없다. 몇 고랑을 둘러보아도 무는 없고 풀도 보이지 않는다. 이곳은 옛날부터 약수물이 흘러나오던 곳이라 그동안 가뭄을 별로 타지 않았는데 올해는 사뭇 다른 양상이다. 하긴 씨앗을 심기만 하고 한참 동안 와 보지도 않고 물도 주지 않았으니 무슨 말을 하랴.

무씨가 풀들을 껴안고 장렬히 전사한 모양이다. 오지도 않는 주인을 탓하면서. 고개 숙여 애도의 뜻을 표하고 예초 작업을 하려는데 짝꿍이 신신당부한다. 자기가 심은 꽃이 다치지 않게 하고, 저 앞 잔디밭에 자라고 있는 민들레 군락은 치지 말라고. 이상하게도 잔디밭 한쪽 양지바른 곳에 클로버, 민들레, 제비꽃들이 소복하게 자라 자리를 잡았다. 올해 무 대신 민들레라도 많이 먹으라는 신의 계시라도 있었는가?

짝꿍은 커피 한잔을 마시며 민들레 예찬론을 펼친다. 식물, 특히 화초에 관심이 많은 그녀다. 잔디밭을 차지하고 있는 민들레, 제비꽃, 클로버에 대해 네이버 선생님과 짝꿍의 말을 정리해 보면 대략 이렇다.

민들레는 여러해살이풀로 4~5월에 꽃이 피는데 꽃피기 전의 식물체를 포공영(蒲公英, 민들레 말린 것)이라는 약재로 쓴다. 열로 인한 종창·유방염·인후염·맹장염·복막염·급성간염·황달에 효과가 있으며, 해열제, 소화불량, 젖몸살 따위에도 사용된다. 그리고 쌈, 무침, 장아찌, 김치로 담그기도 하고, 즙이나 튀김도 가능하다.

오랑캐꽃, 장수꽃이라고도 불리는 제비꽃은 꽃 모양이 제비를 닮았기도 하려니와 제비가 돌아올 때 꽃이 핀다고 해서 그렇게 불린다. 어린 순은 나물로도 먹고, 타박상에 전초(全草, 풀포기 전체)를 찧어서 붙이면 효능이 있다. 향료로도 사용되고 관상용으로 정원에 심기도 한다.

클로버라 불리는 토끼풀은 잔디밭 등 정원을 가꿀 때에 골칫거리 중의 하나이다. 심지어 잔디 대용으로 심기도 한다. 네잎 클로버는 행운을 가져다 준다는 속설이 있는데 사실은 돌연변이라는 사실. 세 잎은 행복, 네 잎은 행운을 가져다 준다고 하니 참고할 사항이다.

그리스 신화에서 꿀벌들이 제우스에게 독이 있는 풀들이 너무 많아 좋은 꿀이 있는 꽃을 찾아 달라고 하니 제우스가 커다란 붓으로 흰 물감을 묻혀 어떤 꽃에 표시를 해 주었는데 그게 바로 클로버꽃이라고 한다. 그래서 클로버꽃을 보면 하얀 동그라미처럼 보인다. 우리나라에서는 토끼들이 잘 먹어 토끼풀이라고도 한다. 오늘 식물 공부 끝.

가을의 전령, 귀뚜라미

폭염과 폭우를 번갈아 보내며 숱한 사람들의 애간장을 녹이던 무덥고도 지리한 여름이 저만치 가 버렸다. 아침에 산책길을 나서다가 어이쿠 싶어 다시 집으로 들어가 반팔을 벗고 긴팔 상의로 갈아입었다. 새벽 공기가 시원하다. 이제는 누가 뭐래도 완연한 가을이다. 일요일 아침 오가는 차량도 뜸하고 학교 운동장에는 건강을 위해 맨발로 걷는 사람들이 보인다.

하루의 시작을 알리는 아침은 이래서 생기가 돈다. 이왕 산책하는 길이라 발길은 자연스레 텃밭을 향한다. 뒤늦게 심은 배추, 무, 갓, 쪽파가 잘 자라는지 무척 궁금하다. 지난 며칠간 비가 많이 왔기 때문이다.

짝꿍은 지난 폭우에 농작물이 괜찮을지 걱정했었다. 농사는 내가 짓는데 괜한 걱정을 한다고 생각하면서 그래도 스스로 찾아가는 발걸음이 가볍다. 다행히 농작물은 잘 자라고 있었는데 비 온 뒤라 그런지 잡초가 무성하다. 한참을 보다가 호미 자루를 꺼내 두 고랑을 맸다. 자라는 농작물들이 시원하다며 주인에게 인사를 하는 듯하다.

갑자기 아침부터 내가 왜 이 짓을 하고 있나 싶기도 하다. 사서 고생을 하고 있으니 말이다. 어릴 적에 모처럼 마당을 쓸려고 하는데 엄마가 "얘야, 마당 좀 쓸어라." 하면 들었던 빗자루를 내팽개치곤 했었다. 고약하고 못된 그 심보는 아직도 그대로 남아 있는데 내가 스스로 이런 고생을 찾아서 하고 있다니. 어쨌든 비 온 뒤의 하늘이 높기만 하다.

돌아오는 길에 생각해 보니 가을과 관련된 몇 가지가 떠오른다. 벌레 울음소리. 그중 단연 귀뚜라미가 맨 처음을 차지할 것이다. 그리고 단풍과 낙엽. 아, 또 하나 있다. 가을은 남자의 계절이라는 말. 모처럼 계절도 바뀌었으니 가을 여행을 한번 해 보는 것도 좋을 것 같다. 방방곡곡에서 축제가 열린다는 소리가 여기저기서 들리니까 말이다.

저녁에는 가을 밤 짝꿍을 잠 못 들게 한다는 귀뚜라미에 대해 연구했다. 우리나라에는 40여 종의 귀뚜라미가 살고 있다고 한다. 귀뚜라미는 야행성인데 대체로 갈색이나 검은색 계통이 대부분이다. 약육강식의 험한 세상에서 살아남기 위해 위장도 배웠나 했더니 오히려 생각과 달리 이놈들은 싸움을 좋아한단다. 그래서 옛날 중국에선 귀뚜라미 싸움도 시켰다고 하고 심지어 빠른 동작을 이용해 거미조차도 해칠 수 있다고 하니 대단하다는 생각이 든다.

이것저것 가리지 않는 잡식성이라 벌레, 낙엽, 먹다 남은 과일 등 무엇이나 잘 먹는다. 늦봄에 알에서 태어나 가을이 되면 어른 벌레가 되는데 번데기 과정을 거치지 않고 애벌레 단계에서 바로 탈바꿈을 하는 '불완전 변태'를 거친다고 한다. 이 작은 귀뚜라미도 다 세상을 살아가는 방법이 있는 셈이다.

가을밤을 시끄럽게 울어 대는 귀뚜라미는 수컷들인데 이는 암컷을 찾아 부르는 '사랑의 노래'라고 한다. 한 번의 짝짓기를 위해 수컷에만 달려 있는 마찰판을 비비며 밤새 울어 대는 것이다. 그러고 보니 귀뚜라미 소리가 왠지 나에게는 들리지 않고 짝꿍에게만 들리는 이유를 알 듯도 하다. 아마도 얘들이 내 짝꿍에게 임자가 있는 줄도 모르나 보다. 에구, 번지수를 잘못 찾은 것 같다. 이놈들아!

귀뚜라미는 짝짓기를 하고는 겨울이 오기 전에 생을 마감한다. 얼마 전 신문에 귀뚜라미가 다가올 식량 위기를 해결할 수 있는 새로운 먹거리라고 하니 어릴 때 논이나 풀숲에서 잡아 구워 먹던 메뚜기 생각도 난다. 고농도의 단백질이라고 했는데. 느닷없는 귀뚜라미 연구에 이래저래 가을밤은 깊어만 간다.

첫눈이 오면 뭘 한다고?

밤새 첫눈이 내렸다. 그것도 시골 농장에 들른 첫날 밤에. 며칠 동안 이리저리 놀다 보니 어제 문득 농장의 무가 생각났었다. 가지치기할 신형 장비를 들고 짝꿍과 함께 후다닥 농장으로 내달렸다. 이런 건 우리에게 이미 익숙하고 숙달된 모습.

이번에는 며칠간 지내겠다는 생각에 천막부터 설치하려고 했더니 바람이 거부를 한다. 골바람이 생각보다 드세다. 혼자서 몇 번을 엎고 뒤집고 하다가 결국 짝꿍에게 도움을 요청하니 밤에 눈비가 온다고 하는데 무슨 천막이냐고 핀잔을 준다. 그런데 어이하랴. 급한 놈 우물 판다고 알랑방귀를 뀌어 가며 도움을 요청할 수밖에. 그러고는 생각한다. 싸나이가 못 먹어도 고(go)지!

겨우 천막을 세우고 나니 아무래도 바람에 날려갈 것만 같다. 경험을 살려 옆부분을 걷어 올리니 바람은 덜 타는데 그 모양이 요상하다. 앙상한 모습이 마치 잎새 다 떨구어 낸 나뭇가지와도 같다. 물끄

러미 쳐다보다 하는 생각. '지금의 나도 저런 모습이련가?'

잠시 후 소나무와 감나무에 대한 전지 작업을 했다. 어저께 산 전기톱과 전지가위의 성능을 확인도 할 겸. 어린이가 장난감을 사면 거기에 흠뻑 빠지듯 어른도 요런 신형 장비에 생각지 못할 행복을 느낄 때가 많다. 전기톱의 위력은 대단했다. 그동안 갖고 있던 모양만 커다란 구형 장비와는 차원이 다르다. 작은 고추가 맵다고 굵직한 나무도 단숨에 넘겨 버린다. 초보 이발사에게 머리를 맡기면 남아나는 머리카락이 없다더니 나무가 몽땅 사라질지도 모르겠다.

갑자기 짝꿍이 소리친다. 내일 영하로 내려간다며 빨리 무를 뽑아야 한다고. 해질 무렵인데 갑자기 바빠졌다. 급한 김에 뽑아서 삼발이에 싣고 비닐하우스에 대충 갖다 놓은 후 천으로 덮었다. 무는 얼어 버리면 낭패다. 1년 농사가 말짱 도루묵이 되는 순간이니까.

저녁은 자연밥상이었다. 오면서 숯불구이를 해먹겠다고 마트에서 사 온 소고기와 현지 조달된 상추, 쑥갓, 정구지 그리고 냉이까지 한 소쿠리다. 오징어 무국까지 곁들이니 그야말로 꿀맛. 비록 크기는 작지만 봄, 여름에 비해 야채들이 싱싱하게 살아 있다.

하룻밤 자고 일어나니 온통 하얀 세상이다. 세찬 바람에 걱정했던 천막은 용케 살아남았다. 첫눈이 내린 농장 길을 따라 이리저리 발자국을 남겨 본다. 누군가는 눈 덮인 길을 아무렇게나 걷지 말라고 했지만 여긴 누가 따라 올 이도 없으니 아무려면 어떠랴. 저 멀리 보이는 눈 덮인 가야산 정경을 기록으로 남겼다. 그러고는 혼자서 셀카. 그것도 빙그레 웃는 모습으로.

따뜻한 바닥에 누워 한참을 자고 나니 햇빛이 들기 시작했다. 부랴부랴 무를 정리했다. 얼마 되지 않지만 먹을 것과 친구들에게 나누어 줄 것 그리고 땅에 묻을 것으로 구분해서.

참 바쁜 하루였다. 아침에 일어나서 바깥을 본 짝꿍이 물었었지. "첫눈 오면 뭘 한다고?" 도무지 생각이 나지 않았다. 진성은 노래에서 첫눈이 내리는 날, 안동역 앞에서 만나자고 했건만… 저녁에 가만히 생각해 보니 답이 나왔다. "하긴 뭘해, 일하지." 첫눈 오는 날, 돌쇠의 하루는 이렇게 흘러갔다.

소이부답(笑而不答)

모처럼 건달들이 동여주CC에서 이틀간 필드를 누비며 우정을 나누었다. 캐디 없이 하는 골프도 나름 재미가 있다. 운전 담당, 카운트 담당, 예산 담당, 골프채 담당 등 임무를 분담하여 일사천리로 진행하고 예산도 절약되니 백수들에겐 안성맞춤이다.

동반자들의 수준이 '도토리 키재기'이지만 그 와중에 한번 이겨 보겠다고 하는 모습들이 가관이다. 저녁에는 ○○레스텔에서 식사를 하고 잠을 잔 후 다음 날에도 자웅을 겨루었다. 그런데 골프뿐 아니라 인생사 모두가 '일승일부병가상세(一勝一負兵家常勢)' 아니던가? 결과는 도긴개긴이었다.

동반자 중에 한 명이 증평에서 버섯 농장을 하고 있다. 그동안 이 친구에게서 몇 차례 버섯을 선물 받아 맛도 봤지만 농장에는 직접 가 보지 못했는데 이번에는 친구와 운동을 하고 들를 수 있었다. 생각보다 엄청 큰 농장이다. 1,500평이 훌쩍 넘는 큰 면적에 버섯 재배용 건물만 해도 다섯 동이나 된다.

구석구석 둘러보면서 버섯 농사란 게 결코 쉬운 일이 아님을 실감할 수 있었다. 그동안 외국인 노동자 두 명을 데리고 있다가 지난해 많은 적자를 보면서 이제는 한 명만 데리고 있다고 한다. 그럼에도 그는 수익과 무관하게 일을 할 수 있는 그 자체가 좋다고 한다. 내가 가진 자의 여유라고 놀리긴 했지만 어쨌든 보기가 좋았다.

농장 견학을 통해 처음으로 버섯 재배에 대한 지식도 종균처럼 배양이 된 듯하다. 우선 포자를 톱밥 등으로 만들어진 배지에 접종한다. 적절한 온도, 습도를 유지해야 하는 데 이를 위해 송풍기, 환풍기 등도 설치되어 있었다. 배지(培地)는 '균이나 세포 등 미생물을 배양하는 데 쓰는 영양물'로서 버섯이 자라기 위해 필요한 물과 영양분을 제공해 주는 기본 재료이다. 이 농장에는 표고버섯과 참송이버섯이 주종인데, 뿌리를 내려 성장하는 데 걸리는 시간은 버섯의 종류마다 다르다고 한다.

농장 사무실과 숙소는 따로 준비되어 있었다. 커피 한잔을 먹으려 했더니 옥수수 수염차를 내민다. 우리처럼 나이든 남자에게 좋다나 뭐라나? 그런데 엄청 시원하다. 사무실에는 '소이부답심자한(笑而不答心自閑)'이라는 글이 그의 일상 모습을 대변하는 듯하다. 이 시구는 중국 당나라 시인 이백의 산중문답(山中問答)에 나오는 말이다.

問余何事栖碧山(문여하사서벽산)

笑而不答心自閑(소이부답심자한)

桃花流水杳然去(도화유수묘연거)

別有天地非人間(별유천지비인간)

왜 푸른 산에 사느냐고 나에게 묻기에

웃으며 대답하지 않으니 마음이 저절로 한가롭다

복사꽃이 물에 흘러 아득히 떠내려가니

따로 천지가 있어 인간세계가 아니로세

그날 저녁 가지고 온 친구의 버섯과 피망, 아스파라거스에 고기를 넣어 먹으니 그 맛이 일품이다. 면역력 강화와 항암작용이 뛰어나다는 표고버섯을 씹는 맛은 마치 전복을 먹는 듯이 아삭아삭하고 쫄깃쫄깃하다. 여기에 참송이의 진한 향이 입안을 맴돈다. 짝꿍의 거듭된 칭찬에 나도 그저 소이부답(笑而不答)일 뿐이다.

추풍령 휴게소에서

시골 농장 가는 길에 경부 하행선 추풍령 휴게소에 들렀다. 2층의 도넛과 커피를 파는 곳에 들러 짝꿍과 함께 집 나선 즐거움을 나눈다. 저 멀리 맞은편 추풍령 휴게소 상행선에는 경부선 준공기념탑도 보이고, 휴게소 뒤편에 '김천 추풍령 테마파크'가 눈에 들어온다. 무엇을 하는 곳일까 하고 살펴보고 있는데 그 아래쪽에 드론 이착륙장이 있는 게 아닌가? 휴게소에 드론 이착륙장이라니 무엇을 배달하는지 무척 궁금하다.

얼마 전 신문에 여수의 섬마을에 드론으로 짜장면을 배달하는 기사가 났었다. 아직 가정집까지 배달하는 수준은 아니지만 제주, 인천, 여수 등에서도 드론 이착륙장을 만들어 사용하고 있다고 한다. 여수시에서는 외딴 섬 10곳을 오가는 드론 배달 서비스를 시작했다고 하는데 섬과 산간벽지에 의약품과 생필품, 음식을 배달할 수 있다면 그 주민들은 하늘에서 생명을 살리는 축복의 꽃비가 내린다고 생각할 것이다.

잘 알다시피 드론(Drone)은 군사용으로 시작되어 민간으로 확산해 뿌리를 내린 대표적인 사례다. 1935년경 윌리엄 해리슨 스탠들리 미 해군 제독의 영국 방문이 계기가 되었다. 당시 영국군은 대공포 훈련용 공중 표적으로 '여왕벌(Queen Bee)'이라는 이름이 붙은 무인 비행체를 사용했는데 이를 살펴본 스탠들리 제독이 귀국 후 미군에 같은 용도의 무인기 개발을 지시한 것이다. 이때부터 무인 비행체를 수컷 벌을 뜻하는 '드론'으로 명명했다고 한다.

차를 타고 농장으로 가면서 짝꿍과 추풍령과 드론에 대한 얘기를 나누었다. 짝꿍은 경부고속도로를 보면 우리나라 경제를 일으킨 박정희 대통령과 함께 2차 세계대전이 발발하기 전에 건설된 독일의 아우토반이 생각난다고 했다. 그리고 유해발굴단인지 어느 독립작전부대인지는 모르지만 장병들에게 드론으로 음식을 배달해 주는 것을 TV에서 봤다며 참 좋은 세상이라며 감탄사를 연발한다.

나는 이곳 추풍령에 걸려 있는 흰 구름을 볼 때면 과거 가슴이 철렁했던 기억이 난다. 수십 년 전 합참에서 근무할 때 경북 지역 화랑훈련을 현장 지도하기 위해 출장을 가시는 본부장님을 수행해 추풍령 상공을 헬기로 날아갔었다. UH-60을 타고 용산에서 대구까지 이동하였는데 추풍령 상공에서 이상기류로 인해 헬기가 한번 푹 떨어졌던 것이다. 당시에도 가끔씩 헬기 사고가 발생하곤 했는데 헬기와 함께 내 가슴도 철렁 내려앉았던 것이다. 당해 보지 않은 사람은 그 기분을 알지 못한다.

갑자기 짝꿍이 소리를 지른다. "오빠, 돈 많아? 과속이야, 과속!" 그 옛날 네비게이션에 나오던 ○○○의 흉내를 내며 무의식 중 액셀러레이터를 힘차게 밟고 있는 나에게 일갈한다. 정신이 번쩍 들었다. 헬기나 차량이나 위험하기는 마찬가지. 누가 뭐래도 안전이 최고다. 공중, 해상, 지상 어느 곳이든 교통사고는 개죽음이다. 사람답게 살다가 사람으로 죽어야지 개죽음을 할 순 없지 않은가?

사흘간의 농장 일을 마치고 대전으로 올라오는 길에 상행선 추풍령 휴게소에 들러 1970년 7월 7일 준공된 '서울부산간고속도로준공기념탑'을 둘러보았다. 여기에는 "서울부산간 고속도로는 조국 근대화의 길이며 국토통일에의 길이다."라는 박정희 대통령의 글이 새겨져 있고, 반대편에는 "이 고속도로는 박 대통령 각하의 역사적 영단과 직접 지휘 아래 우리나라 재원과 우리나라 기술과 우리나라 사람들의 힘으로 세계 고속도로 건설사상에 있어서 가장 짧은 시간에 이루어진 조국 근대화의 목표를 향해 가는 우리들의 영광스런 자랑이다."고 새겨진 이한림 건설부 장관의 글이 새겨져 있다.

경부고속도로는 2년 5개월(1968. 2~1970. 7) 만에 준공되었는데 서울과 부산의 중간 지점인 추풍령에 높이 30.8m의 기념탑을 설치한 것이다. 추풍령의 상행선 휴게소에는 고속도로 건설 당시의 사진들이 입구에 게시되어 있다. 또한 추풍령 상하행선 휴게소는 고속도로 위를 다리로 연결하여 건너다닐 수 있도록 되어 있다. 그런데 기념탑 바로 옆에 2020년 7월에 '준공 50주년 기념비'를 설치하고 그곳에 국토교통부 장관 김○○란 이름을 올려놓은 것이 좀 생뚱맞다는 생각이 들었다.

사실 경부고속도로 건설 당시 불의의 사고로 순직한 분들의 넋을 기리기 위한 위령탑은 금강휴게소 바로 옆에 설치되어 있다. 순직자가 77명이고, 경부고속도로 준공일이 7월 7일이며, 매년 한국도로공사가 금강휴게소에서 유족과 함께 위령제 행사를 거행하는 날도 바로 7월 7일이라는 사실이 참으로 아이러니하다.

3장

꿈꾸는 방랑자

그립다는 것은 없는 것, 아쉽다는 것은 부족한 것
지나간 청춘은 늘 그립고 아쉽다
그것이 인생!

공주의 공주 나들이

딸이 쉬는 날을 택해 모처럼 콧구멍에 바람을 넣기 위해 길을 나섰다. 점심 메뉴는 늘 한식을 택하는 우리보다 동행을 하는 우리 공주님이 원하는 것으로 정하고서. 그런데 가던 길에 간판을 본 마나님의 요구로 갑자기 '해 달 & 별장'이란 식당으로 차를 돌려야 했다. 자식 이기는 부모는 없다고 했는데 우리 집 마나님은 차원이 다르다. 그 짧은 사이에 딸을 꼬드겼다. 그동안 유일하게 내 맘대로 못했던 둘째딸이 착해진 걸까, 약해진 걸까?

이름도 알지 못하는 숱하게 많은 종류의 음식 이름들, 나에겐 그냥 스파게티이고 피자일 뿐이다. 메뉴를 보는 사이 2층을 갔다 온 딸이 그곳에서 내려다보이는 전망이 훨씬 좋다며 그쪽으로 안내를 한다. 2층을 독차지한 우리들은 분명 행운아들이다. 창밖에 비치는 시골 풍경이 정겹고, 저 멀리 우뚝 솟은 계룡산 장군봉이 그 위엄을 자랑한다. 현역 시절, 진급 시즌만 되면 얼마나 많은 사람들이 저곳을 올랐었던가? 장군봉에 올라야 장군이 된다는 미신을 믿는 사람이 지금 과연 얼마나 될까? 세 종류의 음식이 나왔다. 메뉴를 다르게 시키면 골고루 나눠 먹는 재미는 덤이다. 남은 피자 반판은 결국 종이 박스에 싸이는 신세가 되었다.

목적지인 카페 이름을 네비게이션에 입력했다. 가까운 거리다. 그런데 아뿔싸! 동학사 가는 길에 있던 박정자 삼거리의 모습이 대규모 공사로 완전히 바뀌어 있었다. 네비가 길을 헤매니 차는 엉뚱한 길로 접어들 수밖에… 차는 네비에서 길이 아닌 허공을 달린다. 그동안 네비도, 나도 새로 바뀐 도로에 대해 업그레이드가 안 되어 있었던 것이다. 한참을 돌고 돌아 차는 한적한 시골길로 접어든다. '자라 보고 놀란 가슴 솥뚜껑 보고 놀란다.'더니 혹시 길을 잘못든 건 아닐까 하는 걱정과 함께 이런 곳에 카페가 있겠나, 있더라도 사람들이 찾아올까 하는 생각이 든다. 그래도 딸은 아무 걱정하지 말란다. 전에 와 본 곳이라면서….

카페는 송곡지라는 조그만 저수지 둑길 건너에 있었다. 둑방은 외길이다. 이를 본 마나님이 조치원에 살 때 누굴 만나러 갔던 해묵은 이야기를 꺼냈다. 약속 장소 가까이 있는 고복저수지의 둑방 외길에서 웬 아줌마와 마주쳤단다. 맞은편에서 5m를 들어온 아줌마와 50m를 들어온 자기. 그런데 상대 아줌마 가로되, "나는 전진만 할 줄 알지 후진을 모른다."며 버티더란다. '급한 사람이 우물 판다.'고 약속 시간이 가까워져 결국 50m를 후진으로 땀을 삘삘 흘리며 물러났다는 슬픈 무용담.

그러면서 왈(曰), "대한민국에서는 중2와 아줌마가 제일 무섭다."며 특히 50대 아줌마를 조심하라나 뭐라나? 아니 이게 무슨 귀신 씻나락 까먹는 소린가? 자기도 아줌마니까 앞으로 까불지 말라는 건지 아니면 다른 젊은 아줌마를 가까이하지 말라는 경고성 발언인지? 제법 잔머리를 굴릴 줄 아는 나도 이때는 헷갈린다. 아하, 그럼 둘 다란 말인가?

카페 이름이 '엔학고레'다. 무슨 소리냐니까 마나님이 엔학고레는 히브리어라며 카페 이름을 외우기 어려우니 '애 낳고 오래'라고 기억하란다. 시집도 안 간 딸이 뒷자리에 타고 있는데 애 낳고 오라니… 못 올 데를 왔나 싶어 카페 안을 살펴보니 한쪽 구석에 권투 글러브와 함께 챔피언 벨트가 있다. 1970년대를 풍미했던 왕년의 복서 황복수 선수가 운영하는 카페였던 것이다. '엔학고레'가 성경에 나오는 '부르짖는 자의 샘'이라는 뜻이고, 황복수 선수는 전 OBF페더급 챔피언이며, 황복수–카라스키야–홍수환 선수에 대한 얽히고 얽힌 얘기 따위는 여기서 생략하기로 하자.

사실 이곳은 사진작가들이 즐겨 찾는 곳이란다. 통유리로 된 카페에서 바라다보는 외부 정경도 아름다울 뿐 아니라 야외 의자에 앉아 저수지를 바라보는 물멍도 좋고, 아니면 카페 옆에 쌓아 둔 장작에 불을 피워 불멍을 때려도 좋다. 난 막간을 이용해 야외에서 잠시 물멍만 때렸다.

이곳은 사계절 중에 가을 단풍이 최고라니 주변의 아는 이들에게도 한번쯤 가 보길 권하고 싶다. 단, 커피값에 구경값이 첨부된다는 점을 미리 알아야 서운하지 않다. 현대판 황선달이 구경값을 포함해서 받고 있었던 것이다. 세상에 공짜는 없다고 하면서….

한량의 돈암서원 탐방기

모처럼 가을 나들이에 나섰다. 그동안 집안 살림살이에 분주했던 짝꿍과 함께 그리 멀지 않은 논산의 돈암서원(遯巖書院) 일대에서 가을의 정취를 느껴 보고자 함이었다. 우린 차량으로 여행 시 늘 세트화된 조그만 가방에 따뜻한 물과 삼박자 커피 그리고 약간의 주전부리 등을 지참한다. 차 안에서 짝꿍이 타 주는 그 커피 맛은 또 하나의 행복이다.

돈암서원은 몇 년 전에도 와 본 곳이라 다소 익숙한 곳이다. 입구에는 논산 한옥마을이 들어서 있는데 지금은 공사 중이다. 서원으로 들어서는 길가엔 벌써 은행잎이 다 떨어지고 주변 논밭엔 코스모스 줄기만 앙상히 서 있다. 짝꿍은 가을의 낭만을 즐길 수 있는 시기를 놓쳤다며 아쉬움을 토로한다. 그러고는 열심히 코스모스 씨앗을 모은다. 시골 농장 주변을 코스모스 꽃밭으로 만들겠다는 원대한 포부를 가지고….

오늘 찾아온 서원과 향교(鄕校)의 차이는 무엇인지 궁금하다. 인터넷의 도움을 얻어 확인해 보니 향교는 유교를 교육하기 위해 국가가 지방에 설립한 중등교육기관으로 교육 기능과 제향 기능이 있었으나 지금은 제향 기능 중심으로 운영되고 있다. 반면 서원은 조선 시대 지방에 세워진 대표적 사립 교육기관이다. 대부분 제향(祭香, 선현을 추모하는 의식), 강학(講學, 학문 연구), 교류와 유식(遊息, 수양과 휴식)의 기능을 갖고 있다.

한국의 서원 670여 개 중 9곳이 2019년 유네스코 세계유산목록에 등재되었는데 돈암서원은 그중의 한 곳이다. 인류를 위해 보호되어야 할 뛰어난 보편적 가치가 있다고 인정한 셈이다. 이곳은 사계(沙係) 김장생의 학문과 덕행을 추모하기 위해 그의 사후 제자와 유림들이 세웠는데 현종 원년(1660)에 '돈암서원'이라는 현판을 내려 사액(賜額)서원이 되었으며, 고종 8년 흥선대원군이 전국 670여 개의 서원에 철폐령이 내려져 47개만 남겼을 때도 그 명맥을 유지한 곳이기도 하다.

돈암서원은 좌측은 계룡산, 우측은 대둔산을 끼는 배산임수의 형태를 취하고 있다. 원래는 현재 위치 인근의 임리 숲말에 있었는데 19세기 후반 홍수 피해를 입어 현 위치로 옮겼다고 한다. 이날 운이 좋아 해설사의 도움을 얻을 수 있었는데 그녀에게 왜 '돈암'인지를 물으니 돈암은 임리 숲말 근처에 있는 바위 이름이라고 한다. '달아날 둔(遯)'인데 돈이라 읽는다며… '돼지 돈(豚)'에 책받침이 있으니 돈암(遯巖)이란 돼지가 달아나는(遯) 형상의 바위(巖)란 말인가? 내 멋대로의 해석이다.

서원을 구성하고 있는 건축물은 크게 선현의 제사를 지내는 사당과 선현의 뜻을 받들어 교육을 실시하는 강당, 원생들이 숙식하는 동재(東齋)와 서재(西齋)의 세 가지로 이루어진다. 돈암서원은 앞쪽에 강학 공간인 응도당과 양성당, 양옆에는 유생들의 기숙사인 동재 거경재와 서재 정의재가 배치되었고, 뒤쪽에는 사당인 숭례사를 두어 전학후묘(前學後廟)의 배치 형식을 따랐다.

응도당(凝道堂)은 유생들이 공부하던 강당인데 보물로 지정되어 있다. 중용 제27장의 '이자 수덕응도지 대단야(二者 修德凝道之 大端也, 이 두 가지는 덕을 닦고 도를 이루는 커다란 단서이다)'라는 구절에서 유래된 것이라 한다. 인조 11년(1633)에 건립된 이 응도당 안쪽에는 '遯巖書院'이라는 현판이 붙어 있는데 작은 글씨로 '숭정 경자년(1660) 정월 일에 글씨를 하사하다'라고 적혀 있다. 이곳에 올라 두 팔을 벌리고 드러누워 따스한 햇볕을 맞으니 세상만사 근심 걱정이 사라진다. 응도당 뒷쪽은 맞배에 책을 엎어 놓은 듯한 모양인데 눈썹차양이 새롭게 보인다.

장판각은 팔만대장경처럼 판을 간직하여 보관하는 곳인데 김장생과 김집 선생 등의 책판을 보관해 오다가 관리하기가 어려워 지금은 공주박물관으로 옮겨진 상태이고, 이곳에는 책만 보관되어 있다고 한다.

숭례사로 들어가는 내삼문 담장에는 사계 김장생의 예학 정신을 가장 잘 보여 주는 12개의 글자를 전서체로 새겨 놓았다. 지부해함(地負海涵, 땅이 온갖 것을 등에 지고 바다가 모든 물을 받아 주듯 포용하라). 박문약례(博文約禮, 지식을 넓히고, 행동은 예의에 맞게 하라). 서일화풍(瑞日和風, 좋은 날씨와 부드러운 바람 즉, 다른 사람을 편안하게 해 주고 웃는 얼굴로 대하라).

숭례사는 문이 굳게 닫혀져 있었는데 1년에 두 번의 제사 때 문을 연다고 한다. 이곳에는 김장생과 그의 아들이자 제자인 김집 그리고 송준길, 송시열의 위패를 모시고 있다. 기와에도 만든 사람 이름이 새겨져 있었는데 해설사는 이를 일종의 '기와 실명제'라고 했다.

돈암서원은 사계 김장생의 숨결이 잦아든 기호학파의 요람이다. 그는 학문적으로 송익필·이이·성혼 등의 영향을 받았는데 예학(禮學) 분야는 송익필의 영향이 컸다고 하며, 이를 아들 김집에게 계승시켜 조선 예학의 태두로 불리게 되었다. 한량의 돈암서원 공부는 여기서 끝내기로 하자. 머리가 아프다.

오는 길에 '진수성찬'이라는 맛집에 들러 14첩 반상 한 상을 주문했다. 들깨가 듬뿍 들어간 구수한 미역국, 잘 구어진 황태, 짭조름한 게장, 두툼한 무 위에 올려진 고등어 그리고 불고기와 각종 나물들. 역시 이런 맛에 맛집을 찾는 게 아닌가 싶다. 짝궁은 자기의 다음 생일날에는 이 집을 찾겠다고 한다. 차를 타고 오는 길에 생각하니 놀기 좋아하는 내가 마치 큰일이나 한 것 마냥 가슴이 뿌듯해진다. 오늘은 몸과 마음이 살찐 날, 참 좋은 날이다.

명재고택에 숨겨진 비밀

논산 노성리에 명재고택이 있다. 이곳은 조선 중기의 전형적인 양반 가옥으로 평생을 초가에서 살아온 명재 윤증(尹拯, 1629~1714) 선생을 위해 1709년에 아들과 제자들이 지었다고 한다. 명재 윤증은 파평 윤씨의 대표적 인물로서 조선 숙종 때 소론의 지도자였으며, 평생 벼슬길에 나가지 않고서도 요즘의 총리급에 해당하는 우의정의 벼슬을 받았는데, 이 때문에 '백의정승'으로 불리기도 한다. 이곳은 문화재로 지정되어 있어 외부인들의 내부 출입이 엄격하게 통제되고 있는데 종중 대표님의 초대로 내부 구석구석을 둘러볼 수 있는 행운을 얻었다.

집은 사람을 닮고, 사람은 집을 닮는다고 했던가? 명재고택에는 안채를 제외하고는 높은 담장이 없고 권위의 상징인 솟을대문도 없다. 연못과 배롱나무와 같은 자연적인 요소들이 집의 담장 역할을 해 주고 있는데 댓돌과 문 하나에도 타인을 위한 배려가 담겨져 있다. 심지어 굴뚝조차 낮게 만들어 연기가 보이지 않도록 배고픈 인근 주민들을 생각했다고 한다.

고택을 둘러보다 보니 구조와 배치, 창호 등의 처리에서 집안 곳곳에 숨어 있는 조상들의 삶의 지혜와 선비의 기품을 엿볼 수 있었다. 창을 열 때마다 펼쳐지는 그림 같은 풍경은 검소하면서도 기품 있는 삶을 살아온 명재 선생과 그 후손들을 닮았다고나 할까?

통풍과 일조량까지 고려한 건물 배치와 설계, 바람이 좁은 통로를 흐를 때 속도와 압력이 증가한다는 과학적 원리까지 적용하고 있다면 사람들이 믿을까? 안채에 거주하는 아녀자들의 독립된 공간 확보와 외부에서 들어오는 사람들의 신분을 예측할 수 있도록 만든 내외벽의 구조(안에서 방문자의 발만 보이도록 설계되어 있음), 사랑방의 미닫이와 여닫이문 등의 형태가 탄성을 자아내게 한다.

할아버지방과 아버지방, 아들방과 손자방의 배치, 차경의 높낮이 조절 등이 경이롭기까지 하다. 어린 손자 방의 창턱은 높게 만들어 낙상을 방지하도록 되어 있고 할아버지 방 옆에는 몸종이 대기하는 조그만 공간도 있다는 사실을 얼마나 많은 사람들이 알고 있을까?

방보다 조금 높은 곳에서는 작은 공연도 할 수 있고, 차를 마실 수 있는 방 한 칸 정도 크기의 응접실 같은 곳도 있다. 섬돌에 신을 벗고 대청마루로 올라서서 툇마루 끝을 바라보면 검정색 편액에 연두색 당채(唐彩, 당나라에서 수입한 그림물감)로 '도원인가(桃源人家)'라는 편액이 걸려 있다.

이곳이 바로 외부 손님이 드나드는 곳인데 앞에서 얘기한 응접실과 연결된다. 사랑채로 오르는 계단 옆에는 네모난 돌에 '일영표준'이라는 글씨가 음각되어 있는 해시계가 있다. 윤증 선생의 9대손 윤하중 선생이 개발한 해시계라고 한다. 시계가 없던 시절에 해의 흐름을 관찰하며 하루를 짜임새 있게 살아간 주인의 모습이 그려진다.

한옥의 아름다움은 차경(借景) 하나만 보더라도 묘미가 있다. 차경이란 말 그대로 '경치를 빌린다.'는 뜻이다. 혼자만 가지지 않고 잠시 빌려서 즐긴다는 것이 얼마나 멋진 모습인가? 창문을 액자처럼 활용하여 즐긴다니 말이다. 방마다 문이 있고 창이 있으니 집에는 여기저기 수많은 액자가 걸려 있는 셈이다.

액자 형식으로 담아내는 그 그림은 기둥과 처마, 서까래가 받쳐 주면서 한정(限定)을 해 주니 이 또한 절제의 미가 아닐런가? 한마디로 차경은 살아 있는 풍경화다. 사시사철 계절에 따라 저절로 그림이 바뀌고 하루하루 햇빛과 바람 하나에도 풍경이 바뀐다. 양반들이 즐기는 하나의 놀이터라는 생각은 풍류를 즐기는 나만의 생각일까?

명재고택의 오른쪽 언덕에는 수백 개의 장독들이 또 하나의 볼거리를 제공해 준다. 이 집의 역사가 고스란히 담겨져 있는 듯하다. 지금도 오래된 장을 판매하고 있다고 하는데 충분히 이해가 된다. '봉제사(奉祭祀) 접빈객(接賓客)'을 중요한 과업으로 삼았던 종손과 종부들도 이제 먹고살아야 하지 않겠는가?

온고이지신(溫故而知新)이라고 했던가? 고택을 단순히 오래된 집이라는 생각을 했던 나, 한때는 조선 시대 선비를 꼰대라고 생각했던 어리석음을 되돌아볼 수 있는 소중한 기회였다. 오늘의 젊은이들도 나이가 들면 나와 같은 생각을 가질까? 부질없는 생각에 오늘 하루도 저물어 간다.

유구 색동수국정원을 다녀와서

이맘때쯤이면 수국이 한창일 거라는 마나님 얘기에 유구 색동수국정원을 찾아서 길을 나섰다. 꽃을 찾으러 가니 그에 걸맞게 나비(NAVY) 모자에 선글라스 끼고 우산도 들고서. 공주 유구천 인근에 조성된 색동수국정원은 이제 제법 명소가 되었다. 2년 전에도 와 본 곳이다. 하얀색, 붉은색의 수국이 탐스럽다. 6월 장마철에 피어나는 수국은 물을 좋아해서 얻은 별명이 '물그릇'이라고 하고, 토양 색깔에 따라 다른 색깔로 피어나 꽃말은 '변덕'이라고 한단다. 멋진 꽃에 붙여진 별명치곤 좀 거시기하다.

전설에 의하면, 한 소녀가 사랑하는 소년을 따라가다 발을 헛디뎌 험산에서 떨어져 죽고 자책한 소년도 함께 죽은 무덤에서 피어난 꽃. 수와 국이라는 두 사람의 이름을 따서 지은 이름이 수국이라는데 이는 믿거나 말거나이다.

수국(水菊)의 학명은 hydrangea로 중국에서는 '비단에 수를 놓은 둥근 공처럼 피는 꽃'이란 의미로 수구화(繡毬花)라고도 하며, 꽃의 색이 변한다고 하여 칠변화(七變花), 팔선화(八仙花)라고도 불린다. 수국은 옛날 새색시가 입었던 색동저고리의 비단 색감과도 같이 다양하고 신비스런 꽃 색감을 가지고 있어 색동비단 생산지 유구읍을 상징하는 꽃이 되었다고 한다.

천변을 따라 형형색색의 총천연색 시네마스코프로 멋진 향연이 펼쳐진다. 언덕 위 공연장을 지나니 최○○ 가수의 〈꽃을 든 남자〉라는 곡이 신나게 흥을 돋운다. 안성맞춤곡이다. 문득 수국의 옆모습을 바라다보니 싯다르타 부처님의 곱슬머리를 닮았다. 그런데 아무리 가도 푸른색의 수국이 보이질 않는다. 얄팍한 지식에 토양 때문인가 하는 생각도 해 본다. 잘 알다시피 수국은 토양 성분에 따라 다른 색을 띤다고 하는데 토양이 산성이면 푸른색, 알칼리 성분이면 붉은색을 띤다고 알고 있었기 때문이다.

플래카드를 보고 보라색, 파란색 수국을 찾아가다가 '유구 3.1독립만세운동 기념비'를 발견하였다. 비의 뒷면에는 1919년 이 고장의 황병주 선생을 포함한 500여 명이 유구시장에서 조국의 자주독립을 외치며 대규모 만세운동을 일으켰다며 그 정신을 기리기 위해 기념비를 세운 것이라고 기록되어 있다. 옆의 정자에선 노인 여러 명이 장기와 바둑이 한창이다. 신선놀음이 따로 없다.

유구 색동수구 마을은 담벼락도 벽화로 가득하다. 그 안에 '유구 섬유역사전시관'도 있다. 유구는 북한에서 내려온 피난민들이 가내

수공업으로 시작하여 초창기 한복 직물을 만들었고 현재는 산업용 소재와 최첨단 기능성 자카드 직물(무늬가 입체적으로 나타나도록 제작된 문양 직물)을 만들고 있다. 유구 인견도 유명하다고 한다. 인견은 낙엽송에서 펄프를 추출한 요사(실)로 만든 순수 자연 섬유다. 통풍이 잘되어 몸에 붙지 않고 땀띠가 예방되며, 시원한 감촉으로 냉장고 섬유라고도 불리는데 아토피가 있는 분들에게 좋다고 한다. 정전기도 발생하지 않고 원적외선을 방출하는 항균성 섬유라고 선전한다.

집으로 오는 차 속에서 오늘 들렀던 유구 색동수국정원의 이름을 가만히 생각해 본다. 왜 유구인가? 왜 색동이고 수국인가? 그 답을 찾아 이를 새로이 해석해 본다. 독립지사들이 바라던 바대로 우리나라가 유구하라고 '유구', 무병장수를 의미하는 오방색의 색동옷을 입고 한번 뛰어놀아 보라고 '색동', 어떠한 경우에도 나라를 지키라고 '수국'이라 하지 않았겠는가? 여의도의 못난 친구들이 유구, 색동, 수국의 의미를 알기나 할까?

세상에 둘도 없는 선물 그리고 세한도

정월 대보름날을 맞아 이런저런 생각을 하다 보니 정말 기록으로 남기고 싶은 일이 있다. 사람이 살면서 다른 사람으로부터 받은 고마움을 모른다면 어찌 사람이라고 할 수 있겠는가? 그동안 살아오면서 많은 친구를 사귀었지만 조금은 독특한 인연이 있는 친구가 있다. 두 명의 친구, 아니 그 친구들의 아내에 대한 얘기다.

내 고향 성주(星州)는 그대로 풀어 쓰면 '별고을'이다. 내가 자란 우리 마을은 대략 100호나 되는 '별고을'에서도 제법 큰 동네였는데, 같은 해에 우리 마을에서 6명의 남자아이가 태어났다. 흔히 얘기하는 불알친구, 좋은 말로 하면 죽마고우다. 고등학교를 졸업하고 나이 들어 모두 떨어져 살았지만 어느 때부터 시작하여 매년 몇 차례씩 부부 동반으로 만났다. 오랜 시간이 지나다 보니 6명 중 1명은 불의의 사고로 먼저 떠나고 5명이 요사이도 1년에 1~2번씩은 만난다. 그중 한 명에 대한 얘기다.

고향에서 건설 사업을 하는 그 친구와 부부 동반으로 만나던 어느 날 두 마나님이 동시에 "야~~" 하고 환호성을 내질렀다. 둘이서 학창 시절의 이런저런 얘기를 나누다가 중요한 사실을 알게 된 것이다. 서로 중학교 동창이었던 것이다. 두 부부가 남자는 남자끼리, 여자는 여자끼리 서로 친구 사이라니 이 얼마나 기똥찬 인연이고 운명인가? 그 이후 우린 만남엔 거리낌이 없었다. 나는 내 친구를 만나러 가고, 내 아내도 자기 친구를 만나러 가는 길이니까.

그러던 어느 날 옷감 물들이기를 좋아하던 친구 아내가 나에게 지갑 하나를 내밀었다. 직접 감물을 들인 천으로 한 땀, 한 땀 바느질을 해서 이 세상에 하나밖에 없는 선물을 해 준 것이다. 정성이 가득 담긴 이 세상 그 어느 것보다 값진 선물이었다.

그 지갑은 요사이도 잘 사용하고 있다. 특히 골프를 칠 때면 이 지갑을 애용하는데 특이한 지갑에 대해 동반자들이 자주 묻곤 한다. 어떤 제품이고 어디서 샀느냐고? 자초지종을 얘기하면 모두가 부러움의 눈길을 던진다. 그리고 얇았던 지갑이 운동이 끝날 때쯤에는 제법 두툼해진다. 때론 오만 원권과 만 원권을 천원 짜리로 변하게 하는 마법을 부리기도 하지만 나는 이 지갑이 정말로 좋다.

충청, 대전, 세종 지역에 살고 있는 우리 동기들은 격월 단위로 만나 운동과 식사 모임을 하고, 가끔은 번개팅을 하기도 한다. 전국의 지역 동기생들의 모임 중 가장 재미가 있다고 알려진 동기회 모임이다. 이 얘기는 인근에 살고 있는 사관학교 동기의 아내에 관한 것이다. 남에게 베풀기를 좋아하는 그녀의 넉넉한 마음은 잘생긴 얼굴만큼이나 예쁘다. 아마도 천당에 가는 표는 여러 장이 예약되어 있을 것이다.

몇 해 전, 그녀가 겨울 내내 뜨개질로 목도리를 여러 개 만들어 가까운 친구들에게 하나씩 나누어 주었다. 우리 집에는 애들도 많다며 두 개를 더 챙겨 주었으니 도대체 얼마나 만든 것일까? 나는 목도리 한쪽에 만든 구멍 사이로 끼워 넣는 그 목도리가 사용하기도 편해 자주 애용한다. 겨울철 골프를 칠 때 이 목도리를 하고 앞에서 얘기한 감물을 들인 황토빛 지갑을 사용하는 날이면 동반자들은 각오를 단단히 해야 한다. 공도 너무 잘 맞기 때문이다. 목도리와 지갑을 통해 따뜻한 사랑이 느껴지고, 기분도 좋으니 그럴 수밖에 없지 않겠는가?

얼마 전, 뜻이 맞는 문인 20여 명이 모여 서울 국립중앙박물관을 다녀왔다. 모처럼 건달로 살고 있던 나의 빈 가슴에 인문학의 향기를 가득 담고 온 날이다. 그날의 재미있던 얘기는 차치하고, 문인들과 헤어진 이후에 보지 못하고 온 〈세한도(歲寒圖)〉를 기필코 봐야겠다는 집념으로 짝꿍과 같이 달려가 확인했다는 사실이 대견스럽기만 하다. 잘 알다시피 〈세한도〉는 제주로 유배 갔던 추사 김정희에게 수십 권의 책을 보내 주었던 그의 제자 우선(藕船) 이상적과의 의리와 사제지간의 정이 담겨진 그림이다.

가까이서 살펴보니 〈세한도〉라는 이름과 함께 '우선시상 완당(藕船

是賞 阮堂, 이상적은 감상하게나. 김정희)'이라고 쓰여 있고, '장무상망(長毋相忘, 오래도록 서로 잊지 말자)'이라는 인장도 찍혀 있다. 전문가가 그린 그림이라고 보기엔 너무나 초라한, 집 한 채에 한 그루의 소나무와 세 그루의 잣나무가 그려진 세한도. '추위 속에서도 변치 않는 마음'이라는 의미를 담은 그림을 요리조리 살펴보았다. 나는 그 그림 속에 담겨진 두 사람의 우정을 생각하며, 오늘도 친구 아내가 건네준 지갑과 목도리에 담긴 따스한 정을 가슴에 품는다.

동쪽에서 부는 바람, 서쪽에서 부는 바람

미술계의 거장 이응노 화백 탄생 120주년을 맞이하여 '국립현대미술관'과 '이응노미술관'이 공동 기획하여 지난해 11월부터 올해 3월 3일까지 '이응노, 동쪽에서 부는 바람, 서쪽에서 부는 바람' 특별전시회를 개최했다.

그 마지막 날 오후에 짝꿍과 같이 관람했다. 사실 짝꿍과 나는 예술 분야에서도 약간 취향이 다르다. 나는 음악 중에서 트로트 등 대중음악을 좋아하는 반면 짝꿍은 발라드와 하드락을 좋아하고, 미술도 좋아해서 박물관이나 미술관에 가는 걸 즐긴다. 바늘 가는데 실 가듯이 자꾸 따라다니다 보면 조금은 알 듯도 한데 아직도 그 맛을 잘 모르겠다.

이번 전시의 슬로건인 '이응노, 동쪽에서 부는 바람, 서쪽에서 부는 바람'은 동양과 서양, 식민지와 제국주의 등의 충돌과 융합이 키워드라고 한다. 그런데 나는 '이응노'라는 이름은 쏙 빼고, 그 대신

'진성'이라는 가수 이름을 넣어 〈님의 등불〉이라는 노래 가사를 생각했으니 이를 어찌하면 좋을꼬?

> 동쪽에서 부는 바람 님의 옷깃 스칠라
> 서쪽에서 부는 바람 님의 살갗 스칠라
> 하나밖에 없는 내 님이여 누가 볼까 두렵소
> 장독 뒤에 숨길까 이내 등 뒤에 숨길까
> 세찬 비바람 불어도 거센 눈보라가 닥쳐도
> 나는 영원한 당신의 등불이 되리라~~

아는 만큼 보인다고 했던가? 미리 연구하고 갔음에도 이응노 화백에 대해 모르는 게 너무 많았다. 1904년 충남 홍성에서 출생한 이응노 화백은 전통 사군자 작가로 미술에 입문하였고, 1938년 일본 도쿄에서 서양화를 공부하면서 동서양화의 화풍을 접목시켜 외신의 큰 관심을 받기도 했는데 호는 고암(顧庵), 죽사(竹士) 등이 있다.

그는 1930년대 대나무 작가로 미술에 입문하였는데 '죽사'라는 호가 알려 주듯이 이번 전시에 출품된 '대죽'을 보면 그의 개성이 잘 드러난다. 화면 한가운데를 수직으로 뻗은 대죽을 굵은 붓으로 단번에 내리 긋고 양 옆에는 가느다란 줄기를 배치하여 서로 대조를 이루게 한다.(동쪽에서 부는 바람, 아시아, 1930년대~1958)

이응노의 유럽 활동 시기는 30여 년의 긴 시기였고 서양의 예술 영향을 받아들여 콜라주에서부터 서예적 추상, 군상에 이르기까지 다양한 형식을 추구하였다. 그럼에도 불구하고 종이, 붓, 먹이라는 동아시아 전통 재료의 사용을 멈춘 적이 없다.

1958년 프랑스로 건너간 이후 동서양 예술을 넘나들며 '문자 추상', '군상' 시리즈 등 독창적인 화풍을 선보이며 유럽 화단의 주목을 받았고 독일, 영국, 이탈리아, 덴마크, 벨기에, 미국 등지에서 수많은 전시회를 열었다.

프랑스에 정착한 이응노는 1962년경부터 '동양미술학교'에서 3,000명이 넘는 다양한 국적의 제자들에게 동양화와 서양화를 가르치기 시작하였는데 제자들의 모임은 지금도 이어지고 있다고 한다. (서쪽에서 부는 바람, 유럽, 1959~1989)

1970년대 후반의 '구성'은 이러한 작가의 변화를 드러낸다. 원색과 평면적인 배경 구성, 굵은 윤곽선으로 둘러싸인 도형들은 수묵화가 이응노의 또 다른 면모를 유감없이 보여 준다. 작품 속 세 명의 사람이 하나의 거대한 날개를 지닌 형상은 이응노의 작품에서 '가족'을 의미하기도 한다. 작가 자신과 부인, 그리고 아들이 함께 등장하는 이 도상은 한자 '좋을 호(好)'에서 발전하였다. 원색이 주는 밝고 화사한 느낌이 따뜻함을 훌륭하게 시각화하고 있다.

1980년대의 그림 속에는 수많은 인간이 무리를 지어 움직이는 모습, 다양한 형태의 군상이 등장하기 시작한다. '군상' 시리즈는 이응노의 마지막 변모이자 모든 것을 쏟아부은 작품들이다. 흥미로운 점은 이 작품을 본 사람들이 저마다 여러 가지 의미를 연상한다는 점이다. 한국인들은 민주화 운동이나 학생 데모를 떠올리지만, 유럽인들은 반핵운동, 반전시위를 그린 것으로 이해한다.

하늘을 향해 두 손을 뻗은 사람, 가슴을 열어 젖인 사람, 높이 뛰어오르는 사람, 손에 손을 잡고 달려가는 사람들 등등… 작은 모습의 사람 하나하나가 모여 어느새 화면을 가득 채우고 거대한 무리를 이룬다. 군상을 감상하던 짝꿍이 작은 무리들의 모습이 마치 '만리장성'처럼 보인다고 하길래 나는 '군무'가 생각난다고 했다. 보는 이에 따라 이렇게 느낌이 다르다.

이응노 화백에게는 안타까운 점도 많았다. 1967년 독일에서 동백림(동베를린) 사건에 연루되어 한국으로 송환된 후 1년 8개월 동안 옥고를 치른 바 있는데 6.25 때 납북된 아들을 만나게 해 주겠다는 북한 공작원의 말에 속아 동베를린으로 간 사건이다.

또한 그의 아내 박인경은 1977년 파리에서 피아니스트 백건우와 영화배우 윤정희 부부의 북한 납치 미수사건의 배후로 몰려 곤욕을 치루기도 하였다. 이응노는 1976년 파리에서 백건우, 윤정희의 주례를 맡은 인연이 있다. 이러한 일들과 이중국적 문제 등이 겹쳐 결국 1983년 프랑스에 귀화했으니 정말 안타까운 일이 아닐 수 없다.

많은 논란에도 불구하고 이응노 화백은 일생 동안 끊임없는 도전과 혁신을 추구한 인물임은 분명한 것 같다. 그는 유럽과 아시아, 미국 등 전 세계에 작품이 소장되어 있는 국제적인 작가이기도 하다. 이번 전시는 그의 한국적 뿌리와 유럽에서 받은 자극이 어떻게 충돌하고 융합하여 독자적인 작품으로 탄생하였는지를 살펴볼 수 있는 기회였던 셈이다.

도슨트의 설명을 들어 보니 그는 1989년 심장마비로 죽기 전까지 많은 작품을 남겼는데 이번에 출품된 60여 점의 작품 중 30여 점이 그동안 국내에 공개되지 않았던 작품들이라 한다. "인생은 짧고 예술은 길다."는 말은 이럴 때 하는가 보다.

앙리 마티스의 '춤'을 찾아서

얼마 전 인산 작가가 인산편지에서 언급한 앙리 마티스의 〈춤〉이 나에게 강렬하게 남아 있었는데 짝꿍이 이와 관련된 새로운 정보를 알려 준다. 세계의 유명 미술관을 직접 가 본다는 것은 얼마나 어려운가? 그런데 마침 논산에 있는 '연산문화창고'에서 〈앙리 마티스(HENRI MATISSE) 레플리카전〉이 열린다는 것이다. 하루 뒤에는 전시회가 끝나니 모든 것 제쳐 두고 같이 가 보자는 말에 선뜻 길을 나섰다. 미술에 문외한인 내가 요즈음 짝꿍 덕분에 많이 배우면서 미개인에서 문화인으로 탈바꿈하고 있다면 과한 표현일까?

프랑스 북부에서 태어난 앙리 마티스(1869~1954)는 피카소와 함께 20세기 초반 시각 예술의 발전을 이끈 위대한 화가이자 그래픽 아트의 거장이기도 하다. 강렬한 색채, 거침없는 표현으로 '야수파의 거장'이라 불리기도 한다. 피카소와는 평생 친구이자 라이벌로서 종종 비교가 되기도 하는데 그들 사이의 한 가지 중요한 차이는 마티스는 자연에서 그림을 그린 반면 피카소는 상상력에서 작업하는 경향이 훨씬 크다는 점이다.

마티스의 인생에서는 그를 미술로 인도하는 두 번의 위기이자 기회가 있었다. 그를 그림으로 처음 인도한 것이 22세 때 걸린 맹장염이었다. 병원에 입원한 아들에게 어머니가 사다 준 물감상자가 변호사가 되기를 원하던 아버지의 꿈을 저버리고 화가가 되는 계기가 되었던 것이다.

그를 또 다른 예술 세계로 인도한 것은 2차 세계대전이 벌어지던 1941년에 찾아온 대장암이었다. 의사는 그에게 주어진 시간이 고작 몇 개월이라고 했는데도 불구하고 그는 그림을 그리기 위해 붓을 손에 묶기까지 했다. 그때 떠오른 묘수가 붓 대신 가위를 잡고 물감을 칠한 종이를 오린 다음 이들을 붙여 작품을 만드는 것이었다. 콜라주와 비슷하지만 이를 컷-아웃(Cut-out)이라고 부르는 이유는 붙이는 것보다는 자르는 행위에 초점을 맞추었기 때문이다. 마티스는 의사가 예상한 날보다 14년을 더 살며 작품을 남겼다. "위기는 기회!"라는 말이 마티스의 인생을 표현한 말이 아닌가 하는 생각이 든다.

이번 전시는 4개의 섹션으로 이루어져 있는데 ① 모방과 습득 시기, ② 야수파-오달리스크 시기, ③ Paper Cut Outs, 구성적 시기, 그리고 ④ Jazz Book의 4개 섹션으로 이루어져 있는데 총 56작품을 전시하고 있었다.

여기에 전시된 작품들은 쉽게 말하면 사본들이다. 레플리카

(Replica)란 '그림이나 조각 따위에서 원작자가 손수 만든 사본'이라고 정의되어 있다. 관계자의 설명에 의하면, 여기에 걸린 작품들은 원본을 컬러로 프린트한 후 투명물감으로 칠해서 입체감과 높낮이, 터치감 등 질감을 살린 것이라고 한다. 진품과 거의 비슷하게 만들기 때문에 여러 사람이 공동작업을 해서 한 사람이 자기 것이라 주장하지 못하도록 한다는 얘기도 곁들인다.

전시된 작품 중에서 눈길이 가는 몇 가지 그림이 있었다. 첫째는 그 유명한 〈춤〉이라는 그림이다. 마티스가 그린 다섯 명이 손잡고 춤추는 모습의 'Dance 1'과 'Dance 2'가 있다고 하는데 하나만 걸려 있어 두 그림을 비교해 볼 수 있는 기회가 없어 살짝 아쉬움이 있었다. 얼마 전 인산 작가는 이 춤은 함께 나아가는 세상을 꿈꾸면서, 서로 맞잡은 손은 배려와 공존이며, 각자의 동작은 조화와 균형이라고 하면서 지금 우리가 추어야 할 춤은 바로 앙리 마티스의 〈춤〉과 같은 춤이라고 한 바 있다. 앙리 마티스의 〈춤〉이라는 그림 앞에서 그 모습을 재현해 보려고 했는데 쉽지가 않았다.

둘째는 파란색으로 이루어진 그림들인데 블루(Blue)라는 색상과 누드라는 이름이 묘하게 나를 유혹한다. 푸른 색감은 마치 지중해라는 큰 바다를 그대로 담아 놓은 듯하다. 마티스는 프랑스의 남부 도시 니스에서 노년을 보냈는데 여성의 누드에 심취했고 이를 '컷-아웃' 방식으로 재현했다고 한다. 물감으로 색을 만들어 종이에 칠한 후 가위로 오려내 작업을 한 것이다. 마티스는 "가위는 연필보다 더 감각적이다."고 했다.

금강산도 식후경이다. 관계자의 소개로 찾은 곳이 '대추꽃 피는 밥상'이라는 한식 뷔페식당이다. 최근 둘러본 한식 뷔페집 중에서 맛과 가성비 측면에서 단연 최고다. 이유는 개인이 운영하는 식당이 아니고 논산시에서 노인일자리 창출 차원에서 운영하는 식당이기 때문이다. 인근에 거주한다는 한 분은 5년째 이 식당에서 점심을 해결한다며 9,900원이라는 이 가격으로는 집에서 도저히 해 먹을 수 없다고 한다. 그러면서 식당은 8인이 한 조가 되어 1주일씩 교대한다고 한다. 연산면사무소 바로 옆에 있으니 인근을 지나는 길이면 추천하고픈 식당이다.

인근 연산역에서 철도문화체험도 할 수 있고 '기찻길 옆 놀이터'라는 어린이들이 놀 수 있는 놀이공간도 있다. 연산역 옆에는 증기기관차에 물을 공급하던 '연산역 급수탑'도 있다. 첨성대를 닮았는데 최고령 급수탑으로 문화재청 등록문화재로 지정되어 있다. 이번 전시회는 촌놈이 문화의 향기를 느끼고, 맛있는 식사도 한 호강한 하루였다. 인생 뭐 있겠는가? 이렇게 짝꿍과 웃으며 하루를 살아갈 수 있다면 그게 행복이고 즐거운 삶이지 않겠는가? 이를 표현하는 최상의 말은 바로 '카르페 디엠'이다.

반 고흐의 작품을 만나다

숨이 남아 있는 마지막 순간까지도 예술혼을 불태우다가 간 예술가, 빈센트 반 고흐의 이야기를 연산문화창고에서 접했다. 원작을 재현한 레플리카 작품과 조향사(화장품에 향을 조합하는 일을 전문적으로 하는 사람)가 그림으로부터 영감을 받아 조향한 향수를 통해 감상해 보는 시간을 가진 것이다.

'프루스트 효과'라는 게 있다. 프랑스의 소설가 마르셀 프루스트의 역작 「잃어버린 시간을 찾아서」에서 유래된 용어이다. 향기, 후각을 통한 자극으로 기억을 재생하는 현상을 말하는데 심리학에서는 이를 특정 감각의 자극으로 깊숙한 곳에 묻혀 있던 기억이 되살아나는 것이라고 정의한다.

시각이나 청각에 비해 후각, 즉 냄새는 사진이나 녹음으로 저장이 불가능하다. 그 냄새를 다시 맡는 것 외에는 방법이 없다. 이번 기획은 작품 옆의 향이 담긴 잔을 통해 그림과 향을 연계시켜 감상토록

한 것이다.

반 고흐는 2,000여 점의 작품을 남겼다고 한다. 이번에 전시된 작품으로는 〈감자 먹는 사람들〉, 〈탕기 영감의 초상화〉, 〈추수 풍경〉, 〈밤의 카페테라스〉, 〈노란 집〉, 〈반 고흐의 침실〉, 〈해바라기〉, 〈아를의 붉은 포도밭〉, 〈아이리스〉, 〈별이 빛나는 밤에〉, 〈꽃피는 아몬드 나무〉, 〈도비니 정원〉, 〈까마귀가 있는 밀밭〉 등이다.

고흐의 작품을 둘러보니 '해바라기', '아이리스', '밀밭', '감자', '별', '포도밭', '아몬드' 등 자연이 함께하는 작품이 많다. 그리고 자신과 주변 사람에 대한 초상화도 많이 보인다. 일본풍을 뜻하는 '자포니즘(Japonism)'의 영향을 받아 우타가와 히로시게의 작품을 모사하기도 했고, 정신병으로 정신요양원에 들어가서도 작품 활동을 계속했다.

반 고흐와 그의 동생 테오의 진한 형제애가 가슴 깊숙이 다가온다. 만약 동생 테오의 경제적 도움이 없었더라면 고흐는 작품 활동을 계속해 나갈 수 있었을까? 고흐는 37세(1853~1890)의 짧은 삶을 살았는데 고흐가 죽고 이듬해에 동생 테오도 사망하여 안타까움이 더했다.

고흐와 고갱의 잘못된 만남(?)도 아쉽게 느껴진다. 동생의 도움으로 이루어진 고갱과의 만남을 좋아하던 고흐와 달리 고갱은 테오에게 "빈센트와 내가 갈등 없이 사는 것은 절대로 불가능합니다."라고 편지를 쓴다. 결국 심한 말다툼으로 고갱은 집을 나가고, 빈센트는 왼쪽 귀를 절단했다고 하는데 그림을 보면 오른쪽 귀가 잘려 있다. 이번 전시의 '옥의 티'라고 했더니 짝꿍이 말한다. 거울을 보며 자기 얼굴을 그려서 그렇지 않겠느냐고. 에휴, 모르면 말이나 말지. 그냥 한 방 먹었다.

그림에 대한 설명은 고흐가 동생 테오에게 보낸 편지를 통해 자세히 드러나고 있다는 점도 특이하다. 또한 생전에 팔리지 않았던 그림이 사후 엄청난 가격에 팔렸다. 〈아이리스〉는 1987년 630억 원, 〈가셰 박사의 초상〉은 경매가 958억 원에 팔렸다고 한다.

그리고 대부분의 사람들이 알고 있는 그의 마지막 작품이 〈까마귀가 있는 밀밭〉이 아니라 〈나무뿌리〉라는 주장도 제기된다. 오늘의 관람은 수많은 작품을 남긴 반 고흐의 삶을 되돌아보고 그를 재조명해 보는 의미 있는 시간이었다. 그는 갔지만 작품은 남았다. 그래서 "인생은 짧고 예술은 길다."고 했던가?

나태주 시인과의 만남

가을비가 촉촉이 내리는 날 아주 특별한 사람을 만나 뜻 깊은 시간을 가졌다. 서람이 자치대학에서 '풀꽃시인'이라 불리는 나태주 시인을 초청해 시 콘서트를 연 것이다. '서람이'는 대전 서구의 마스코트이다. 서구와 다람쥐를 합성한 이름으로 서람이의 람(覽)은 살펴본다는 뜻이니 서구 주민들을 위해 부지런히 살펴본다는 뜻이다. 대전 서구, 우리 동네 참 좋은 곳이다.

행사에는 서구청장과 의회의장 등 내빈들과 인근 동방고등학교 학생들도 자리를 함께했다. 동방고 출신의 소프라노 조○○ 씨가 〈풀꽃〉, 〈들길을 걸으며〉 등 나태주 시인의 시에 곡을 붙인 노래를 부르며 시 콘서트는 시작되었다.

잘 알려진 바와 같이 나태주 시인은 초등학교 교장, 공주문화원 원장, 한국시인협회 회장 등을 역임한 자타공인 우리나라의 대표 시인이다. 수많은 상을 받았고 시집과 수필집도 부지기수다. 현재는 공주시에 위치한 '나태주 풀꽃문학관'에서 문학 활동을 이어 가고 있다.

"오긴 왔는데 이렇게 많은 사람이 올 줄 몰랐다."는 말을 던지며 시작한 그의 언변에 웃음이 절로 난다. 일단 재미있다. 그의 입에선 보통 언어가 아닌 시가 나온다. 마치 누에가 실을 토해 내고 거미가 줄을 뱉어 내듯이 술술 막힘이 없다. 그중 기억나는 몇 가지를 소개한다.

11월이 시작되었다. 11월은 10개월이 지났고 버리기엔 아까운 한 달이 남았으니 절대 버리지 말라. 우리네 인생도 짧아졌다. 짧아졌으니 더 사랑하며 지내라고 한다. 아낌없이 사랑하는 것만큼 좋은 게 없다며.

그의 대표작인 〈풀꽃〉에 대한 설명도 있었다.

자세히 보아야 예쁘다
오래 보아야 사랑스럽다
너도 그렇다

여기에서 나만 예쁘다고 하지 않고 '너도 그렇다'고 하는 대목에 주목하라고 한다. 마지막을 '너도 그럴까?', '나는 아니다', '너만 빼놓고'라면 어떨까? 그러면 시가 안 된다고 했다.

시인은 올해 80세, 내년이면 81세로 망구(望九)가 된단다. 망구는 81세가 되었을 때 하는 말로 90세를 바라본다는 뜻이다. 마찬가지로 망백은 91세가 되어 100세를 바라본다는 뜻이다. 자신은 '송해를 닮았다', '노무현을 닮았다'는 얘기를 많이 들었지만 그들보다 나은 이유는 바로 살아 있기 때문이란다.

고향 친구들도 모두 땅속에 누워 있고 자기만 살아 있다는 시인은 "어제 죽은 이가 그토록 살고 싶어 한 오늘이니 살아 있음에 감사한다."고 했다. 무슨 일인가 할 수 있음에, 누군가를 만날 수 있음에, 어디론가 갈 수 있음에 감사하고 무엇보다 살아 있음에 감사하며 살고 있다는 것이다.

기쁨은 축복인데, 그 반대말은 슬픔이 아니라 스트레스라는 시인. 자신도 죽을 고비를 넘기기도 했다며 의사들에 대한 고마움을 전한다. 중환자, 폐품이 다 된 사람들이 찾아오는 서울대병원, 아산병원, 삼성병원 등 큰 병원의 의사들이 엄청 고생한다며 이런 곳의 의사들이 돈 많이 받는 것은 당연하다고 말한다.

'한 송이의 국화꽃을 피우기 위해 봄부터 소쩍새는 그렇게 울었나 보다'로 시작되는 서정주 시인의 〈국화 옆에서〉라는 시에 대한 설명도 해 주었다. 이 시의 마지막 장이 핵심이라며 국화와 누님을 얘기한다.

또 늦가을에 처음 내리는 약한 서리, 무서리에 대한 설명도 덧붙인다. 시를 고치고 고치다가 밤을 새우고 다음 날 아침에 하숙집 담벼락에 내린 서리를 보고, 이게 서리인지 물인지 모를 이슬 같은 서리를 무서리라고 한 것이라고.

지나간 청춘은 그립고 아쉽다. 그리운 것은 없는 것이고, 아쉽다는 것은 있는데 부족한 것이다. 인생도 그렇다. 그리운 것은 찾아가고 부족한 것은 채우는 것이 인생이다. 모자를 쓴 시인은 자기에겐 머리카락이 아쉽다고 하며 한바탕 웃음을 자아내게 한다.

시인은 차를 운전하지 않는다. 오늘도 누가 차로 데려다 주었는데 자기 이름 때문이란다. 나태주, '나 좀 태워 주'란다. 꿈보다 해몽이 좋다고 하던가? 시인 말대로라면 참 잘 지은 이름이다.

마지막으로 시인은 어차피 우리의 인생은 개인주의, 이기주의를 밑바닥에 깔고 살아가는 것이다. 그러나 남에게 피해를 주면 후회한다. 그래서 이를 정당한 방법으로 이루어 나가야 한다고 강조한다.

시인과 함께한 시간은 웃음이 넘쳤고, 가슴에 하나둘 뭔가를 채워주는 시간이었다. 끝날 때쯤 '나태주의 시 콘서트' 주제가 왜 '시를 통해 헤아리는 삶의 지혜'라고 정했는지를 알 것 같았다. 내 돈을 주고도 듣고 싶은 얘기들, 이를 공짜로 들었다. 머리도 채우고 가슴도 채운 11월의 첫날이었다.

〈세빌리아의 이발사〉 관람기

연일 계속되는 정치권 소식에 짜증이 극에 달할 즈음 잠깐이나마 기분 전환을 할 기회가 생겼다. 인근의 문예회관에서 2024년 송년을 기념하여 준비한 코믹 오페라 〈세빌리아의 이발사〉를 관람한 것이다. 이 곡은 이탈리아의 작곡가 죠아키노 로시니(1792~1868)가 24세 때인 1816년 작곡한 것으로 오페라는 실로 오랜만이었다.

결론부터 말한다면, 이 오페라는 로맨스와 코믹이 가미된 막장 드라마나 마찬가지라고 할 수 있다. 그런데 재미있었다. 관객들의 뒤쪽에서 배우가 등장하면서 시작된 이 오페라는 어렵고 딱딱할 거라는 편견을 단번에 지워 버렸다. 그리고 공연 시간 내내 웃음소리가 끊이지 않게 만들어 남녀노소 모두가 함께 즐기기에 좋겠다는 생각이 들었다.

해설사에 의해 작품에 대한 설명이 곁들여지고, 원어인 노래 가사의 뜻을 이해하기 쉽도록 자막 영상 서비스도 제공되어 관객들이 더 재미있게 즐길 수 있었다. 노래 외에는 한국어로 진행되었는데 배우들의 재치 있는 입담과 충청도 사투리가 섞인 능청스러운 연기는 넓은 공연장을 웃음으로 가득 채웠다.

〈세빌리아의 이발사〉는 스페인의 도시 세빌리아를 배경으로 펼쳐지는 이야기이다. 등장인물은 이발사인 피가로를 비롯하여 로지나, 알마비바 백작, 마르톨로 남작, 돈 바질리오 등 몇 명 되지 않는다. 해설사는 공작, 후작, 백작, 남작, 자작 등의 귀족 작위는 동서양 약간의 차이는 있을지라도 백작이란 자리는 엄청난 신분이라고 귀띔해 준다.

젊은 귀족인 알마비바 백작은 바르톨로 남작의 보호 하에 있는 로지나라는 아가씨에게 첫눈에 반한다. 그런데 알고 보니 바르톨로 남작은 로지나의 아버지이자 자신의 친구였던 로지나 아버지의 유산을 탐해서 그녀를 양육하는 탐욕의 인물이 아닌가? 심지어 로지나가 성인이 되면서 유산을 차지하기 위해 그녀와 결혼까지 하려고 한다. 이때 로지나를 사랑하는 알마비바 백작이 로지나를 구하기 위해 이발사 피가로에게 도움을 요청한다.

이발사인 피가로는 "줄을 서시오 줄을…."이라고 소리칠 만큼 인기가 많다. 기본적인 이발은 물론 동네의 연애사도 해결해 주는 재간둥이이기도 하다. 알마비바 백작의 요청을 받은 이발사 피가로는 로지나와 바르톨로를 속이는 계획을 세우게 된다. 백작이 술에 취한 군인으로 변장해 집에 들어가기도 하고, 노래 선생님으로도 접근해 보지만 실패한다. 두 번의 실패 끝에 바질리오 선생과 바르톨로 남작의 계략과 방해를 물리치고 해피엔딩을 맞이하는 줄거리이다. 피가로의 기지와 알마비바 백작의 사랑 그리고 로지나의 순수함이 빛난다.

예나 지금이나 이발소, 미장원은 동네의 모든 얘기들이 오가는 장소이다. 당시에 면도칼을 다루는 이발사는 지금과 달리 아주 정교하여 외과 수술도 가능하였기에 의사와 동급으로 취급되었다. 그래서 적색, 청색, 백색으로 이루어진 이발소의 상징물은 사람의 동맥, 정맥과 붕대를 뜻한다고 한다.

로지나의 사랑의 세레나데도 즐겁고, 프로는 돈으로 몸값을 한다며 "돈이란 전지전능한 것이다. 돈이 노래한다. 돈이 들어온다. 돈이 땡긴다. 돈이 위력을 발휘한다."며 많은 돈을 받으며 실력을 발휘하는 이발사 피가로의 노래도 흥겹기 그지없다.

오페라는 성악과 연기가 어우러진 종합무대예술이다. 오페라가 음악을 중심으로 한 반면, 뮤지컬은 연극을 중심으로 한 것이 차이점이라고 할 수 있다. 노래가 끝나면 관객들은 힘찬 목소리로 이들을 격려하고 응원한다. 잘 알다시피 앙코르는 청중의 갈채에 보답하여 연주자가 곡을 추가 연주하거나 가수가 한 곡을 더 노래하는 것을 말한다. 트로트 황제 나훈아는 이를 우리말인 "또, 또, 또!"라고 하자고 제안하기도 했지만.

이러한 것을 오페라에서는 '브라보'라고 외치는데 이는 이탈리아어, 스페인어로 "잘한다! 좋다!"라는 뜻이다. 브라보는 스페인 문화권에서 투우를 관람할 때 관중들이 훌륭한 투우사에게 보내는 감탄사로 영단어 brave의 스페인어 버전이라고 알려져 있다.

우리나라와 영미권에서는 성별 구분없이 '브라보'라는 말을 쓰는데 이탈리아어에는 남성과 여성, 단수와 복수에 따라 달리 외친다. 남성에게는 Bravo, 여성은 Brava, 여성 복수는 Brave, 남성 복수나 혼성일 경우 Bravi라고 한다. 한국에선 브라보를 과거 일본식 표기인 '부라보'라고 했는데 아이스크림 '부라보콘'이나 대한민국 해병대의 군가 '부라보 해병'이 바로 그런 예들이다.

해설사의 얘기를 통해, 로마 초연 당시에는 선배 작곡가 조반니 파이지엘로의 〈이발사〉가 어느 정도 명성을 얻고 있었고, 같은 주제의 오페라로 비교되는 등 많은 우여곡절을 겪었지만, 로시니는 큰 인기를 얻어 부자가 되었음을 알 수 있었다. 작품의 인기가 한창일 때는 하도 관객들이 몰려서 베토벤의 연주회가 흥행에 실패했을 정도였다고 하니 더 이상의 설명이 필요 없을 듯하다.

로시니는 74세까지 살았지만 37세인 1829년까지만 작곡을 하였고, 그 뒤 37년간은 오페라 작곡을 그만두었다고 하는데 그 이유를 알만도 하다. 잘 먹고 잘 살다가 간 것이다. 그럼에도 불구하고 지금은 파이지엘로의 〈이발사〉는 잊혀지고, 로시니의 〈세빌리아의 이발사〉만 기억되어 사랑을 받고 있으니 오페라 역사의 하나의 아이러니라고 할 수밖에 없다.

관람이 끝나고 배우들에게 정중하게 요청해 이발사 피가로, 여주인공 로지나, 그리고 돈 바질리오와 기념사진을 남겼다. 사실 남는 건 사진뿐이다. 알마비바 백작과 바르톨로 남작과는 조우할 틈이 없었다. 하긴 평민 출신이 어찌 귀족과 함께 설 수 있으랴? 사진을 보니 펌을 했음에도 불구하고 헝클어진 내 머리는 백작 못지않은 모양새다. 나이가 좀 들어서 그렇지. 평민도 머리 손질만 잘하면 귀족이 될 수 있는 것이 오늘날 우리의 삶이다. 이제 귀족처럼 한번 살아 보자!

청와대, 창덕궁과 창경궁 나들이

시월의 마지막 날, 청와대에서 동기생들과의 만남이 있었다. 창덕궁을 한 번도 가 보지 못했다는 짝꿍의 얘기를 들어왔던지라 큰 맘 먹고 서울행 KTX표를 끊었다. 그런데 계룡역 대합실에 앉아 있는데 누군가 어깨를 툭 친다. 깜짝 놀라 돌아보니 자주 만나는 동기생 부부이다. 계룡에 사는 동기도 같은 열차표를 끊은 것이었다. 참 세상은 요지경이다.

동기 부부와 함께 가는 길이 든든하다. 서울 길을 잘 안다는 동기가 안내를 하였는데 지하철을 타는 것으로 생각한 나와 달리 버스를 한 번만 타면 된다고 해서 한참을 걸어야 했다. 약간의 시행착오도 있었지만 마음이 편안하다. 그리고 좀 늦으면 또 어떠리.

영빈관 맞은편 공터에서 만난 동기들은 동기회 사무총장의 안내에 따라 중대 단위로 견학을 하며 청와대의 가을을 즐겼다. 입구에는 '청와대 국민 품으로'라는 커다란 문구가 눈에 들어온다. 2022년 대통령실을 용산으로 결정하면서 이루어진 조치이다.

1869년부터 경무대로 불리던 이곳은 일제 강점기에 철거되어 조선 총독의 관저가 지어졌고 광복 후에는 미 군정사령관 관저로 사용되었다. 정부 수립 후 이승만 대통령이 이화장에서 경무대로 거처를 옮기면서 관저로 사용하면서 옛 지명인 경무대라 불렀으나 윤보선 대통령이 경무대에 대한 국민들의 인식이 좋지 않다고 해서 현재의 청와대라는 이름으로 바꾸었다.

청와대 관람에 주어진 시간은 두 시간이 채 못 된다. 영빈관, 대정원을 지나 본관, 관저, 상춘재, 녹지원, 춘추관 등을 둘러보았다. 이들에 대한 설명은 청와대 홈페이지에 가면 자세히 나와 있다.

점심은 광화문에 위치한 ○○○○라는 식당에서 했다. 메뉴는 세 가지 중에 하나를 선택했는데 나는 '전복갈비탕 반상'을 택했다. 비싼 만큼 맛도 좋았고, 식사하면서 오랫동안 보지 못했던 얼굴들을 만나 회포를 풀 수 있었으니 이번 여행은 일거양득이다.

공식 행사가 끝나고 우리 부부는 계획된 대로 창덕궁과 창경궁을 둘러보기로 했다. 가는 길에 위치한 조계사도 한번 둘러보았는데 여기에도 가을 국화가 만발했다. 창덕궁 정문인 돈화문이 우리를 반갑게 맞이한다. 태종 때 창건된 창덕궁은 한양의 서쪽에는 경복궁이, 동쪽에는 창덕궁이 위치함으로써 균형을 맞추게 된다. 임진왜란 때 모든 궁궐이 불탄 후 경복궁은 재건되지 않아 창덕궁이 마지막 임금

순종 때까지 270여 년 동안 정궁 역할을 했다고 한다.

전란 등으로 인해 많이 변형, 훼손된 다른 궁궐들과 달리 창덕궁은 조선 궁궐의 원형을 비교적 충실히 지니고 있어 유네스코 문화유산으로도 등재되었다. 가을 단풍철을 맞아 창덕궁에는 내국인도 많았지만, 한복을 입은 외국인들이 고궁을 거니는 모습도 많이 보였다.

인접한 창경궁은 성종이 대비(大妃) 세 명을 위해 지은 것인데 창덕궁과 사실상 하나의 궁궐을 이루어 이들을 합쳐서 동궐이라 했으며, 후원의 정원도 공동으로 이용했다고 한다. 임진왜란 때 불에 탔다가 1616년에 재건되었다. 일제 강점기 창경궁 안의 대부분의 건물을 헐어 내고 동물원과 식물원을 설치, 이름마저 창경원으로 바꾸었다. 1983년부터 동물원을 이전하고 본래의 궁궐 모습을 되살리는 노력을 하고 있다. 가을 풍경이 아름다운 창경궁을 거닐다 보니 기상관측기구인 풍기대와 해시계인 앙부일구, 천체를 관측하던 관천대의 모습도 보인다.

그런데 아뿔싸! 창경궁을 나와 지하철을 타려니 보통 거리가 아니다. 예약된 KTX 시간을 맞추려고 빠른 걸음으로 냅다 달리니 뒤쳐진 짝꿍이 "뱁새가 황새 따라가려니 가랑이가 찢어진다."고 난리다. 한 번을 갈아타고 우여곡절 끝에 열차 출발 3분 전에 탑승을 했다. 오면서 지하철역과 시계를 번갈아 보면서 차표 취소를 해야 하나 말아야 하나 고민을 하면서 왔는데 취소하지 않은 게 천만다행이었다.

청와대 구경도 좋고, 창덕궁과 창경궁 구경도 좋았지만 하마터면 짝꿍이 가랑이가 찢어져 후송을 갈 뻔했다. 그래도 제 시간에 탑승할 수 있었던 건 황새의 판단 능력이라고 하니 짝꿍은 긴 한숨을 내쉰다. 우여곡절 끝에 시월의 마지막 날은 청와대에서 1일 대통령도 해 봤고, 창덕궁과 창경궁에서 왕 노릇도 해 보면서 이렇게 흘러갔다.

가을날의 향연

11월 11일 11시. 논산의 자그만 양촌마을에서 멋진 가을의 향연이 펼쳐졌다. 남쪽 부산에 위치한 유엔기념공원을 향해 대한민국과 국민을 위해 숨져간 이들을 위한 묵념으로부터 시작된 이날의 행사는 인산 작가의 저서인 「삶이 묻고 문학이 답하다」라는 신간이 세상에 빛을 발하는 날이자, 그의 이름을 딴 '인산문학관'이 개관하는 날이기도 했다.

날짜와 시간을 보니 빳빳이 선 숫자 '1'들로 가득하다. 30여 년간 군문에 몸담았던 나는 저 숫자를 보는 순간, 오래전 근무했던 1사단과 11사단이 생각났다. 1사단은 '천하 제일 사단'이고, 11사단은 '천하 제일 제일 사단'이라 불렸기 때문이다. 잘 알다시피 영어로 '넘버 원'(1)은 최고라는 의미를 지닌다. 그렇다면 11월 11일 11시에는 무슨 의미가 있을까? 시간이 흐른 지금 생각해 보니 행사를 준비한 주최 측도 '최고 중의 최고'였고, 참석한 분들도 '최고 중의 최고'였으며, 행사의 내용도 '최고 중의 최고'였다는 해석을 해 본다.

그날 아침, 서울서 오신 조○○ 목사님 부부와 지작사 병영도서관의 박 주무관님을 계룡역에서 픽업하여 행사장으로 향했다. 계룡역과 인산문학관을 오가며 결코 짧지 않았던 시간은 웃음으로 가득 찼다. 함께한 짝꿍도 모처럼 신이 난 것 같았다. 처음 보는 사이인데도 말이 술술 나왔으니까 말이다.

사실 작년에 하늘나라의 별이 되신 은사님께서는 '나이 들어 재미있게, 오래 가려면 부부가 함께해야 한다.'고 늘 강조하셨다. 그래서 매년 이루어진 은사님과의 경주 모임은 부부 참석이 요건의 하나였었다. '바늘 가는데 실이 가야 한다.'는 나의 동행 요청에 기꺼이 응해 준 짝꿍이 감사하기만 하다.

행사장에서는 뵈었던 분, 이름이 낯익은 분, 새로 만난 분들이 자연스럽게 어울렸다. 전국 방방곡곡에서 찾아온 사람들이 60여 명을 훌쩍 넘는다. 면면을 살펴보니 한 분 한 분이 나름대로 훌륭한 삶을 살아오신 내로라하는 분들이었다. 그런데 갑자기 참석 명단에도 없었던 사관학교 선후배님들이 몰려드는 게 아닌가. 오잉? 나도 놀라고 그들도 놀랐다. 심지어 이들 중엔 두 명의 동기도 포함되어 있었으니까. 우린 마주 보며 이구동성으로 "아니, 네가 여기에 어떻게?" 주저리 주저리 펼쳐진 이후의 얘기는 생략하기로 하자. 인산 작가를 응원하는 지역 동문들의 깜짝 방문이라는 사실을 아는 사람은 다 알게 되었으니까.

우선 「삶이 묻고 문학이 답하다」라는 작가의 신간서적을 몇 권 구입했다. 애들과 가까운 친구들에게 한 권씩 선물하고 싶었기 때문이다. 행사는 맛있는 음식과 함께 은쟁반 위를 구르는 듯한 플루트 연주, 신나는 기타 공연, 가슴을 촉촉이 적신 시 낭송, 등단하신 분들에 대한 시상식 그리고 인산의 인문학 강의가 이어졌다.

그동안 나는 '내가 이 세상의 주인공, 내 인생이라는 무대의 주연'이라는 생각으로 살아왔는데 그날만큼은 잘 꾸며진 무대에서 열연하는 모든 배우들에게 한 사람의 관객이 되어 주연과 조연을 가리지 않고 열심히 박수를 쳤다. 그것도 열렬한 팬이 되어서. 그러자 몸과 마음이 점점 따뜻해졌다.

갑자기 찾아온 추운 날씨도 주최 측에서 준비한 보온팩, 따뜻한 커피, 그리고 모두의 열정으로 점차 녹아들기 시작하더니 햇빛이 찾아오면서 완전 사그라들었다. 예로부터 '사람들이 가마 타는 즐거움은 알아도 가마 메는 괴로움은 모른다.'고 했던가? 그날의 여운이 가시지 않은 지금, 멋진 무대를 준비해 주신 인산 작가와 스태프(STAFF)들, 차가운 날씨에도 불구하고 묵묵히 봉사해 주신 많은 분들께 진심 어린 감사의 마음을 전한다.

놀이마당을 깔아 주신 '연인'의 신○○ 대표님과 아나운서로서의 경험 얘기로 웃음을 선사해 주시고, 「소울 스피치」라는 책자를 선물하신 남○○ 님, 그리고 새로 등단하신 박○○, 김○○ 시인님과 김○○, 배○○, 조○○ 작가님들께 거듭 고마움과 축하의 말씀을 전한다.

나는 40여 년간 공식 직함을 가지고 있다가 이제는 '건달(건강하고 달달하게)'로, 때로는 게으른 농부로 지내고 있다. 그런데 어릴 적 읽었던 '높이 나는 새가 멀리 본다.'는 「갈매기의 꿈」에 대한 얘기를 생각하며 또 다른 꿈도 꾸어 본다. 꿈이 없는, 희망이 없는 삶은 앙꼬 없는 찐빵이 아니겠는가? 이날은 내 인생 열차에 연료를 넣고 윤활유를 친 멋진 날이었다.

북토크를 다녀와서

모처럼 소풍을 다녀온 기분이다. 서예 수업을 마친 짝꿍이 차량 네비 역할을 맡아 인산, 하람 작가와 함께 충주에서 개최된 최○○ 시인의 「수렴의 시간」 북토크에 다녀왔다. 이틀 전 손자와 손녀를 보내고 홀가분한 마음으로 나선 모처럼의 나들이다.

차량으로 이동하는 두 시간은 짝꿍의 한 달에 걸친 손자 손녀 뒷바라지 얘기부터 시작되어 온갖 세상사가 도마 위에 올랐다. 쉼 없는 얘기는 시간과 공간을 초월해 넘나든다. 이런저런 얘기를 듣던 인산 작가는 우리 부부가 평소에도 차 타고 싸우지 않고 이러느냐고 묻는다. 그렇다는 얘기에 아마 특이한 5% 이내에 들 것 같다고 한다. 쉽게 얘기해서 별종이라는 얘기다. 그리고 그건 짝꿍 덕분이라니 돌고 돌아 결론은 버킹검인가? 이에 대한 반박은 위험 부담이 조금 있다. 이럴 땐 "살아야 강하다."는 말을 믿어야 한다.

시간에 맞추기 위해 드라이브 실력을 맘껏 뽐냈다. 휴게소에 들러 커피 한잔 마시는 시간은 여행의 덤이다. 겨우 시작 시간에 도착했으나 주차 공간 찾기가 쉽지 않다. 어딜 가나 주차장 문제는 여전하다. 어렵게 주차 후 부랴부랴 행사장으로 들어가니 막 시작을 하고 있었다. 주인공에게 인사도 못하고 빈자리에 앉았다. '연인'지의 신○○ 대표님과 청주의 민○○ 선생께서도 먼 길을 달려와 반가움이 더했다.

북토크는 피아노와 기타 연주, 시낭송, 노래 등으로 서서히 분위기를 돋우면서 시작되었다. 특히 ○○○ 선생님의 찔레꽃 노래는 장사익 선생을 연상시키기에 충분했다. 고령임에도 불구하고 아슬아슬하게 경계를 넘나드는 고음은 관객들로 하여금 숨을 죽이게 하니 가히 일품이라는 생각이 든다.

최○○ 시인은 일전에도 밝힌 바 있지만 시, 시조, 동시, 수필로 등단한 다재다능한 인재다. 더욱이 부군은 뛰어난 음악가이니 살짝 질투가 난다고 해도 전혀 이상하지 않다. 닮고도 싶기 때문이다. 시인은 본인이 살아온 얘기와 작품 얘기를 술술 풀어내었고, 간단한 질문도 오갔는데 따님이 '엄마에게 있어서 자유란 무엇인가?'라는 질문은 다른 행사에서 보지 못한 색다른 풍경이었다.

마지막 인산 작가의 20여 분에 걸친 「수렴의 시간」에 대한 시평, 행복과 시간을 주제로 한 인문학 강의는 이날의 백미라 해도 과언이 아니다. 2시간을 함께 달려간 보람이 있었다.

아리스토텔레스, 칸트, 톨스토이 등 유명 작가들이 말하는 행복에 대한 정의와 함께 과연 당신이 생각하는 행복은 무엇인가? 우리에게 행복이 무엇이길래 행복하기를 바라느냐고 질문을 던진다. 평소 생각해 보지 않았다면 금방 답이 나오지 않을 내용이다.

그리고 시간 얘기를 이어 간다. 우리는 흔히 저 사람은 차원이 다르다는 얘기를 하는데 이건 무슨 얘기일까? 우리는 3차원(가로, 세로, 높이) 세상에서 살아가는데 3차원의 세상은 높이가 있어 부피가 있고 공간이 있다. 차원이 다르다는 사람은 4차원 세계를 살아간다는 얘기인데 그렇다면 4차원의 세상은 어떤 세상인가?

나는 언뜻 4차원의 성격을 지닌 또라이가 떠올랐고, 엉뚱한 면이 있는 사람, 조금 독특한 생각이나 행동을 하는 사람이 연상되었는데 답은 나의 생각과 전혀 다르다. 물리학적으로 4차원은 시간을 더해 네 개의 축을 가진 시공간을 의미한다. 좀 더 알아봐야겠지만 아인슈타인의 상대성 이론에도 나오는 개념인 듯하다.

그렇다면 3차원의 세계를 사는 우리가 4차원의 세계에서 산다는 것이 가능한가? 물리적으로는 불가능하지만 정신적으로는 4차원의 세계에서 살아갈 수 있다고 한다. 그 방법은 '사유와 성찰'을 통해서 시간을 넘나들며 과거와 미래의 세계를 넘나들 수 있다는 것이다. 인산 작가는 지나간 과거도 아니고 올지 안 올지도 모르는 미래도 아닌 지금 바로 이 순간 이 자리에서 만나는 사람이 중요하다고 강조한다. 맞다. 시집의 시평에도 나오듯이 내 인생의 화양연화는 지금 바로 이 순간이다.

돌아오는 길에 한바탕 폭우가 쏟아졌다. 가면서 하지 못한 이런저런 얘기를 하다 보니 2시간도 금방 지나갔다. 꿈같은 시간 여행이었다. 인산의 얘기처럼 똑같은 강물에 발을 담글 수 없듯이 지나간 시간은 다시 돌아오지 않는다. 욕심이 생긴다. 육체적으로는 3차원의 세계에 살더라도 정신적으로는 과거와 미래를 넘나들며 4차원의 세계를 살아가야겠다. '사유와 성찰'을 통해서.

건달들의 전통시장 답사기

남은 인생, 건강하고 달달하게 '건달'로 살자며 의기투합한 부산, 대구, 대전, 계룡의 절친 4명이 모처럼 남성대에서 모여 운동을 했다. 우린 전날 저녁에 모여 벌써 하루를 동침한 사이다. 나를 제외한 3명은 집을 나온 지 벌써 3일째인데 한 명은 또 하루를 이곳에서 더 묵어야 한단다. 사업을 하는 부산 사나이는 급한 일로 먼저 떠나고, 남은 두 명은 혼자 남을 친구를 위해 영동 전통시장을 둘러보기로 했다. 친구 좋다는 게 뭔가?

예전에 와 본 생선구이가 맛있다는 '어락'이란 식당을 찾았더니 어라? 재료 준비 중이란다. 잠시 후에 맛있게 올리겠다는 간판이 걸려 있다. 시간이 너무 늦었던 것이다. 누군가 인생은 타이밍이라고 했는데… 배가 출출했던 친구가 바로 옆에 문을 연 '보리밥집'에라도 가자는 걸 보리밥은 싫다며 우겨 기어코 '마포숯불갈비'집으로 향했다. 그곳에서 먹은 건 갈비가 아닌 묵은 김치찌개였지만 정말 맛은 일품이었다. 나이 꽤나 먹은 사람들이 역시 김치는 묵은 김치가 최고라고 떠드는 게 조금은 이상했지만….

식당을 나서며 주인아줌마에게 시장 구경 좀 하려고 왔는데 볼만한 데가 없냐고 했더니 여기는 볼만한 데가 하나도 없다며 퉁명스레 말한다. 모두 할 말을 잃고 멍하니 쳐다보다 가게를 나섰다. 그 옛날 노래 〈충청도 아줌마〉에서는 사투리가 그리도 구수하고 정겨웠건만… 시장길을 지나다 보니 '천원마트'가 나왔다. 한 친구가 "야, 천원마트다!"라며 천원짜리 뭐가 있는지 구경하자고 하는데 앞에서 물건을 정리하고 있던 나이 좀 드신 아주머니 왈(曰), "거기 천원짜리 몇 개 없어요." 그 말에 우린 들어가려던 발길을 돌려야 했다.

조금 가니 '김밥 천냥'이란 가게가 나왔다. 우린 설마 김밥이 천원짜리겠느냐며 그냥 지나쳤다. 저 멀리 '배꼽시계'란 상호가 보인다. 저게 뭐냐고 했더니 김밥집이란다. 왜 배꼽시계라고 했을까? 배가 고프면 꼬르륵하고 알려 준다나 뭐라나. 이번엔 떡집이다. 한 명이 영동은 포도가 유명한데 포도로 만든 떡이니 하나씩 먹어 보자고 한다. 많고 많은 떡 중에 겨우 하나를 골라 봉지에 넣는데 주인 왈(曰), "그거보다 이게 더 맛있어요." 어쩌랴? 봉지에 넣은 걸 빼내고 다시 그 포도 주먹떡으로 바꿨다. 아무리 생각해도 영동 전통시장에서 만난 충청도 아줌마들은 참 이상한 것 같았다.

한참을 걷다 '빽다방'이란 간판을 보고 내가 맛있는 커피를 사겠다고 했더니 영동역까지 다 둘러보고 오면서 마시자고 한다. 한 명은 '빽다방'이 뭔지도 모른단다. 그 유명한 백종원 사장이 운영하는 체인점이라고 했더니 백종원 사장이 병원도 운영하느냐고 묻는다. 가만히 보니 그 옆에 '백동물병원'이라는 간판이 보인다. 이때는 웃고 말아야 하나, 머리를 한 대 쥐어박아야 하나?

떡 봉지를 든 친구가 걷다가 하는 말, 검은 비닐 봉다리 들고 가는 사람은 할배 아니면 할매란다. 젊은 애들은 절대로 이런 걸 들지 않는다며. 그러면서 "봉지는 뭐고 봉다리는 뭐냐? 밀가루는 뭐고 밀가리는 뭐냐?" 등등 해묵은 썰렁 유머를 내뱉는다. 이렇게 웃으며 영동역을 둘러보고 지역 안내서까지 얻어 들고서는 '빽다방'에 들렀다. 이왕이면 달달한 게 좋다며 모두들 바닐라라떼를 선택했다. 한 모금 두 모금 마시다 보니 커피잔에 새겨진 백 사장과 계속 입맞춤이다. 차라리 이쁜 아가씨 사진이었다면 얼마나 좋았을까? 이런 다방엔 나이 좀 드신 분들이 올 것이라는 예상과는 달리 잠시 후 수업을 마친 학생들이 줄줄이 들어선다. 하긴 우리는 옛날부터 손님을 몰고 다니는 재주가 있었지.

오는 길에 보니 '올뱅이 국밥집'이 나온다. "올갱이는 뭐고 올뱅이는 뭐냐?" 경상도 촌놈들이 또 입을 쉬지 않는다. 네이버의 도움을 얻어 살펴보니 올갱이는 다슬기의 충청도 사투리, 올뱅이는 다슬기의 충청도 방언이다. 결국 그 말이 그 말 아닌가? 조금 전에 아줌마들이 무심코 던진 말들과 시장에 걸린 숱한 가게 간판들. 오늘 영동 전통시장에 와서 참 많은 걸 배우고 느낀다. 그리고 많이도 웃었다. 배꼽시계가 돌고 돌아 바늘이 하나쯤 빠졌을지도 모른다. 모처럼 만난 건달들의 하루는 또 이렇게 흘러갔다.

니들은 다 주거써!

전군 출정하라!

영화 〈노량〉에 나오는 이순신의 얘기가 아니다. 마나님들의 허락을 득한 절친들의 해외 출정 준비가 착착 진행되고 있다. 혹자는 그게 무슨 큰일이라고 마나님 승인까지 득하느냐고 반문하겠지만 하루 이틀도 아닌 1주일이 넘는 출타니까 마나님들의 승인 없이 간다는 건 이 나이에 크나큰 모험이요, 도박이다. 하긴 죽으려면 뭔 짓을 못할까.

옛날에는 지금처럼 추운 겨울엔 축구, 야구팀 선수들은 따뜻한 남쪽 나라로 전지훈련을 떠나곤 했다. 지금은 어떤지 잘 모르겠다. 그런데 해외 전지훈련을 국가 대표나 유명 팀의 선수들만 하라는 법이 있나? '다리가 떨릴 때가 아니라 가슴이 뛸 때 떠나라.'는 말을 고장난 레코드처럼 반복하면서 지난해 말부터 몇 명이 작당을 했다. 새해에는 무조건 떠나기로. 그러고는 팀명도 일찌감치 정했다. 그 옛날 코미디 프로그램에 나오던 '빡빡이'가 아니라 '박박이유'라고. 각자 성의 첫 자를 딴 이름이다.

드디어 그 준비의 일환으로 새해 들어 신형 장비로 무장을 했다. 내가 운전해서 클럽하우스에 내려주면 늘 친구가 골프백을 내리면서 하던 말, "니 백은 무거워서 내 허리 뿌아지겠다." 그래서 이번에 캐디백을 가벼운 걸로 바꾸면서 보스턴백과 수명이 다한 파우치도 갈아 버렸다. 대우해양조선의 친구가 선물로 준 그 파우치를 10년을 넘게 사용했으니 아마도 나처럼 짠돌이면 관련 회사 사람들 굶어 죽기 십상이리라. 하긴 내가 가로늦게 이런다고 그 가방 회사나 나라 경제에 도움이 될까? 백수인 우리 집안 살림만 거덜이 날 테지.

지난 한 해 동안 건달 몇 명이 국내 곳곳을 찾아다니면서 실력을 연마했다. 그래도 나름 외관상 목표를 달성했다며 나는 연말 성과분석도 했다. 그렇다고 실력이 일취월장한 것도 아니고 운동 후 스코어카드를 받아들면 '살림살이는 마냥 그 자리'라는 〈막걸리 한잔〉의 노랫말 가사처럼 성적은 그냥 그 자리를 맴돌았다. 그래도 실력이 상대적으로 떨어지는 나는 가벼워지는 지갑을 흔들면서 "실력이 줄어들지 않은 게 어디냐?"며 스스로를 달래곤 했다.

그러다 대낮의 기온이 영하로 내려간 며칠 전, 동기생 세 명이 필드는 너무 추우니 스크린골프나 하고 밥이나 먹자며 모였다. 한 명은 해외 전지훈련을 수도 없이 다녀온 친구인데, 늘 "우리가 누워도 필드에 드러누워야지."라고 하는 골수 골프광이고, 또 다른 한 명은 비거리를 늘리기 위해 손이 부르트도록 연습했다는 친구인데, 드라이브를 치고서 하는 말이 "야! 너는 장타네. 꼭 내 뒤 10~20미터 뒤에 딱 붙어 있어."라고 하던 녀석이다. 그런 녀석들과 백주대낮에 한 판 붙었다. 결과가 어떠냐고? 일단 스코어카드를 한번 보시라. 3년 만에 한 번씩 나오는 엄청난 결과니까. 이걸 다시 보려면 또 3년을 기다려야 한다. 운동을 마치고 나서며 의기양양해진 나는 속으로 외친다. "박박이유! 이제 니들은 다 주거써~~"

가슴 찡한 이야기, 가슴 짠한 이야기

여행을 하다 보면 언제나 감동을 주거나 받는 얘기가 있다. 오늘은 그 잔잔한 토막 얘기 몇 가지를 전하고자 한다.

#1. 얽히고 설킨 전우 이야기

친구 한 명이 모처럼 고향 선배 사무실에 들렀다가 이번에 건달 4명이 방콕으로 여행을 간다는 얘기를 했단다. 동행자가 누구인지 묻더니 깜짝 놀라며 수백 달러가 든 봉투 하나를 전해 주더란다. 사유인즉 같이 군 생활하며 동행자 중 한 명에게 신세를 많이 졌는데 같이 가서 맛있는 걸 사 먹으라고 했단다.

'원님 덕에 나발 분다.'고 하더니 이런 일도 있구나 싶다. 궁금한 마음에 그가 누구냐고 물어보았더니 아니, 나와도 같이 근무한 분이 아닌가? 세상 참 넓고도 좁다. 경주 출신의 권○○ 전우님! 감사합니다. 덕분에 맛있는 것 많이 사 먹고 잘 놀다 왔습니다.

#2. 가슴 찡한 이야기

운동을 하고 저녁에 샤워를 하려다 보니 왼쪽 팔꿈치 부분이 벌겋게 보인다. 벌레에 물렸나? 아니면 두드러기인가? 같은 방 친구가 보더니 만류에도 불구하고, 약사인 아내에게 문자를 보내고 전화를 하더니 갖고 온 알약 하나를 꺼내 먹으라고 한다. 비상의약품을 모두 준비해 준 그녀는 '원희 씨가 다음 날 운동에 지장을 받으면 안 된다.'며 원격 처방을 한 것이다. 약을 먹은 다음 날 그 붉은 흔적은 감쪽같이 사라졌다. ○○ 씨의 마음 씀씀이에 가슴이 찡해 왔다. 그런 그녀가 친구가 보내 준 웃고 즐기는 사진들을 보고 문자를 보내왔다.

행복해 보이십니다요~
좋은 친구가 하나만 있어도 성공한 인생이라는데 무려 셋이나!!!
나는 행복합니다~
나는 행복합니다~
정말 정말 행복합니다!!
네 분이서 합창하세요~^^

그 명을 어찌 거역할 수 있으랴. 다음 날 운동 전, 내가 선창하고 다른 세 명이 후창을 한 후, 쩌렁쩌렁하게 만세 삼창까지 하였다. 아마도 그 만세 소리는 한국에까지 전해졌을 것이다.

나는(선창)

행복합니다(후창)~
나는(선창)
행복합니다(후창)~
정말 정말(선창)
행복합니다(후창)!!
만세! 만세! 만세!(일동)

캐디 두 명이 신기한 듯 쳐다보더니 웃음 띤 얼굴로 엄지를 척 세운다.

#3. 가슴 짠한 이야기

일전에 얘기한 대로 이곳의 캐디들은 태국인이 아니라 캄보디아인들이 대부분이다. 2인용 카트 하나에 1명이 배정되어 운동을 보조한다. 넷째 날 스카이밸리CC에서 운동할 때에도 캄보디아 캐디 소녀가 우리에게 배정되었다. 그날은 모처럼 36홀 운동이었다. 이날은 비록 한국의 여름 날씨만큼은 아니었지만 다소 무더운 날씨였다.

9홀을 돌고는 그늘집에 들러 시원한 맥주를 주문하며 캐디들에게도 음료수를 마시게 했다. 그런데 맥주를 마시다 우연히 본 광경에 머릿속이 복잡해졌다. 그늘에 앉아 음료수를 마시는 남자 캐디와 달리 코카콜라를 가져갔던 캐디 소녀가 주인을 만나 이런저런 얘기를 나누더니 돈으로 환불받는 것이 아닌가? 분명히 더위를 이기기 위해 시원한 음료를 마시고 싶었을 텐데… 그렇다고 뭐라고 할 상황은 아니고 궁금증은 더해진다. 왜일까? 아마도 조금이라도 더 벌어 가족들을 위해 쓰려고 하는 것이리라.

그 옛날 우리나라도 가난으로 못 먹고 못 살 때, 독일 등 해외에서 광부와 간호사들이 파견되어 어렵게 돈을 벌어 고국의 부모님들에게 보내던 적도 있지 않는가? 여기에까지 생각이 미치자 갑자기 가슴이 짠해 온다.

슬며시 일어나 주인아주머니에게 가서 다시 음료 한 병을 다시 주문해 전해 주었다. 그 전까지 공이 러프나 숲 쪽으로 굴러가면 어떻게든 찾아 주려고 하는 모습을 보며 고마운 마음에 살며시 팁이라도 더 주고 싶었지만 참고 또 참았었다. 잘못된 선례를 남길 수도 있고 값싼 동정심이 오히려 그들의 자존심을 건드릴 수도 있기 때문이었다. 이날의 짠한 감동은 오래도록 남을 것 같다.

에피소드 한 토막

당황과 황당의 차이는 무엇인가? 방콕 여행 중 나보다는 정신머리가 좋다는 친구에게 숙소방 열쇠를 맡겼다. 좋은 날씨 덕분에 신나게 운동을 하고 저녁에 야시장을 구경한 후 인근 레스토랑에서 치킨을 안주로 시원한 맥주까지 마시며 즐겁게 놀고 호텔에 복귀했다. 그런데 엘리베이터를 타고 올라가던 중 친구가 다급한 목소리로 "야, 이거 없는데?" 하며 지갑을 꺼내 이리저리 뒤적거린다. 숙소 열쇠를 분실했다는 것이다. 시내에 나가서 지갑을 꺼낸 것은 딱 두 번밖에 없다면서….

사실 우리는 전날 저녁에 숙소와 클럽하우스를 오가는 셔틀버스에서 한 아주머니가 열쇠를 찾는다며 한바탕 소동을 일으키는 모습을 보았다. 허둥대는 그 광경을 보면서 우린 "아지매가 정신 줄을 놓았다."며 수근거렸던 것이다. 그러니 비슷한 상황에 처한 이 친구도 많이 당황했을 것이다. 그런데 그 불안감은 얼마를 가지 못했다. 숙소인 6층에 도착하기 직전에 '댕그렁' 소리를 내며 열쇠가 바닥에 떨어졌기 때문이다. "아휴~~~ 십년감수했네."를 연발하는 친구를 쳐다보며 번쩍 들었던 손을 내려놓으며 안도의 한숨을 내쉬었다.

놀란 가슴을 달래며 우린 옆방으로 자리를 옮겨 같이 한잔을 더 하기로 했다. 미리 준비한 맥주, 양주, 소주를 꺼내 각자 먹고 싶은 걸 먹기로 했다. 취향이 서로 다르기 때문이다. 주거니 받거니 하며 술잔이 몇 순배가 돌자 한 친구가 자기가 중국어를 전공했다며 "소 취하! 양취평!"을 외친다. '소주에 취하면 하루가 즐겁고 양주에 취하면 평생이 즐겁다!'나 뭐라나… 그러자 옆의 친구는 불어를 전공했다며 "드숑~" "마숑~"의 건배사를 외친다. 멀뚱멀뚱 쳐다보던 한 친구가 왈(曰) "원샷!" 웃음을 참지 못한 내가 그랬다. "그냥 무라! 마~~"

이렇게 웃다가 문득 한 명이 오늘 운동하며 힘을 너무 많이 줬는지 오른쪽 팔목이 시큰거린다고 했다. 그러자 내 숙소 짝꿍은 팔목밴드를 갖다 준다며 숙소로 갔다. 그런데 한참이 지나 문을 열지 못하겠다며 돌아와 나를 찾는다. 하긴 이 숙소 열쇠 사용법이 조금 특이하긴 했다. 그래도 그렇지 이 친구가 취했나 보다 하면서 내가 사용해 보니 열쇠는 들어가는데 열리질 않는다. 한참을 낑낑거려도 해결이 안 되어 결국 카운터에 연락하려다가 혹시나 싶어 옆방 열쇠를 사용해 보기로 했다.

그런데 이 무슨 조화인가? 방에 있던 친구가 가져온 열쇠를 끼우니 방문이 척 열리는 것이 아닌가? 자초지종을 알아보니 이 친구가 우리 방 열쇠는 자기 지갑 옆에 고이 모셔 두고 탁자 위에 놓인 옆방 열쇠를 그냥 들고 나왔던 것이다. 아휴~~ 이런 친구를 정신머리가 좋다고 했으니 더 말해 무삼하리오. 계면쩍어하는 친구를 보며 내가 한 마디 던졌다. “사장님, 당황하셨어요?”

못다 한 이야기

지난 1~2월에 걸쳐 8일간의 해외 전지훈련을 마친 건달 4명(별칭 박박이유)이 며칠 전 국내의 필드에서 만나 그 자웅을 겨루었다. 결과? 묻지를 마시라. 4명 어느 누구에게 물어도 자기가 졌다는 놈은 하나도 없을 테니까. 다음은 사흘간 운동을 하며 나온 지난날의 이야기 조각들을 모은 것이다. 기억나는 것을 하나하나 맞추다 보면 작은 모자이크 그림이라도 탄생하리라 생각했건만 얘기가 오락가락 제대로 연결이 되지 않은 점은 미리 양해를 구한다.

세상에 재미없는 세 가지가 있으니 바로 내기 없는 골프, 마누라와 부르스 추기, 장모님과 고스톱 치기라고 한다. 그래서 우린 골프를 칠 때 늘 내기를 한다. 이름하여 '해피게임' 아무리 좋은 친구들이지만 돈 잃고 기분 좋은 사람은 없기 때문에 선택한 게임 방식이다. 소액의 돈을 미리 내놓고 끝날 때까지 계속 받기만 하니 해피하다고 붙인 이름인데 게임의 룰은 철저히 약자를 배려하게 되어 있다.

언뜻 내기 골프는 도박이 아니냐고 생각할 수도 있지만 18홀이 끝나고 나면 기껏해야 5천 원 정도가 오간다. 만약 한 명이 사고(?)를 쳐서 1만 원 이상 딴다면 그날 커피라도 사야 하니 오히려 손해다. 그냥 내기라는 것을 통해 골프에 더 집중하고 재미있게 즐기기 위한 것이다.

가끔은 여기에 더해서 매홀 '가위 바위 보'가 아닌 업다운(위아래)으로 편 가르기를 하기도 한다. 2:2가 되기도 하고, 3:1이 되기도 한다. 모두가 업 또는 다운이 되기도 하는데 이때는 개인별 승부를 다투는 스크래치이다. 매 홀마다 "하나, 둘, 셋" 하면서 이런 행동을 해대니 방콕 캐디도 신기한 듯 따라 하기도 했다. 이번에는 내가 만들어간 동전을 던지면서 경기를 했더니 유심히 지켜보던 아가씨가 '캐디 인생 10년에 처음 보는 광경!'이라며 배꼽을 잡는다.

방콕 골프장에서도 상수(常水)는 물을 좋아하나 보다. 200야드의 파3에서 두 명이나 퐁당퐁당하길래 아무 생각 없이 있는 힘껏 휘둘렀더니 공이 낮게 깔리며 물수제비를 뜨고 그린 주변에 안착했다. 생각지도 못하는 저공비행의 기똥찬 묘기에 동반자들이 배를 잡고 뒤집어졌다. 이상하게 그 홀에서 두 번째는 물수제비를 두 번이나 뜨고 올라갔다. 돌팔매로도 어려운 신기를 보이자 친구들이 감탄을 하며 파안대소를 했다. 상수가 물을 만났다고 하더니 급기야 물은 상수편이니 불공정 게임이라고 해댄다. 모두들 양기(陽氣)가 입으로만 올랐나 보다.

매일 아침 운동 때마다 카트 대기 장소를 통제하는 분이 있어 골프장 사장님이라도 되는 줄 알았다. 정중히 인사를 했더니 한 달 동안 골프장에서 지내다 다음 주에 귀국하는 분이란다. 그는 모든 면에서 멋진 모습을 보였다. 한번은 우리 다음 팀이었는데, 파3 아일랜드홀에서 4명이 1~2미터 거리에서 홀을 포위를 하고 있다. 우린 꼭 한 명은 용왕님께 제사를 지냈는데… 나중에 물어보니 3명이 버디를 했단다. 사실 우리의 훈련 목표는 바로 이런 분처럼 되는 것이다. 매너와 실력을 갖춘 진정한 강자.

열대과일은 정말 실컷 먹었다. 식사 때마다 후식으로 준비된 파인애플과 수박, 토마토는 각자 원하는 만큼 가져다 먹으면 된다. 최고의 인기 과일은 망고인데 생과일, 말린 것, 주스, 스무디 등의 형태로 먹었다. 그 외에도 코코넛, 두리안, 잭 푸루트 등도 맛을 보았으니 그만하면 된 것 아닌가?

국내에서 친구들이랑 운동하면 늘 내가 운전을 하니 친구들은 마음 놓고 한잔을 할 수 있었다. 그러다 보니 주변에서는 내가 술을 전혀 못하는 줄 아는 친구들도 있다. 사실, 전에는 나도 술을 좀 먹었지만 사람이 한평생 먹는 술의 양은 정해져 있다는 '주류 총량의 법칙'에 의해 이미 평생 먹을 술을 거의 다 먹었을 뿐이다. 그곳에서는 운전할 일이 없어 기분 좋게 한잔을 할 수 있어 좋았다.

태국에 왔으니 마사지(massage)는 기본이라며 기어코 2시간짜리를 예약했다. 마사지를 하며 땀을 흘리는 마사지사들에게 물을 주려고 하자 "워터 노, 소주 예스!"라고 한다. 그런데 이를 어쩌나 소주는 벌써 다 먹고 없는데, 미리 알았더라면 조금이라도 남겨 두었을 텐데. 미안한 마음이 든다. 누군가 '가마 탄 놈은 가마를 멘 사람의 고통을 모른다.'고 했던가? 마사지할 때 써먹겠다고 어렵게 배운 태국어, 좀 세게 해 달라는 뜻의 '아오낙낙!'을 못해 본 게 무척이나 아쉽다.

4장

영원한 노병

평화를 원한다면 전쟁에 대비하라
자유와 평화를 수호한 님들을 기억하라
호국보훈정신으로!

굼벵이도 구르는 재주가 있다

내가 맨날 놀러만 다니니까 정말 일은 하나도 하지 않는 베짱이로만 여기는 사람이 있는지 모르겠다. 천만의 말씀, 만만의 콩떡이다. 세상에 공짜가 어디 있겠는가? '일하지 않은 자 먹지도 말라.'고 했는데. 오히려 "백수가 과로사한다."는 말이 나에게 맞는 말인지도 모르겠다. 무엇을 하는지 모르겠는데 좌우간 바쁘다.

배운 게 도적질이라고 평생 군인의 길을 걸었고, 그 때문에 군사학 공부를 했더니 이젠 학회 고문이라는 직함을 주고서는 수시로 논문 심사 요청이 들어온다. 백수에겐 감사한 일이지만 건달로서는 피하고 싶은 일이다. 그런데 이게 결코 쉬운 일은 아닌 것이 작성자와 심사자에게 나름 생각의 차이가 있기 때문이다. 준비한 사람은 얼마나 많은 고민과 노력을 통해 준비했겠는가? 그렇다고 이런 감정에 끌리면 심사의 의미가 퇴색될 것이다.

그래서 딜렁거리는 나도 이 분야에 대해서만은 엄격하다. 나는 심사 논문에 대해서는 최소한 세 번은 읽는다. 첫 번째는 독자의 입장에서(줄거리 파악), 두 번째는 작성자의 입장에서(논지 파악), 그리고 마지막으로 심사자의 입장에서(문제점 도출). 그래야 실수를 줄일 수 있기 때문이다. 정이 많은 탓에 가급적이면 기회를 한 번 더 주려고 하지만 어떨 때는 단칼에 잘라 버린다. 그게 미래를 생각해 보면 본인에게도 좋을 것이기 때문이다.

그런데 최근엔 쓸데없이 심사를 하겠다고 응해서 왜 사서 고생을 하는지 모르겠다. 지난달에 3편의 논문을 심사하고 나니 머리가 지끈거려 앞으로 심사는 당분간 사양해야지 해 놓고서는 또 심사 요청에 오케이 사인을 보낸 것이다. 물론 내가 기꺼이 심사에 응하는 것은 작성자가 많은 시간과 노력을 들인 성과물을 짧은 시간에 접할 수 있다는 부수적인 기쁨이 있기 때문이기도 하지만 학회장의 학술지 발전을 위한 열성을 보면 어떻게 해서든지 도와주고 싶은 심정이 작용한 것도 사실이다.

올해 들어 내가 쓴 두 번째 논문이 통과되었다는 소식에 기분이 상쾌하다. 심사를 하기도 하지만 받기도 하는 처지가 세상사 아닌가 싶다. 사실 그동안 연구한 것들을 논문으로 정리하고 싶은 것들이 많았으나 점점 힘에 부대낌을 느낄 때가 많다. 놀기 바쁘다는 핑계로 차일피일 미루다 보니 작성 중에 그만둔 글들도 부지기수다. 그래서 이제는 깊이 고민해야 하는 글보다는 짧은 글이라도 남겨야겠다는 생각이 많이 든다. 어쨌든 굼벵이도 구르는 재주가 있다는데 그동안 배운 재주를 써먹어야 하지 않겠는가?

며칠 전 은사님의 추모 논문집 최종본을 검토해 달라는 사모님의 부탁 말씀을 듣고 한참 동안을 씨름했다. 드디어 오늘 제목, 표지, 목차 구성, 오탈자 검토 등을 마무리하고 나니 속이 후련하다. 나름대로 수정 보완할 사항을 몇 개 발견했으니 밤새워 가며 노력한 성과는 있는 셈 아닌가? 더욱이 여기에는 내 글도 한 편 실려 있으니 최종 산물에 대한 기대가 크다.

며칠 동안 끙끙거리는 나를 보고 오늘 아침에 짝꿍이 드디어 한마디 했다. 나보고 대단하다고. 논문도 쓰고 심사도 하랴, 두 군데 농사도 지으랴. 골프 치고 당구 치고 바둑도 두랴. 또 짬짬이 책도 읽고 수필도 쓰랴. 몸이 열 개라도 바쁘겠다고. 칭찬인지 핀잔인지 모를 소리를 뒤로하고 나는 오늘도 힘차게 문을 나선다. "친구야! 오늘 날씨도 꿀꿀한데 스크린 골프 한번 치고 밥 먹어야제?"

노장들의 무용담

6월 어느 날이었다. 골프를 같이하고 오던 동기들과 유럽과 중동에서 벌어지고 있는 전쟁과 관련해서 이런저런 얘기를 나누었다. 그러다 “우크라이나에서 50대의 부모들이 자식들을 위해 자기들이 전선에 나가겠다고 하는 것이 방송에 나왔다.”는 얘기를 한다. 이에 모두들 대단한 부모들이라면서 우크라이나가 난국을 잘 극복하고 평화를 찾기를 바라면서 우리나라도 이를 강 건너 불구경하듯이 쳐다볼 상황이 아니라는 데 의견을 모았다.

우리나라는 인구 감소에 따른 병역 자원도 부족해 심각한 상황이다. 군 간부 지원율도 감소하고 전역을 희망하는 초급간부들도 점차 늘어나고 있다. 제복에 대한 존경심이 사라진 지 오래고, 군인에 대한 경제적 수준도 요망수준 이하이며, 가족들과 함께할 수 있는 시간도 제한되고 이사도 자주 해야 한다.

이렇게 무엇 하나도 마음에 드는 것이 없는 상황에서 어떻게 양질의 자원이 군에 오겠는가? 위정자들이 이러한 상황을 알고 절치부심하여 대책을 마련하고 있는지? 오직 개인의 영달만을 위하여 처신하고 있지는 않은지 궁금하다.

자원이 부족한 가운데 155마일의 전선과 해안 지역의 넓은 경계 지역을 담당하는 부대의 고충은 이루 말할 수 없을 것이다. 비록 외곽 울타리 경계를 과학 장비가 일부 보강은 하고 있지만 꼭 필요한 지역에는 반드시 사람이 있어야 한다. 경계초소 말이다.

문득 친구들 중에 한 명이 우리가 비록 70을 바라보는 노병들이지만 경계근무 정도는 할 수 있다며 쓸데없는 '보여 주기식 노인 일자리 창출'을 거론하지 말고 이런 곳에라도 우리를 불러 달라고 했다. 나이 들면 잠도 없으니 근무 중에 졸지도 않을 거라면서. 너도 나도 동의를 하며 맞장구를 쳤다.

유사시 퇴역 군인인 우리를 군에서 부르지는 않겠지만 자원입대해서라도 경계근무를 서야 한다고 목소리를 높였다. 최후의 순간에는 진지에 스스로 쇠사슬로 발목을 묶어 놓고 종간나 새끼들 몇 명이라도 죽이고 장렬히 전사해야 하지 않겠느냐고. 6.25전쟁 당시 북한군들이 퇴각할 때 했던 사례까지 들먹인다.

그러자 한 명이 "지금은 참호에서 전투하는 시대가 아니지 않느냐, 시가전이 대부분을 차지할 건데 이제 쇠사슬 얘기는 그만하라."고 하면서 막을 내렸다. 모두들 마음은 청춘이요 애국심은 철철 흘러넘

친다. "노병은 죽지 않는다. 다만 사라질 뿐이다!"라는 맥아더의 말은 진실임을 확인한 기분 좋은 날이었다.

집에 와서 이런 얘기를 했더니 짝꿍이 한바탕 웃더니 옛날 얘기를 꺼낸다. 부대 훈련과 연계하여 '군인가족 철수훈련'을 할 때란다. 전쟁이 일어나면 군인가족들의 안전을 위해 후방으로 철수하는 절차를 숙달하는 훈련이다.

그때 동기 가족들이 전쟁이 나면 어떻게 하느냐고 남편에게 물어보니, 옆집의 동기생 누구는 애들 데리고 고향 집으로 가 있으라 하고, 누구는 어디에 있는 누나네 집으로 가서 함께 피난하라고 하더란다. 그런데 당신은 그런 얘기는 온데간데없고 "피난은 무슨 피난이냐? 당신은 부상병 치료하고, 애들은 탄약이나 식량이라도 날라야지!" 옛날에 당신이 그러지 않았느냐? 그땐 정말 서운하더라고….

그런 얘기한 기억이 없다는 나를 짝꿍이 한참 쳐다보더니 "걱정하지 마라. 세월이 흘러 이제는 당신 말을 이해한다."고. 만약 친구들 말처럼 남자들이 쇠사슬을 묶고 싸우게 되면 여편네들은 피난은커녕 아예 포로가 되어 적군의 식량이라도 축내어야 하지 않겠느냐고. 그것도 배가 터지게 먹어야겠다고. 코미디도 이런 코미디가 없다. 종간나 새끼들이 밥을 준다고? 떡 줄 사람 생각도 않는데 국물부터 마시고 있다.

청남대의 가을 정취

좋은 친구들과 운동을 하고 청남대 투어를 하기로 했다. 대청호 주변에 자리한 청남대는 오래전 개방이 되어 전국의 많은 국민들이 즐겨 찾는 명소 중의 하나가 되었다. 우선 숙소를 대청호 주변 전망 좋은 집으로 정했다. 이곳을 잘 아는 친구가 발품을 팔아 어렵게 구한 곳인데 방문객이 많은 봄과 가을이면 미리 예약하지 않으면 구할 수 없다고 한다.

저녁 메뉴는 버섯전골이다. 소맥에 고기 안주는 우리 같은 서민들에게는 호사가 아닐 수 없다. 음주에 가무가 더해지니 완전 신선놀음이다. 식당 바로 옆에 설치된 노래방 기기 음률에 여주인의 피아노 반주가 어우러지니 가히 환상적인 조합이다. 노장들의 우렁찬 노랫소리가 가을 밤하늘을 통해 저 멀리 퍼져 나간다. 주인장은 마이크로 아무리 소리를 질러도 어느 누구 하나 찾지 않으니 걱정일랑 하덜덜 말라고 한다. 정말 호젓한 곳이다.

나는 딱 두 곡을 불렀다. 친구가 펌을 한 내 머리를 보고 〈테스형〉을 신청했는데 "내가 테스형인데 동생인 네가 불러야지." 하니 웃음꽃이 핀다. 모두가 기분파요 낭만가객이었다. 노래를 하며 올라가지 않는 음정을 보고 가만 생각해 보니 화류계 생활 30여 년에 버린 건 돈이요, 상한 건 목소리다. 이게 모두 인과응보이려니 하며 살 수밖에.

누군가 정현종 시인의 〈방문객〉이란 시를 낭송했다. 여주인은 수십 년 동안 이곳에 살면서 많은 손님을 받아 보았지만 이런 모임은 처음이란다. 손님들 하나하나가 모두 뭔가 강단이 있으면서도 서로 거리낌이 없고, 시까지 낭송하는 이런 모임, 정말 희한한 모임이란다. 하긴 여주인이 천하의 건달들을 알 리가 있겠는가?

청남대는 이제 신분증만 있으면 예약 없이도 관람이 가능하다. 9시에 개관이라고 해서 조금 일찍 들어가겠다고 왔더니 대기 중인 차량 행렬이 까마득하다. 뛰는 놈 위에 나는 놈이 있다. 있어도 아주 많이 있다. 그래도 철밥통 공무원들은 정각 9시가 되어야 문을 연다.

지금은 '청남대 가을 축제' 기간이다. 이곳은 전에 몇 번 둘러보았던 곳이라 내부보다는 주변 경관에 더 눈길이 갔다. 곳곳에 세워진 대통령의 동상들, 쇼를 하는 분수대와 연못도 있다. 박정희 대통령 동상 앞에서 한참을 서 있었다. "내 一生 祖國과 民族을 爲하여"란 글귀를 음미하며.

‘대한민국임시정부기념관’ 앞에는 당시 행정수반 여덟 분의 동상이 서 있다. 그중 한 분인 석주 이상룡 선생은 1911년 압록강을 건너면서 “차라리 이 머리가 잘릴지언정, 이 무릎은 꿇어 종이 되진 않으리라.”고 외쳤다. 그 동상 아래로 고개를 집어넣어 보았다. 이런 상황에서도 장난기가 넘친다. 철없는 애들이다.

기념관 앞의 잘 다듬어진 골프장이 너무 아깝다는 생각도 들었다. 피라미드형의 ‘낙우송’에는 돌기가 나와 호기심을 자극했고, ‘행운의 샘’에서는 아낙네들이 동전을 던지고 있었는데 로마의 트라비 분수가 생각났다.

청남대와 대청호를 둘러본 시간은 낭만이 깃든 가을 여행이었다. 그리고 나라 걱정을 하는 시간이기도 했다. 나는 청남대의 방문객으로 들어왔지만 가만히 생각해 보니 내가 바로 주인이다. 청남대를 국민들에게 돌려주었다고? 본래 주인이 국민들 아니었던가? 가을 구경하러 왔다가 대통령과 독립운동가들의 동상들을 둘러보고는 나라 걱정만 하고 간 날이었다. “어렵게 지킨 이 나라, 잘 되어야 할 건데.”

〈방문객〉

사람이 온다는 건
실은 어마어마한 일이다
그는 그의 과거와 현재와

그리고 그의 미래가 함께 오기 때문이다

한 사람의 일생이 오기 때문이다

(이하 생략)

_정현종 시

현충일 아침의 단상(斷想)

'호국보훈의 달' 6월이다. 오늘 아침 현충일을 맞아 태극기를 달고 아파트를 한번 둘러보았더니 태극기가 단 곳이 별로 없다. 전에는 그렇지 않았는데 어찌해서 이런 상황이 되었을까? 현충일과 6.25가 포함된 6월의 초록은 푸르기도 하지만 '시리다'는 표현이 더 맞을 것 같다. 이럴 땐 시원한 빗줄기라도 퍼부었으면 좋겠다.

며칠 전 동기생들과 함께 국립대전현충원을 찾아 참배를 하였다. 매년 찾는 곳이지만 올해는 내가 동기회 추모행사 준비를 맡았기에 조금 더 신경이 쓰인 건 사실이다. 사전에 현수막을 설치하였고, 참배 코스도 답사했으며, 행사 시 사용할 추모곡 음원과 블루투스 스피커도 준비하였다.

꽃다발은 동기회 사무총장이 미리 신청하여 각 묘소에 갖다 놓도록 하였고, 참배에 필요한 물품인 소주, 다과, 북어, 접시, 물티슈, 생수 등은 당일 현충원 매점에서 구매하였다. 모처럼 찾은 동기들을 위해 참배 진행 순서와 안장 위치가 도식된 현충원 요도도 준비하여 나누어 주었다.

1979년 임관한 후 벌써 45년! 그동안 많은 동기생들이 먼저 우리 곁을 떠나 서울현충원에 3명, 대전현충원에 13명, 개인 묘소에 3명이 안장되어 있다. 13곳을 돌아다니면서 비록 참배의 자리이지만 그 동기에 얽힌 에피소드와 이런저런 얘기가 오가면 한바탕 웃음이 일기도 하였다. 준비해 간 돗자리는 몇 개 묘소를 지나면서 접어 버렸다. 이제 모두 노인네가 되어 엎드려 절하기도 힘들다는 얘기에 모두가 공감했기 때문이다.

잘 알려진 바와 같이 현충 시설인 국립현충원은 서울과 대전 등 2개소, 호국원은 영천, 임실, 이천, 산청, 괴산, 제주 등 6개소에 설치되어 있고 기타 시설로는 4.19민주묘지(서울), 5.18민주묘지(광주), 3.15민주묘지(경남), 국립 신암선열공원(대구)이 있다. 미리 현충원을 둘러보았더니 산책하기 좋도록 둘레길도 잘 조성되어 있었다. 모쪼록 국민들의 정신적 근간이 되는 현충원이 자유롭게 찾아 추모하는 공간, 시민들이 즐겨 찾는 문화 공간으로 거듭나기를 희망한다.

오늘 아침 신문에 인구 감소로 병역 자원이 부족한 상황에서 군의 중추적 역할을 하는 위관급 장교들과 중사급 부사관 등 초급간부들이 군을 떠나고 있다는 소식이 1면을 차지하고 있었다. 우리가 군 생활을 할 때에는 국가를 위하고 나의 가족을 지키는 숭고한 사명감 그리고 명예심이라도 있었다. 그런데 지금은 어떤가? 20~30세대인 그들이 군을 떠나게 되는 이유는 과연 무엇 때문일까?

잠깐 생각해 봐도 그 이유가 철철 넘치고도 남는다. 과연 국가란 무엇일까? 국가는 왜 개인의 자유를 나라에 헌납한 젊은이들에게 고마워하지 않을까? 왜 제복 입은 자들이 존경받는 사회가 되지 못할까? 군대 조직 구성원과 근무 환경이 바뀌고 군대 문화도 많이 바뀌었는데 말이다.

지금의 MZ세대는 상급자의 지시에 "이걸요? 제가요? 왜요?"라며 서슴없이 대꾸하는 세대다. 이제 이들에게 '닥치고 충성'이라는 건 어불성설이다. 그들은 하나밖에 없는 귀한 아들로 자랐다. 국가에겐 비록 이들이 많은 병사들 중의 한 사람에 지나지 않을지라도 그들의 부모들에게는 이 세상에서 단 하나뿐인 귀중한 아들이다.

최근의 군 사고와 관련하여 언론에서 다루는 방향도 문제다. 사고가 왜 일어나는지에 대한 근원적인 대책은 없고, 오직 군에게만 책임을 전가하고 매도하며, 기껏해야 나온 대책이 해당 간부들에 대한 처벌이다. 국가가, 사회가, 국민들이 무엇을 어떻게 해야 하는지에 대한 얘기는 한 마디도 없다. 사고를 계기로 이를 방지하기 위한 대책과 함께 떨어진 군의 사기를 올리기 위한 방안을 제시한다면 어떨까? 멀리 내다보는 전략이 필요하다는 생각을 해 본다.

총기를 다루고 전쟁을 준비하는 군에서 사고는 언제든 일어날 수 있다. 물론 간부들의 잘못된 판단과 오만으로 사고가 발생하여 귀중

한 인명이 손실되는 일은 없어야 한다. 그러나 훈련을 하다가 불가항력적인 상황으로 인해 발생한 사고에 대해 처벌만이 능사는 아니지 않은가? 사고예방을 위해서 훈련도 하지 말고 훈육도 하지 않을 수는 더더욱 없지 않은가? 국가 안보를 위해 헌신하는 간부들에게도 자부심을 심어 주고 긍지를 가지게 해 달라는 것이다. 이를 누가 해야 하는가? 국가가, 사회가, 부모와 우리가 해 주어야 하지 않겠는가? 현충일 아침 10시에 묵념을 드린 후 선열들을 추모하면서 착잡한 마음을 글로 남긴다.

유엔기념공원을 다녀와서

인산편지 아카데미 인문학 기행으로 부산에 위치한 유엔기념공원을 다녀왔다. 이곳은 나의 두 번째의 방문이다. 전국에서 반가운 얼굴들이 모여들었다. 충청, 계룡, 대전에서는 아예 11인승 미니버스 한 대를 빌려 함께 이동하여 그 즐거움은 배가되었다.

7시에 모여 출발하기로 했기에 새벽부터 바삐 움직였다. 이동간 버스에서 오간 수많은 대화는 글로 다 옮길 수 없으니 생략하기로 하자. 특이한 건 어머니와 딸, 손녀 등 한 가족 3대가 동행했다는 사실이다. 대단하다는 말밖에 어찌 달리 표현할 수가 없다.

귀염둥이 손녀는 하루 종일 재롱둥이이자 보물이 되어 감초 노릇을 톡톡히 했다. 어른들의 재롱에 아이가 눈을 찡긋하며 한번 웃어주면 차 안은 웃음바다가 되었다. 어른이 아이가 되고 아이가 어른이 되어 버린 묘한 하루였다.

3시간이 넘는 머나먼 길을 달려 해설사와 만나기로 한 추모관에 11시에 겨우 도착했다. 인산 작가의 유엔기념공원과 일정에 대한 설명에 이어 내가 나섰다. 며칠 전 행사를 준비한 인산 작가로부터 유엔군의 활약상에 대해 잠깐 설명을 해 달라는 요청을 받았기 때문이다.

그런데 주어진 시간이 너무 부족했다. 준비한 것을 제대로 전달하지 못한 것 같아 아쉬움이 있었지만 그래도 짧은 시간에 6.25전쟁의 최대 미스터리인 소련이 왜 안보리 결의안을 거부하지 않았는지, 유엔군 최초의 전투 오산 죽미령 전투와 중공군을 대상으로 유엔군이 처음으로 승리한 지평리 전투를 소개했다.

그리고 프랑스의 몽클라르 장군에 대해 설명하며 프랑스를 여행할 경우, 내가 직접 확인한 파리의 에투알 개선문에 있는 한국전 참전 기념 동판, 프랑스 대표 추모 시설인 앵발리드의 몽클라르 장군의 묘와 한국전 참전기념패, 파리 센 강변 광장에 설치된 한반도 모양의 한국전 참전비 등을 둘러볼 것을 권했다. 에티오피아와 현충원에 대한 얘기 등을 더 하고 싶었지만 시간이 없어 준비한 A4 2장 분량의 유인물로 대체했다.

잘 알다시피 부산 유엔기념공원은 세계 유일의 유엔기념묘지이자 성지이다. 1951년 4월, 유엔사가 전국 6곳에 가매장되어 있던 유해를 한곳에 모아 조성한 4만 평 규모의 공동묘지이다. 이곳에는 상징구역과 주 묘역, 참전용사 묘역, 삼각형으로 솟은 추모관, 전몰장병

이름을 새긴 추모명비, 평화를 상징하는 비둘기가 조각된 위령탑, 무명용사의 길 등이 있다. 해설사의 안내에 따라 이곳들을 차례로 둘러보았다.

특히 추모명비 앞에서 묵념을 하고 호국시인 인산의 시가 낭독되는 동안 가슴에서 치밀어 오르는 그 뜨거운 감정은 어떻게 표현할 수가 없다. 낭독자의 목소리도 가늘게 떨렸고 듣는 우리의 가슴은 그냥 먹먹해졌다. 이날의 백미였다.

이곳에는 최초에 전사자 11,000여 명이 묻혀 있었는데 정전 후 미국 등 7개 나라에서 유해를 본국으로 송환하고, 현재는 11개 나라의 장병 2,300여 명이 잠들어 있다. 총 140페이지에 달하는 추모명비에는 국가별 전사자 명단이 알파벳 순서에 의거 빼곡히 새겨져 있다.

각각의 이름 마지막에는 마침표(·) 또는 다이아몬드형의 점(◆)으로 마무리되어 있다. 마침표는 자기 고향으로 돌아간 분들이고, 다이아몬드 표식은 현 위치에 안장되어 있는 분들을 뜻한다. 초기에는 유엔이 직접 관리하다가 1974년부터는 11개국 주한 대사들이 공동으로 관리하고 있다.

점심 식사를 하러 광안리에 위치한 전망 좋은 부산횟집으로 향했다. 부산의 김○○ 작가가 주인과 협조하여 8만 원짜리 회를 4만 원에 해 주는 걸로 알고 있었는데 4만 원짜리 회를 8만 원짜리로 만들어 주는 것이란다. 가만히 생각해 보니 복잡한 듯하지만 결국 그 말이 그 말 아닌가? 메뉴가 다양하고 맛이 있으면 된 것 아니냐는 말이다. 아마도 이번 기회를 놓친 분들은 후회가 막심할 것 같다. 이 말은 그분들을 약 올리기 위한 거짓말이 아니라 참말이다. 푸른 바다와 함께 펼쳐진 광안대교 그리고 바다 위에서 수상스키를 구경하는 것은 덤이었다.

식후에 달맞이 언덕의 커피집으로 향했다. 가는 길가엔 광안리에서 저녁 8시에 벌어지는 드론라이트쇼에 대한 안내 플래카드가 걸려 있고, 비보이 춤이 펼쳐지고 있었으며, 광안리 해변에는 때 이른 비키니족들도 보였다. 한두 명도 아니고 여러 명이다. 멋진 장면이 사라질세라 급하게 사진을 찍는데 갑자기 뒤쪽의 아지매가 박장대소를 하며, 내가 비키니 아가씨 사진을 찍는다고 소리를 지른다. 참 우습다. 아니 멋있고 예쁜 풍경을 사진으로 남기는 게 어때서….

커피를 한잔하면서 각자 소감을 한 마디씩 한 후에 주인장의 허락을 얻어 백○○ 연주자의 라이브 쇼가 시작되었다. 주문곡도 받았는데 여기엔 1만 원의 요금이 붙었다. 나도 나훈아의 〈테스형〉을 청했더니 잘 모른단다. "아니 이런~~" 실망이 보통 아니다. 그 유명한 곡을 모르다니.

급하게 주차하고 가느라 들어갈 때 못 본 'vital'이라는 카페 간판이 나오면서는 보였다. 이를 보고서 내가 한마디를 툭 던졌다. 주차가 어려운 비탈길에 딱 맞는 이름, '비탈'이라고. 모두 박장대소를 하며 동조를 했다. 딱 맞는 말이라고.

우린 갈 길이 먼 사람들을 위해 일찍 헤어지는 아쉬움을 달래야 했다. 비록 힘든 여정이었지만 유엔기념공원은 6월을 맞아 한번 가 보고 싶었던 곳이었고, 그곳을 방문함으로써 유엔군에 대해 좀 더 가까이 다가갈 수 있었던 소중한 기회였다. 문득 이런 생각이 들었다. "우리 국민들 중에 부산에 유엔기념공원이 있다는 것을 아는 사람이 얼마나 되고, 그곳을 다녀온 사람이 과연 몇 명이나 될까?" 하고.

도산 안창호 선생은 "역사를 잊은 민족에겐 미래가 없다."고 했는데 벌써 그들을 잊고 있었던 것은 아닌지? 백척간두의 위기에서 이름도 모르는 대한민국의 자유와 평화를 위해 헌신한 22개국 유엔 장병들을 이제는 한번쯤 생각해 봐야 하지 않겠는가? 호국보훈의 달 6월이 다 가기 전에, 더 늦기 전에 말이다.

유엔군 첫 전투, 오산 죽미령 전투를 아시나요?

6월은 '호국보훈의 달'이다. 그 첫날에 6.25전쟁 당시 유엔군과 북한군의 첫 전투가 벌어졌던 곳에 설치된 '오산 죽미령 평화공원'을 찾았다. 여기에는 '유엔군 초전기념관', '스미스 평화관'이 함께 설치되어 있다. '유엔군 초전기념관'은 UN 결의에 따라 선발대로 파병되었던 미 제24사단 소속의 스미스 특수임무부대가 1950년 7월 5일 북한군과 첫 전투를 벌인 오산 죽미령에 세워진 현충 시설이자 공립박물관이다.

이곳에서 장렬히 산화한 스미스 특수임무부대원들의 뜻을 기리기 위해 건립되었으며, 같이 붙어 있는 '스미스 평화관'은 가상현실을 통해 관람객이 스미스 부대원이 되어 죽미령 전투를 체험해 볼 수 있는 체험관인데 젊은이들에게 교육적 효과가 있을 것으로 보인다.

6.25전쟁이 발발하자 한강 일대에서 전황을 파악한 맥아더 장군의 건의에 의해 미국 정부가 6월 30일 지상군 투입을 승인하자 맥아

더 장군은 미 8군사령관 워커 장군에게 일본에 주둔하고 있던 제24사단의 출동을 명령하였다. 이에 따라 스미스 중령이 지휘하는 제21연대 제1대대가 특수임무부대로 편성되어 이타즈케 공군기지에서 6대의 C-54 더글라스 수송기를 타고 7월 1일 부산 수영비행장에 도착하였다. 7월 2일 열차를 타고 이동하여 오전 8시에 대전에 도착한 스미스 특수임무부대는 "가능한 한 북방에서 북한군의 공격을 저지하라."는 명령을 받고 오산으로 이동하였다.

뒤이어 도착한 제52포병대대와 합류해 1950년 7월 5일 새벽, 오산 북쪽 죽미령 일대에 진지를 구축하였다. 5천여 명에 이르는 북한군을 저지하기에는 턱없이 부족한 병력이었지만 이들은 북한군이 제2차 세계대전을 승리로 이끈 미군을 보게 되면 도망칠 것이라는 자만심에 차 있었다. 그러나 오전 7시 북한군 제4사단이 제107전차연대를 앞세워 공격해 오면서 스미스 특수임무부대와 포병대대는 약 6시간을 버티다가 철수하였고, 전투 결과, 부대원 540명 중 181명이 전사하거나 행방불명되는 비운을 맞았다.

가끔 해설사의 도움은 새로운 사실을 알게 해 주는 묘한 매력이 있다. 그분 덕택에 제52포병대대장 페리 중령의 100세 생일기념 사진(2007)과 박정희 대통령으로부터 스미스 중령이 훈장을 받는 사진(1975)도 확인하였다. 유일한 한국군으로 참전한 포병대대 연락장교였던 윤승국 대위는 이후 소장으로까지 진급하여 이곳을 방문하기도 하였다.

40~50대로 보이는 중년 부인들과 학생들이 같이 참관하였는데 "죽미령 전투는 교과서에도 없고 처음 들어 본다."고 했다. 모르는 것이 당연한 것 아니겠는가? 고맙고 갸륵한 마음에 내가 아는 범위 내에서 상황 설명을 해 주었지만 사관학교에서조차 6.25전쟁에 대한 교육을 하지 않는데 어떻게 중고등학생이나 일반 시민들이 이를 알 수 있으리오. 이런저런 생각에 괜히 마음만 착잡해진다.

죽미령 전투가 벌어진 이곳에 1955년에 구(舊) 초전기념비, 1982년에 신(新) 초전기념비가 세워지고, 2020년에는 '스미스 평화관'과 '오산 죽미령 평화공원'이 정식 개장하기에 이르렀다. 참전한 540명의 이름이 새겨져 있고, 7월 5일 오전 8시 15분부터 오후 2시 30분까지 치열했던 6시간 15분간의 전투를 상징하는 조형물과 C-54 전투기 모형도 설치되어 있다. 시설을 다 둘러보고 난 후 일부러 고지 능선에 올라 전방 수원 방향을 내려다보니 죽미령 방어진지는 전방 관측과 사계 등을 고려하여 잘 선정했다는 생각이 들었다.

오산 죽미령 전투는 비록 패퇴한 전투였지만 자유와 평화를 수호하기 위하여 먼 타국의 젊은이들이 기꺼이 희생한 고귀한 전투였다. 패인으로는 북한군에 대한 정보 부족과 T-34 전차 등에 대한 전력 파악 미흡, 북한군 과소평가 및 미군 병사들의 자만심, 구식 무기와 부족한 물자(1인당 탄약 120발과 2일치 식량, 바주카포 6문, 60미리 박격포 4문, 75미리 무반동총 2문 등), 악천후로 인한 항공지원 제한 등을 들 수 있다.

그럼에도 불구하고 이 전투는 유엔군과 북한군의 첫 전투로서 북한군의 전력을 평가할 수 있는 소중한 기회가 되었고, 미군의 참전을 알게 된 북한군으로 하여금 10일간의 전열 정비에 들어가게 만들어 국군과 유엔군이 반격을 가할 수 있는 시간을 벌어 준 전투라는 점에서 그 의의를 찾을 수 있을 것이다.

얼마 전 "우크라이나에 무기를 지원하지 말라."는 정치인의 주장이 매스컴에 크게 보도된 적이 있다. 그들에게 묻고 싶다. "이름도 위치도 들어 본 적이 없는 나라, 당신은 그 나라를 위해 목숨 바쳐 싸울 수 있는가? 유엔군 초전기념관에 가 보라." 한 번만 가 보면 6.25전쟁에 참전한 유엔군 덕분에 오늘의 대한민국이 있음을 부인할 수는 없을 것이다.

'오산 죽미령 평화공원'에 설치된 스미스 특수임무부대의 시계는 지금도 1950년 7월 5일 오후 2시 30분에 멈춰져 있지만 그들의 희생으로 성장한 대한민국의 시계는 앞으로도 쉼 없이 작동할 것임을 나는 굳게 믿는다. 글을 마치며 필자의 스승이신 풍석 이종학 교수님의 생전의 말씀을 그대로 전한다.

"국가의 독립과 평화를 바란다면 전쟁을 이해하고 거기에 대비하라. 그리고 국민·국토·주권의 수호도 전쟁의 대비에서 비롯됨을 명심하라!"

아! 다부동

이승만 대통령과 트루먼 대통령 그리고 백선엽 장군의 동상을 세웠다는 소식을 접하고 10월의 어느 좋은 날, 이를 둘러보기 위해서 경북 칠곡을 찾았다. 6.25전쟁 최대 격전지로 꼽히는 칠곡은 '호국평화의 도시'라는 캐치 프레이즈를 걸고 이와 관련된 다양한 활동을 하고 있는 곳이다. '다부동 전적기념관'이 있고, '칠곡 호국평화기념관'이 있으며, 매년 9, 10월 중에는 '낙동강지구전투 전승행사'와 함께 '낙동강 세계평화문화대축전'이 개최된다.

1년 만에 다시 찾은 '다부동 전적기념관' 이승만, 트루먼 대통령 동상이 나란히 세워져 있고, 그 맞은편에는 백선엽 장군의 동상이 서 있는데 대한민국을 사방으로 지키고 수호한다는 장군의 뜻을 담아 동상이 360도 회전하도록 설계되어 있다. 1951년에 세워진 '대한민국 제1사단장 준장 백선엽 호국구민비(護國求民碑)'는 자리가 옮겨져 있었다.

동상을 둘러보며 6.25전쟁 당시 호국영웅들의 말을 통해 위대했던 그들의 뜻을 헤아려 본다. 무초 주한 미국대사를 불러 "우리는 몽둥이와 돌멩이를 들고서라도 싸울 것이다."라고 결사항전 의지를 밝힌 이승만 대통령, 에치슨 국무장관으로부터 남침보고를 받자마자, "딘, 우리는 무슨 수를 써서라도 저 개자식들을 막아야 합니다(Dean, we've got to stop those sons of bitches no matter what.)."라고 한 트루먼 대통령.

그리고 "조국이 없으면 우리도 없다. 더 이상 물러설 곳이 없다. 내가 앞장서서 싸울 테니, 내가 물러서면 나를 쏴라."고 한 백선엽 장군, "태어난 날은 달라도 죽는 날은 한날한시로 하자."며 다부동 전투를 앞둔 국군 제1사단 장병들의 비장한 맹세. 두 대통령의 결단과 '필사즉생'의 각오로 헌신한 구국의 용사들이 있었기에 오늘의 대한민국이 있는 게 아닐까? 숙연한 마음에 그들에게 잠시 감사의 묵념을 올렸다. 때마침 버스 몇 대로 이곳을 찾아온 공군 11전투비행단 장병들이 한없이 든든해 보인다.

'구국용사충혼비'와 '구국용사지묘(求國勇士之墓)', '구국경찰충혼비', '다부동 전투에서 산화한 지게부대원에게 바칩니다.'라는 조형물들을 둘러보고 인근의 '칠곡호국평화기념관'을 찾았다. 백선엽 장군의 장녀인 백남희 여사가 언급했던 지게부대는 내가 관심을 가진 분야이기도 하다. 미 8군사령관이자 유엔군 사령관이었던 벤플리트 장군은 "만약 지게부대가 없었다면 10만 명 이상의 미군이 필요했을 것이다."라고 한 바 있다.

낙동강 방어선 전투는 조국의 운명을 건 55일(1950. 8. 1~9. 24)간의 혈전이었다. 낙동강 방어선은 한반도의 90%를 빼앗긴 절체절명의 위기에서 선배 전우들이 낙동강을 핏빛으로 물들이며 대한민국을 지켜 낸 최후의 방어선이다. 이곳은 부산을 기지로 총반격을 위한 교두보라는 의미에서 '부산 교두보', 미 8군사령관 워커 장군이 설정한 방어선이라는 의미에서 '워커 라인'이라고도 불린다. 낙동강 방어 전투는 자유 진영에 대한 공산 진영의 위협을 성공적으로 차단한 전투였다.

참고로, 다부동 북쪽에서 대구로 향하는 길고 좁은 천평계곡에서 아군과 적군의 전차 20여 대가 맞붙는 전차전이 벌어졌다. 아군과 적군의 전차포에서 발사된 철갑탄의 탄환은 5시간 동안이나 불꽃을 튀기며 밤하늘을 수놓았는데 당시 미군들은 이 모습을 마치 '볼링공이 굴러가 핀을 쓰러뜨릴 때 모양과 같다.' 하여 이날 밤의 전차전을 '볼링앨리(Bowling Alley) 전투'라고 불렀다.

지금 이 순간에도 지구촌이 전쟁의 화염 속에서 신음하고 있다. 우크라이나-러시아 전쟁에 이어 중동에서는 이스라엘과 하마스 간의 전투가 연일 매스컴을 달구고 있다. 하마스의 공격을 받은 이스라엘이 예비군을 소집하자 전 세계 이스라엘 청년들이 귀국하고 있다는 소식도 전해진다. 1967년 6월 제3차 중동전쟁(6일 전쟁) 때 조국을 지키기 위해 학업을 중단하고 전쟁터로 달려갔다는 일화는 너무도 유명한데 똑같은 일이 재현되고 있는 것이다.

여기서 우리가 분명히 알아야 할 사실이 하나 있다. 세계 언론은 역사상 이를 "세계 최초의 재외국민 참전"이라고 찬사를 보냈지만 '재일학도의용군'의 6.25 참전은 이들보다 무려 17년이나 앞선 일이다. 1950년 9월 12일 유엔군과 더불어 인천상륙작전에 참가하기 위해 제1진이 출발한 것을 시작으로 같은 해 11월 중순까지 모두 5차례에 걸쳐 총 642명의 재일동포 청년들이 조국 전선에 참전하였던 것이다.

정말 자랑스러운 사실이 아닐 수 없다. 그러나 이런 일은 한번이면 족하지 않겠는가? 우리나라에 더 이상 이런 일이 일어나지 않도록 대비를 철저히 하자.

학도의용군을 기억하자!

오늘은 6.25전쟁이 발발한 지 74주년이 되는 날이다. 스탈린이 각본을 짜고, 김일성이 주연, 마오쩌둥이 조연이 되어 저지른 이 비극적 전쟁은 종전이 아닌 '아직도 끝나지 않은 전쟁'이다. 이 전쟁으로 인해 우리가 알지 못하는 많은 이들이 숨져 갔다. 그들 중에는 학도의용군들이 있다. 학도병, 학도대, 의용대, 의용군, 학생의병, 학도의용군 등 다양한 이름으로 불리던 젊은 학생들로 이루어진 학도의용군들을 기억했으면 좋겠다.

#1 포항여중 전투

학도의용군이란 6.25전쟁 발발 시부터 1951년 4월까지 대한민국의 학생 신분으로 군에 지원하여 전후방에서 전투에 참여하거나 공비 소탕, 치안 유지, 간호 활동, 선무공작 등에 참가함으로써 군의 업무를 도와주었던 학생 또는 단체를 말한다. 이렇게 시기를 한정한 것은 이승만 대통령이 1951년 3월 16일 '학생 학교 복귀 지시담화'

에 의해 국방부 정훈공작대 등이 실제 1951년 4월 해산되었기 때문이다.

학도의용군들은 독립부대로 활동하거나, 특정임무 또는 유격전을 수행하기도 했다. 이들 중에는 여성 학도의용군과 재일학도의용군들도 포함되어 있다. 그중에서 포항지구 전투 시 학도의용군의 전투 사례는 영화 등을 통해 우리에게 잘 알려져 있다.

포항여중 전투는 1950년 8월 포항지구 전투에서 북한군 제5사단과 766유격부대가 아군 3사단의 후방지휘소인 포항여중을 공격하면서 발생한 전투이다. 학도의용군 71명이 11시간 동안 적의 4차례에 걸친 파상공격을 막아 낸 전투로서 이들 중 48명이 전사하였다. 이들의 혈투로 적의 진격을 지연시켰고, 주요 비문 및 물자를 후방으로 무사히 운반할 수 있었으며, 영일만에 정박하고 있던 700여 척의 선박으로 포항 시민들을 안전하게 철수시킬 수 있었다.

#2 장사상륙작전

장사상륙작전에서도 학도의용군들은 큰 활약을 하였다. 이 작전은 1950년 9월 14~15일 경북 영덕군 남정면 장사리에서 벌어진 상륙작전으로서 6.25전쟁의 중요한 군사작전 중 하나였으나 많은 이들이 잘 알지 못하고 지냈다. 하지만 좌초되었던 문산호가 1997년 3월 해병대에 의해 갯벌 속에서 발견되면서 장사상륙작전과 어린 학도병들의 희생이 여러 사람들에게 알려지게 되었다.

당시 맥아더 장군은 인천상륙작전의 성공을 위해 원산, 주문진, 군산, 영덕 장사리 네 곳에 대해 양동작전(아군의 의도를 숨기기 위해 적의 관심과 행동을 다른 곳으로 유도하기 위한 기만작전)을 실시했다. 이 중 동해안에서 실시된 장사상륙작전은 특기할 만한 것이었다. 당시 최후의 보루였던 낙동강 전선에서 정규군을 빼낼 수 없는 절박한 상황이었다. 이에 육군본부는 학생들을 모집하여 1개 대대 규모의 독립 유격대를 편성하여 동해안에 상륙작전을 감행하였다. 이는 경인지구에 대한 북한군의 증원을 방해하고 포항 방면까지 내려온 적의 후방을 교란하고자 함이었다.

인천상륙작전에는 7만 5천여 명의 병력과 261척의 해군 함정이 투입되었지만 장사상륙작전에는 학도의용군 772명과 해군 56명 등 828명의 병력과 민간선박 문산호 1척이 투입되었다. 이들은 139명이 전사하는 등 희생이 많았으나 적의 주의를 분산시켜 유엔군의 인천상륙작전을 유리하게 수행하도록 하겠다는 본래의 전술적 목표를 달성하였다. 또한 포항과 영천으로 통하는 모든 국도를 차단함으로써 적의 작전 수행에 타격을 주었다.

#3 재일학도의용군

재일학도의용군에 대해서는 잘 모르는 사람들이 많다. 이들은 대한민국 국민으로서 일본에 거주하던 사람으로 1950년 6.25전쟁 발발 시부터 1953년 휴전이 이루어질 때까지 국군이나 유엔군에 지원 입대하여 참전한 사람을 말한다. 이들은 전쟁 참전 이외에도 군

수기지 정비, 통역, 점령지 치안업무 및 경비 등 다양한 임무를 수행하였다.

이들은 5차례에 걸쳐 인천, 부산, 원산 등을 통해 총 642명이 참전하였다. 이들은 인천상륙작전과 원산상륙작전, 백마고지 전투와 김화전투 등에도 참전하였으며 642명 중 135명이 전사 또는 행방불명되었고 생존자 507명 중 265명은 일본으로 귀환하였으나 242명은 일본 정부의 반대 등으로 귀환하지 못하고 한국에 잔류하게 되었다.

병역 의무도 없는 해외 교포 학생들이 자발적으로 총을 들고 전쟁터로 달려 나간 숭고한 뜻은 아무리 강조해도 지나치지 않는다. 해외에 유학 중이던 이스라엘 청년들이 1967년 발발한 제3차 중동전쟁(6일 전쟁) 때 조국을 지키기 위해 학업을 중단하고 전쟁터로 달려갔다는 일화는 너무나 유명하다. 세계 언론들은 이에 대한 찬사를 쏟아냈지만 재일학도의용군들의 6.25 참전은 이들보다 무려 17년이나 앞선 일이다. 재일학도의용군들의 6.25 참전은 해외 청년 학도들이 조국을 구하기 위해 참전한 세계 전쟁사의 효시이자 해외 동포들의 민족적 자긍심을 고취할 수 있는 정신적 유산으로 기록되어야 할 것이다.

6.25전쟁은 대한민국의 존망을 좌우하는 최대의 위기였지만 이름도 없이 사라져 간 수많은 전쟁 영웅들 덕분에 이를 극복할 수 있었다. 특히 그중에서 병역의 의무가 없음에도 불구하고 전쟁에 참여

한 수많은 학도의용군들의 피와 땀과 눈물이 있었음을 우리는 기억해야 한다. 오늘날 우리가 누리는 이 자유와 번영은 바로 그들의 희생과 공헌이 있었기 때문이다. 국가를 위해 목숨 바쳐 헌신한 분들에게 국가는 마지막까지 책임지는 모습을 보여 주고, 우리 국민들도 그들의 희생을 잊지 말자!

지게부대를 아십니까?

6.25전쟁은 온 국민이 참여한 총력전이었다. 전 국민이 국난을 극복하기 위해 스스로 전투원 또는 비전투원으로서 자원하여 참여하였다. 여기에는 학도의용군, 소년소녀병, 유격대원, 켈로부대, 카투사, 노무자 등 그 종류와 지원 인원들은 이루 헤아릴 수도 없다. 호국보훈의 달 6월에는 오늘의 대한민국을 있게 한 계급도 군번도 없이 싸우다가 스러져 간 호국 용사들을 한번쯤 생각해 봤으면 좋겠다.

이 중에는 지게부대로도 불리는 노무부대가 있다. 노무부대의 종류는 전쟁 초기 국군이 각 사단별로 모집, 국군을 지원한 보국대가 있고, 1951년 3월 기준 2만 명이나 되었던 미군 노무장교가 지휘하는 민간인 운반단(CTC: Civilian Transport Corps)이 있으며, 준군사조직으로 미군으로부터 임금과 보급지원을 받은 한국근무단(KSC: Korean Service Corps)이 있다. 이들 중 보국대가 바로 우리가 흔히 얘기하는 지게부대이다.

지게부대는 다부동 전투 당시 지역민들로 구성된 민병대로서 탄약, 식량 등 보급품을 지게로 짊어지고 국군과 미군에 전달하는 역할을 수행하였는데 진지 공사, 부상자 후송, 도로보수 같은 데도 동원되었다. 지게부대원들은 다부동 전투 중 2,800명이 넘게 전사한 것으로 추정된다.

미군들은 지게가 알파벳 A와 닮았다 하여 이들을 'A frame Army(A자형 군대)'라고 불렀다. 미 8군사령관 밴플리트 장군도 회고록에서 "한국인 노무자들은 미국인보다 평균 신장이 작았으나 매일 10마일(16km) 정도 떨어진 지점에 있는 고지로 1백 파운드(45kg) 정도의 보급품을 운반하고 되돌아왔다. 만일 노무자들이 없었다면 최소한 미군 10만 명이 추가로 필요했을 것"이라고 했으며, 다부동 전투의 영웅 백선엽 장군도 생전에 이들 지게부대의 업적을 높이 평가한 바 있다.

2023년 7월, 경북 칠곡군의 다부동전적기념관에는 백선엽 장군 동상, 이승만 대통령과 투루먼 대통령의 동상이 세워졌는데 이와 함께 당시 군을 지원한 지게 부대원을 기리는 추모비도 들어섰다. 이 지게부대 추모비는 백 장군의 맏딸 백남희 여사가 사비 1,200만 원을 들여 세운 것이다. 동상이 세워진 이후 필자도 이곳을 방문한 바 있는데 추모비에 새겨진 글은 다음과 같다.

〈다부동 전투에서 산화한 지게부대원에게 바칩니다〉

지게부대원은 군번도 계급장도 없는 노무자들로, 군복을 받지 못해 무명옷

차림으로 포탄과 식량을 40~50Kg 짊어지고 가파른 고지를 올랐으며 내려올 때는 부상병을 실어 날랐습니다. 오직 대한민국과 다부동을 지켜야 한다는 신념 하나로 포화 속을 누비다 하루 평균 50여 명의 지게부대원이 전사했습니다. 백선엽 장군은 다부동 전투의 승리는 지게부대원의 고귀한 희생과 숭고한 헌신이 스며 있다 하시며 항상 고마워하셨고 전쟁이 빚어내는 비극에 늘 가슴 아파하셨습니다. 백선엽 서거 3주기를 맞아 아버님의 간곡한 유지와 칠곡군민의 뜻을 모아 6.25전쟁 최대 격전지 이곳 호국의 성지 다부동에 위령비를 세워 희생하신 그분들의 애국심과 애향심을 기리라고 하셨습니다. 이름 없는 영혼들이여 편히 잠드소서.

2023년 7월 5일

백선엽 장군의 유지를 받들어 맏딸 백남희가 올립니다.

6.25전쟁 당시 피 흘린 호국영웅들이 없었다면 오늘의 대한민국은 없었을 것이다. 우리나라의 곳곳에는 이름도 없이 사라져 간 무명용사들의 넋이 잠들어 있다. 이런 것들을 생각한다면 6월은 '호국의 달'이 아니고 '호국보훈의 달'이어야 한다. 국가를 위해 희생한 분들에게는 국가가 끝까지 책임을 져야 한다는 의미에서 호국 뒤에는 반드시 보훈이라는 말이 따라붙어야 마땅한 것이다. 6월에는 호국도 좋지만 보훈도 함께 생각해 봤으면 좋겠다. 보훈을 제대로 하지 않는 나라가 호국만 강조하는 일은 절대로 없어야 한다. 지금 대한민국의 현실은 어떤가?

가을날의 인문학 기행, 독립기념관을 찾아서

기다리던 날이 다가왔다. 오늘은 독립기념관을 찾아 세 번째의 인산편지 아카데미 문우들과 인문학 기행을 하는 날이다. 충분한 시간을 가지고 출발했는데도 불구하고 고속도로에서 사고가 나서 지체되니 마음이 급하다. 구간단속 종점을 지나며 보니 평균 속도가 38Km이다. 약속 시간에 늦지 않기 위해 베테랑 기사의 실력을 유감없이 발휘했다. 약속 시간 5분 전 도착!

금강산도 식후경! 잘 먹어야 구경도 할 것 아닌가? 일행을 만나 '병천순대' 맛을 봤다. 1919년 3.1운동이 일어난 아우내 장터가 있는 천안 병천에 와서 그 유명한 병천순대를 먹지 않고 간다면 얼마나 서운할 것인가?

나는 수많은 순대 중에서도 유독 우리나라의 일제 강점기와 관련해서 만들어진 돼지 창자들이 들어간 병천순대와 6.25전쟁 때 피난민들이 만든 돼지 대신 명태나 오징어가 들어간 함경도의 '아바이순대'가 생각난다. 아, 또 있다. 우리 큰애가 어린 시절 순대를 일컬어 하던 말, '큰 소시지'.

점심을 먹고 우린 '코끼리공장 카페'를 찾아 달달하고 맛있는 커피를 마셨다. 카페를 둘러보니 이 집은 최근 3년에 걸쳐 한국소비자산업평가(KCIA, Korea Customer Industery Appraisal) 카페/디저트 부문에서 3년 연속 우수기업으로 선정된 대단한 곳이다.

이곳에서 커피를 마시며, 독립기념관 방문 전에 인산 작가의 독립운동과 관련된 인문학 강의를 들었다. 돌아서면 기억이 깜박깜박하는지라 강의 내용 일부를 메모지에 기록했다. 박학다식한 그는 우리나라의 숱한 역사 중에서 아쉬웠던 100년, 처절했던 100년을 찾아 이에 대해 설명하니 그 발상부터가 인상적이다. 강의 내용에 나의 생각을 양념으로 추가해서 간단히 소개한다.

먼저 '참혹했던 100년'은 13세기(1201~1299)에 있었다. 1205년 몽골제국이 건설된 후에 있었던 28년(1231~1259)간 9차례에 걸친 몽골제국의 고려 침공, 여몽전쟁 등이 그것인데 세부 내용은 생략한다.

'아쉬웠던 100년'은 1953년 휴전 이전의 100년에 걸친 역사이다. 1905년의 을사늑약, 1907년의 헤이그 밀사사건과 고종의 퇴위, 1910년 한일병탄, 1919년의 2.8독립선언과 3.1독립운동, 1차 세계대전 후 윌슨의 민족자결주의가 있었다. 일제 치하를 벗어난 1945~1948년의 미군정은 공백기라 할 수 있으며, 이어서 발생한

6.25전쟁에 대한 얘기는 더 말할 필요도 없다.

역사란 무엇인가? EH.Carr는 '과거와 현재와의 대화'라고 했지만 독일의 랑케는 '있었던 그대로의 사실'이라고 했다. 그런 면에서 본다면 살아서 왕조차도 본인 재직 기간 중의 기록을 볼 수 없도록 한 조선왕조실록은 정말 대단한 문화유산이 아닐 수 없다.

위와 같은 내용을 사전에 인지한 상태에서 독립기념관에 도착했다. 우리는 겨레의 탑을 지나 본관에 들러 해설사의 도움을 받아 약 두 시간에 걸쳐 제3, 5, 6전시관과 특별전시관을 둘러보았다.

제3전시관(겨레의 함성)은 3.1독립운동과 관련된 전시관이다. 일본이 전혀 예상하지 못한 상태에서 발생한 3.1운동은 지식인, 농민, 어린이 등 남녀노소를 불문하고 많은 인원들이 참석하였는데 일본인들이 가장 두려워한 것은 바로 어린이들이었다. 3.1운동을 보며 저항정신과 반감을 가지고 자라는 어린이들은 일본 입장에서 볼 때 미래의 잠재적 적대 세력이었기 때문이리라.

보물로 지정된 진관사 태극기도 보인다. 3.1운동 당시 일반인들은 태극기를 구하기가 어려웠다. 진관사 태극기는 본래 붉은 원형의 천을 중앙에 재봉틀로 바느질해 붙인 일장기였으나, 그 위에 먹으로 흑색의 태극 부분을 만들고, 건·곤·감·리의 사괘를 그려 태극기를 제작하였다. 누구는 이게 일본 국기를 태극기가 위에서 누른 것이라고도 했다.

제5전시관(나라 되찾기)은 독립군과 의병들의 활약이 전시되어 있다. 1920년에 발생한 봉오동 전투, 청산리 전투에서 일본군들은 대패한 후에 그 보복을 위해 그해 10~11월에 독립군들과의 전투는 피하면서 양민들을 학살한 간도 참변을 일으켰다.

흔히 독립운동 3대 전투로 청산리 전투, 봉오동 전투 그리고 대전자령 전투를 드는데 대부분의 사람들은 지청천 장군이 일본군 1개 연대를 초토화시킨 대전자령 전투에 대해서는 잘 모른다. 나도 수년 전 청산리 전투와 봉오동 전투 지역을 교수, 전문가 및 대학생들과 함께 현장 답사를 해 봤지만 대전자령 전투 지역은 가 보지 못했다.

제6전시관(새로운 나라)에는 임시정부의 활동이 전시되어 있다. 1919년 4월 11일 대한민국 임시정부가 탄생하면서 '대한민국'이라는 국호를 처음 사용하였다. 임시정부(1919~1945)는 26년간 존속하면서 입법, 사법, 행정의 기능을 갖추었고, 태극기 문양을 통일하는 작업을 하였다. 독립운동사를 연구하며 읽은 박찬승 교수가 쓴 '1919'라는 책이 많은 도움이 되었다.

수년 전 김구와 임시정부의 이동로를 따라 일부 구간(상해-기흥-항주-남경)을 답사한 기억도 되살아났다. 윤봉길 의사 의거지인 홍커우 공원, 기흥의 김구 피난처, 항주 임시정부 청사, 남경대학살기념관을 둘러보았고, 특히 김구와 장제스가 회담을 한 중앙반점에서 하룻밤을 묵었던 기억은 지금도 또렷하게 남아 있다.

특별전시관에는 기증받은 물품들이 전시되어 있었고, 외부에는 '조선총독부철거부재전시공원'도 설치되어 있다. 식민지 통치의 본산이었던 조선총독부는 광복 이후 중앙청, 국립중앙박물관으로 개조되어 사용되다가 1995년 철거하였는데, 그 철거 부재 일부를 독립기념관으로 옮겨와 공원에 전시하고 있는 것이다. 개인적으로는 조선총독부 건물을 그대로 보존하여 후세에 그 역사를 전했더라면 어땠을까 하는 생각도 해 봤다. 아픈 역사도 우리의 역사이기 때문이다.

독립기념관을 둘러보면서 '역사를 잊은 민족에겐 미래가 없다.'는 도산 안창호 선생의 말씀과 우리 세대에서 배운 일제의 잔재가 남아있는 잘못된 역사 용어들도 하루 빨리 고쳐 제대로 된 용어를 사용해야 한다는 생각도 들었다. 예를 들면, 1905년 11월 17일의 외교권 위탁 조약을 '을사조약', '을사보호조약'이라고 부르는데 이는 적절하지 않으므로 '한일외교권위탁조약안'으로 불러야 한다.

또한, 1910년 8월 22일에 체결된 한국병합에 대한 강제 조약은 '한일합방조약'이나 '한일병합조약'으로 사용하는 것은 부적절하다는 것이다. '병합' 또는 '합병'은 어디까지나 한 나라가 다른 한 나라를 흡수 통합하는 것이므로, 두 나라 이름을 병기하는 것은 불가능하기 때문이다. 따라서 '한국병합늑약'이나 '한국병합조약'으로 호칭하는 것이 적절할 것이다.(「역사용어 바로쓰기」, 역사비평사, 2006 참조)

그리고 최근 들어 논란이 되고 있는 홍범도 장군에 대한 문제는 한

쪽만의 시각이 아닌 균형 감각을 갖고 공과를 따져 보고, 어떻게 하는 것이 국익에 도움이 될 것인가를 고민해 보았으면 하는 생각도 들었다.

언젠가 우리가 같은 별을 바라본다면

배우 차인표 씨가 쓴 소설 「언젠가 우리가 같은 별을 바라본다면」을 읽었다. 위안부와 관련된 이 소설은 지난 7월 영국 옥스퍼드대 한국학과의 필독도서로 지정되고, 차인표 씨가 그곳에서 강연을 하면서 널리 알려지게 되었다. 지금은 튀르키예 이스탄불 한국어학과에서도 관심을 갖게 되고 일본에서도 판권에 대한 문의가 잇따르고 있다고 한다.

차인표 씨는 9월 2일 유재석이 진행하는 예능 프로그램인 '유퀴즈'(tvN)에 출연해 이 소설을 쓰게 된 동기 등을 자세히 소개한 바 있다. 나도 우연히 이 TV 프로그램을 시청하고 소설책을 구매하여 읽게 되었는데 이 책은 지난해 9월 첫째 주 '예스24' 종합 베스트셀러 1위를 차지하기도 했다.

차인표 씨는 군에서 막 전역을 하고 신혼생활을 하던 중 일본군 위안부로 끌려간 훈 할머니가 55년 만에 고국 땅을 밟게 됐다는 소식을 접한 것이 소설을 쓴 계기가 되었다고 한다. 세월이 흘러 2001

년 훈 할머니는 한국에 정착하지 못하고 캄보디아에서 돌아가시고, 2009년 「잘 가요 언덕」이라는 제목으로 책을 냈고, 2021년 개정판을 내기에 이르렀다.

참고로 1995년 배우 신애라 씨와 결혼한 차인표 씨는 2006년 인도에서의 봉사 활동을 시작으로 자원봉사와 기부에도 열정적이며 딸 두 명을 입양한 것으로 알려져 있다. 그는 빈민가 아이들의 두 눈을 보고 생각이 바뀌고 마음이 열렸다고 한다.

나도 북한이탈주민(탈북민)에 대한 연구논문도 발표하는 등 관심이 많았는데 그는 탈북 청소년학교인 여명학교를 후원하고, 탈북민 강제북송반대시위에도 참여하였으며, 이러한 그의 노력은 여명학교 개교 20주년을 맞아 감사패를 받기에 이르렀다. 루이 세브란스는 "기부는 받는 당신의 기쁨보다 주는 나의 기쁨이 크다."고 했다. 소설보다 작가에 대한 얘기가 많아진 것 같다.

소설의 첫 문장은 이렇게 시작한다.

톡, 톡 톡.

풀잎 끝에 맺힌 영롱한 이슬방울이 하나둘 터집니다. 목을 축인 새끼 제비가 파란 하늘을 한번 쳐다보고는, 작은 두 발로 수면을 힘차게 박차 오릅니다.

"아! 이렇게 물을 박차고 오르니까 사람들이 나를 물 찬 제비라고 하는구나."

서정적인 느낌이 물씬 나게 시작하는 이 소설은 ① 1931년 가을, 백두산, ② 두 번째 이별, ③ 조선인 여자 인력 동원 명령서, ④ 용이의 전쟁, ⑤ 백두산의 안개 속으로 등 총 5개 장으로 구성되어 있다. 첫 문장에 나온 새끼 제비는 이야기를 전하는 나레이터 역할도 한다.

등장인물로는 용이, 순이, 훌쩍이, 호랑이 사냥꾼 황 포수, 마을 촌장, 샘물이 등으로 한국인들에게는 비교적 친숙한 이름들이다. 일본군 장교 가즈오와 그의 부관 아쯔이, 다케모노 중좌 등이 한국인들을 상대하는 역할을 한다. 그 외에 '잘가요 언덕', '호랑이 마을', '오세요 종', '백두산 마을' 등의 독특한 지명과 '새끼 제비', 호랑이 '백호' 등이 스토리에 등장한다.

일본군과 싸우기 위해 화살, 칼, 엽총을 가지고 싸우러 가는 용이와 엄마별에게 간절한 소원을 비는 순이. 힘들 땐 그냥 참았다는 용이와 엄마별에게 얘기했다는 순이가 서로를 위하는 마음은 잔잔한 감동을 불러온다.

이야기가 전개되는 중간중간에 일본군 장교 가즈오가 어머니에게 보내는 편지가 나오는 것이 특이한 스타일이다. 가즈오는 일본의 '대동아공영'이라는 헛된 꿈과 일본군이 무고한 사람을 죽이고 여자를 납치하는 악당 역할을 하는 것을 싫어한다. 그래서 상부의 명령을 어기고 붙잡힌 순이를 탈출시키는 역할도 마다하지 않게 된다.

반면에 한국인들 중에서도 포수들의 의리에 대비하여, 돈만 밝히는 장 포수가 등장하여 일본군 앞잡이 노릇을 한다. 소설 속에서는 오히려 일본군 장교 가즈오나 그의 부관 아쯔이의 의리에 비하면 비열하게 느껴지는데 이에 대해서는 이야기를 이끌어 가는 새끼 제비조차도 실망을 표한다.

소설 중간중간에 가즈오가 어머니께 보내는 편지 7통이 실렸는데 일흔 번째 편지라는 것을 보면 얼마나 많이 보냈는지 그 수를 충분히 짐작할 수 있다. 가즈오의 어머니께 보내는 편지를 읽다 보니 6.25전쟁 당시 학도의용군으로 참전해 포항전투에서 전사한 이우근 학생의 부치지 못한 어머니에게 쓴 편지가 생각났다.

〈가즈오의 일흔 번째 편지〉

(전략)

어머니!

다시 어머니를 못 뵐지도 모른다고 생각하니 너무 보고 싶습니다.

한 번 만, 딱 한 번 만이라도 어머니의 품에 안기고 싶습니다.

그러나 저는 비열한 일본군 장교로서 어머니의 품에 안기느니,

용서를 구하는 한 인간으로서 죽어서라도 어머니의 마음에 안기겠습니다.

〈이우근 학생 편지〉

(전략)

어머니!

나는 사람을 죽였습니다.

돌담 하나를 사이에 두고 10여 명은 될 것입니다.

적은 다리가 떨어져 나가고, 팔이 떨어져 나갔습니다.

어머니!

전쟁은 왜 해야 하나요?

어제 내복을 빨아 입었습니다.

물내 나는 청결한 내복을 입으면서 저는 왜 수의를 생각해 냈는지 모릅니다.

어쩌면 제가 오늘 죽을지도 모릅니다.

하지만 저는 살아가겠습니다.

꼭 살아서 가겠습니다.

어머니!

상추쌈이 먹고 싶습니다.

찬 옹달샘에서 이가 시리도록 차가운 냉수를 한없이 들이키고 싶습니다.

(후략)

일본 식민 치하에서 고된 삶을 살아온 우리나라 국민들의 일본인들을 향한 그 적개심은 지금까지도 지속되고 있다. 하지만 소설 속 일본군 장교 가즈오의 편지 내용과 그의 행동에서 보는 것처럼 따뜻한 인간의 본성을 지닌 사람도 있음을 알아야 한다. 모든 일본인들이 우리가 생각하는 그런 일본인들이 아닌 것이다.

이 소설에서 차인표 작가는 인간 생명의 소중함을 그리고 있다. 사람의 목숨과 관련하여 전쟁이니까 그래도 된다는 건 절대 용납할 수가 없다. 나 역시 수년 전 중국 '난징 대학살 희생자 기념관'에서 일본군들의 잔학한 실태를 확인한 후 소름이 끼쳤던 적도 있기에 소설을 읽는 내내 그 느낌은 새로웠다. 평생을 군인으로 살아왔지만 군인의 궁극적 존재 목적이 무엇인가를 다시 한 번 생각해 본다.

독일과 달리 위안부 문제에 대해 반성을 하지 않는 일본이 싫고, 이러한 것이 과연 자유민주주의 국가라고 자부하는 그들이 취할 바른 길인가 싶기도 하다. 그럼에도 용서를 빌지 않는 상대를 어떻게 용서할 것인가? 작가가 건넨 이 화두가 오래도록 마음을 흔든다. 이 소설을 통해 자기 자신이 소중하듯이 남도 소중하다는 것을 일깨워 주는 것이 바로 문학의 역할이 아닐까 하는 생각도 해 본다.

우리에겐 숙론(熟論)이 답이다

장마 기간을 이용해 최재천 교수의 「숙론」이라는 책을 읽었다. '최재천의 아마존'이라는 유튜브로도 유명한 그는 평생 인간과 자연을 관찰해 온 생태학자이자 동물학자이다. 서울대에서 동물학을 전공하고 하버드대학에서 박사학위를 받았다. '숙론'이라는 말은 우리가 잘 쓰지 않는 말이지만 토의나 토론 대신 이 말을 쓰자는 그의 의견에 전적으로 공감한다. 그래서 저자의 입을 빌려 우리에게 필요한 것은 감히 '숙론'이라고 주장한다. 민의의 전당에서 눈살을 찌푸리게 하는 국회의원들은 물론이고, 자라나는 우리 학생들을 비롯해서 많은 한국인들이 좀 배웠으면 하는 생각이 든다.

우리는 통상 토의(討議)를 영어로 discussion, 토론(討論)을 debate라고 번역한다. 토의가 토론보다 어감(語感)상 덜 논쟁적이라는 느낌이 들지 모르겠지만 의(議)와 논(論)이라는 한자의 뜻을 들여다보면 좀 뜻밖이다. 의(議)는 '말씀 언(言)'과 '옳을 의(義)'가 합쳐진 것인데 의(義)는 양(羊)의 머리를 창에 꽂은 제사 장식을 형상화한 글자로 올바름을 신에게 아뢴다는 뜻이다. 반면 논(論)자의 '둥글 륜(侖)'은 죽간을 둥글게 말아 놓은 모습을 그린 것으로 의견을 두루 주고받는 과정을 뜻한다고 한다.

사실 문제는 토(討)에 있다. '칠 토(討)'자는 '공격하다'와 '두들겨 패다'에서 '비난하다'와 '정벌하다'라는 의미까지 품고 있다고 한다. 그래서 최재천 교수는 오염된 용어인 토론 대신 '숙론(熟論, discourse)'이라 부르기를 제안한다. 숙론이란 '여럿이 특정 문제에 대해 함께 깊이 생각하고 충분히 의논하는 과정'을 뜻하는 말이다. 한 마디로 숙론이란 '누가 옳은가가 아니라 무엇이 옳은가를 찾는 과정'이다.

이와 관련된 얘기가 얼마 전 ○○신문의 '이한우의 간신열전'에 나왔다. 의논(議論)과 관련된 얘기다. 의(議)는 '의논하다'로 번역하고, 논(論)도 '의논하다'로 번역하는데 이는 잘못이라는 것. 의(議)는 앞으로의 일에 대해 말하는 것이고, 논(論)은 지나간 일에 대해 말하는 것이란다. 그 예로서 '대의민주주의'라 하지 '대론민주주의'라고 하지는 않는다. 반대로 '여론조사'는 있어도 '여의조사'는 없다. 선거에서 '의원'을 뽑는 것이지 '논원'을 뽑지 않는다. 의는 자격을 가진 사람이 하는 말이고, 논은 자격 여부와 상관없이 누구나 하는 말이라고 했다.

그런데 의보다 논이 힘을 갖는 분야는 두 곳 있는데 바로 학계와 법조계이다. '논문'이라고 하지 '의문'이라 하지 않고, '논고'라 하지 '의고'라고 하지 않는다. 판사가 내리는 판결문은 논이지 의가 아니다. 정치를 했으면 논에서 벗어나 의에 집중해야 하는데 정치가들은 미래보다는 과거, 즉 논에 머물고 있다. 그래서 국민들 일반 생각과 동떨어져 있다는 것이다.

얘기가 조금 벗어났지만 책의 내용을 알아보자. '미국은 재미없는 천국이고, 한국은 재미있는 지옥이다.'라는 말이 있다. 이념, 종교, 좌우, 지역, 계층, 빈부, 남녀, 세대, 환경, 다문화 등 온갖 갈등이 존재하는 것이 바로 우리나라이기 때문이다. 이러한 갈등을 해결하는 데 필요한 것이 바로 숙론이라고 할 수 있다.

대한민국의 교육은 문제가 있다. 한국 교육이 망가진 이유는 모두를 똑같이 가르치려고 하다 보니 획일화되고 표준화됨으로써 배움이라는 본연을 망쳐 버렸기 때문이다. 수업 진행도 주입식 교육이 아니라 토론식 교육이 되어야 한다. 조선 시대에도 왕이 학식과 덕망이 높은 사람들을 불러 강론하게 하였다. 즉 경연(經筵)이라는 공부 모임을 통해 학문도 닦고, 세상 물정과 민심도 파악했던 것이다. 이것이 일제 강점기에 사라져 버렸는데 이를 바로잡아야 한다. 토론식 교육을 통해 창의적인 인재를 길러야 하는데 이를 위해서는 독서가 필요하다. 들어가는 게 있어야 나오는 게 있는 것이 세상의 이치이기 때문이다.

최 교수가 경험한 숙론에 대한 몇 가지 사례를 제시한다. '브라운 백 런치 미팅(Brown bag lunch meeting)'은 누런 종이봉투에 샌드위치 같은 점심을 싸와 누군가의 발제를 듣고 숙론을 이어 가는 편안한 공부 모임을 일컫는데 이런 미팅을 자주 했다는 것이다. 또한 하버드대 경영대에서 사례 연구법이라는 학습법을 개발해 유명한 롤런드 크리스튼슨(C.Roland Christensen) 교수와 함께 실시한 세 번의 워크숍을 통해 그는 평생 써먹을 모든 숙론기술을 다 익혔다고 한다. 깊이 새겨 들을 대목이다.

경협은 '협력과 경쟁의 합성어'이다. 자연계에는 이와 관련해 종(種) 간에 벌어지는 경쟁, 포식, 기생, 공생의 4가지가 있다. 그런데 자연계에서 가장 무거운 생물집단이 바로 꽃을 피우는 식물(현화식물)이고, 수적으로 가장 많은 집단은 단연 곤충이다. 이 곤충과 식물은 서로를 제거하려는 무차별적 경쟁을 통해 살아남은 게 아니라 서로 손을 잡고 함께 살아남았다. 자연에서 손잡지 않고 오래도록 살아남는 생명은 없다. 공생이 답이다.

"정부는 정책을 만들고 국민은 대책을 만든다."는 말이 있다. 사회란 정해진 메커니즘에 따라 작동하는 기계가 아니라 살아 있는 생명체라고 할 수 있다. 사례로 남아공 몽플뢰르 콘퍼런스의 교훈을 들 수 있다. 1990년 넬슨 만델라가 27년간의 복역을 마치고 석방되었다. 이를 계기로 아프리카민족회의를 비롯한 급진적 해방 세력들의 등장, 흑인 차별 단체들의 정치조직화 등 사회 혼란이 극에 달했다.

흑백, 진보와 보수, 기업과 노동자, 빈민과 중산층 간의 갈등이 첨예화되는 위기 상황에서 1991년 9월 케이프타운 몽플뢰르 콘퍼런스 센터에서 남아공의 차세대 지도자 22인이 모였다. 여기서 애덤

카헤인을 진행 중재자로 하여 '시나리오 사고 방법론'이라는 숙론과정을 거쳤는데 이 콘퍼런스는 대국민 소통 기간까지 포함해 1년 동안 진행되었다. 여기서 총 세 차례의 회의를 통해 남아공의 미래에 대한 시나리오를 발췌했는데, 처음 30개 시나리오에서 9개, 그다음에 9개에서 4개의 시나리오로 압축해 나갔다.

압축된 4가지 시나리오는 ① '타조 시나리오'(백인 정부가 궁지에 몰린 타조처럼 머리를 박고 국민의 다수인 흑인들의 요구사항인 민주주의 이행을 거부하는 상황), ② '레임덕 시나리오'(약체 과도정부가 들어서서 모든 세력의 눈치를 보느라 그 어떤 세력도 만족시키지 못하고 개혁이 지연되는 상황), ③ '이카루스 시나리오'(정부가 국민의 요구를 급진적으로 달성하려 대중적 지지를 겨냥한 포퓰리즘과 선심성 공약을 남발하는 상황), ④ '플라밍고의 비행 시나리오'(남아공의 모든 대표가 연합해 점진적으로 개혁을 이루어 가는 상황)이다.

여기서 만델라 정부는 '이카루스 시나리오'의 문제점을 이해하고 사회 각층의 협력을 이끌어 내는 '플라밍고의 비행 시나리오'를 채택하여 갈등과 혼란을 최소화하여 점진적 개혁을 추진하였다. 이러한 남아공의 사례는 이질적이고 적대적인 상대라도 결코 서두르거나 강요하지 않고 대화하며 공동의 합의에 도달할 수 있다는 교훈을 준다. 이 회의가 성공할 수 있었던 것은 숙론 과정에서 '자신과 자신이 속해 있는 단체가 원하는 미래에 대해서는 말하지 않기'와 '이러이러한 결과가 나타날 것이라는 확신과 그 반대인 절대로 안 된다는 단정적 어법은 금한다.'는 두 가지 약속을 지켰기 때문에 가능했다고 할 수 있다.

숙론을 이끄는 상황은 학교에서의 숙론 수업을 진행할 때와 사회에서 다양한 형태의 숙론 모임을 중재해야 할 때가 있을 것이다. 나는 수년 전 삼성중공업에 근무하며 몇 차례의 삼성 워크숍에 참석한 적이 있다. 여기에서 어떤 주제에 대해 의견을 종합할 때의 방법이 생각난다. 많은 인원을 소규모 팀으로 나누어 팀 단위로 충분한 토론을 거쳐 의견을 취합하고, 다시 전체가 모여 각 팀의 의견을 들어본 뒤 마지막에 결과를 종합하고 결론을 내리는 방법이었다. 이러한 과정이 바로 최재천 교수가 얘기하는 숙론의 방법이 아니었는가 하는 생각이 든다.

지난 7월 중순 미국 콜로라도주의 소도시 에스펀에서 미국 싱크탱크 에스펀연구소가 주최하는 제15회 '에스펀 안보포럼'이 개최되었다. 이 포럼은 미국과 세계 주요 국가의 전·현직 고위관료와 학계 인사들이 모여서 당면한 세계 안보문제에 대해 머리를 맞대고 논의하는 행사다. 토니 블링컨 미 국무장관, 제이크 설리번 백악관 국가안보보좌관, 찰스 브라운 합참의장을 비롯하여 1,000여 명이 참석했다. 이 포럼을 기획한 애스펀전략그룹(ASF)의 공동의장은 조셉나이 하버드대 교수와 콘돌리자 라이스 전 국무장관이다. 50개 섹션에서 외교, 안보, 에너지, 우주, AI 등의 주제를 다루었는데 가장 많이 나온 말은 "당신의 의견을 존중한다.", "현실 정치에 관한 평론은 하지 않겠다."는 것이었다고 한다.

오늘날 대한민국 국회의원들의 모습은 어떤가? 그들에게 주어진 국민의 안전과 행복을 위해 협치를 하라는 것은 팽개치고 오직 자신과 자신이 속한 당의 이익만을 위해 오직 강대강 대치로 임하고 있지 않는가? 초등학생들보다 못한 그 모습을 보노라면 한숨이 절로 나온다. 이곳뿐만이 아니다. 지금 대한민국은 다양한 갈등으로 위기에 처해 있다. 이 난국을 타개하기 위해 제언컨대 국회에서부터 남아공의 '몽플뢰르 콘퍼런스의 두 가지 원칙'을 그대로 적용해 보면 어떨까? 더 나아가 갈등이 벌어지고 있는 곳곳에 모두 적용해 보면 어떨까? 저자의 말대로 우리에게도 숙론이 답이다.

'군사학의 대부' 하늘의 별이 되다

한국 '군사학의 대부(代父)', '군사학의 태두(泰斗)'라 불리시는 이종학 교수님이 기나긴 인생 여정을 마치고 2022년 12월 29일, 하늘나라의 별이 되셨다. 만 93세로 타계하신 교수님은 공사 3기로 임관하시어 공사, 공군대학, 국방대 교수 등을 역임하셨으며, 불과 수년 전까지만 해도 경주에서 KTX를 타고 오가며 충남대에서 직접 강의를 하는 등 후진 양성에 온 힘을 다하셨다.

교수님은 군인이자 학자로서 1979년 '군사이론체계에 관한 연구'를 발표한 이후 평생을 통해 군사학의 이론적 토대와 체계화를 위해 헌신하셨고, 나의 생도 시절 교재이기도 했던 「한국전쟁사」를 포함해 40여 권의 책을 저술하기도 하였다. 수십 년에 걸친 이러한 노력은 군사학이 학문으로 인정받는 결실을 맺기에 이르렀고, 2003년 '고등교육법'이 개정됨으로써 군사학 학위를 정식으로 수여하게 되었다. 2000년대 초 충남대 군사학과 설립의 산파역을 자임하셨고, 군사학 발전을 위한 기금조성을 위해 집과 임야 등 13억여 원의 재산을 공사와 충남대 등에 기부하셨다.

나의 롤 모델이었던 교수님의 호는 '풍석(風石)'이다. '큰 바위는 되지 못할지언정 바람에 흔들리지 않는 돌이 되겠다.'는 뜻으로 지으셨다고 한다. 하지만 제자들에겐 이미 한국 군사학 발전의 이정표를 제시한 '큰 바위 얼굴'로 가슴 깊이 새겨져 있다. 손자병법과 클라우제비츠의 전쟁론에 대한 대가이신 교수님께서는 제자인 나에게 호(號)를 지어 주신 특별한 분이시기도 하다.

"손자병법의 허실편에 나오는 '수무상형(水無常形, 물은 언제나 형태가 없다. 즉 물은 모든 것을 포용하고 자연스럽다는 의미)'이라는 구절이 있는데, 군사학도인 이 박사가 상선약수(上善若水)의 의미도 좋아하는 것 같아서, 호를 상수(常水, 언제나 흐르는 물과 같다)로 정하는 것이 어떤지?"라고 하시며 그 의미까지도 자세히 알려 주셨다.

나의 작은 서재엔 교수님의 피와 땀이 어린 수십 권의 저서들이 우측 최상단을 차지하고 있다. 올해 8월, 경주의 서라벌군사연구소에서 뵈었을 때 최근 저술한 「60대 이후의 인생전략」에 서명해 주시면서 하시던 말씀이 아직도 귀에 쟁쟁하다.

'앞으로 할 일은 6.25전쟁의 영웅 백선엽 장군의 업적과 친일파 등의 각종 논란을 정리하는 것'이라고 하시며, 염라대왕에게도 "내가 이걸 마무리할 때까지만 데려가지 말아 달라."고 부탁하셨다면서 크게 웃으셨는데 결국 마무리를 짓지 못하셨다. 아이러니하게도 교수님은 충남대 '명예군사학 박사 1호', 백선엽 장군님은 '명예군사학 박사 2호'라는 묘한 인연이 있다.

교수님 마지막 가시는 길에 많은 제자들이 함께했다. 앞으로 '서라벌군사연구소'가 있던 풍석제는 '풍석기념관'으로 새 단장을 할 것이고, 제자들은 '군사학의 발전을 통해 대한민국의 안보에 기여하라.'고 하신 교수님의 유지를 이어 갈 것이다.

교수님을 풍석제에 모신 후 돌아오는 길에 한용운의 〈님의 침묵〉을 찾았다.

> 님은 갔습니다. 아아 사랑하는 나의 님은 갔습니다. 푸른 산빛을 깨치고 단풍나무 숲을 향하여 난 작은 길을 따라서, 차마 떨치고 갔습니다 …(중략)… 우리는 만날 때에 떠날 것을 염려하는 것과 같이, 떠날 때에 다시 만날 것을 믿습니다. 아아 님은 갔지마는 나는 님을 보내지 아니하였습니다. 제 곡조를 못 이기는 사랑의 노래는 님의 침묵을 휩싸고 돕니다.

가슴이 저려오면서 눈물이 흐른다. 밤하늘의 별이 빛날 때면 교수님이 많이 보고 싶을 것 같다. 분에 넘치는 사랑을 주신 교수님의 영면과 사모님의 편안하심을 위해 기도드린다.

풍석과 보라매의 만남, 그 현장을 가다

큰일을 앞두고 불청객이 찾아왔다. 심한 몸살과 함께 이석증 현상이 일어난 것이다. 존경하는 은사님의 추모학술대회를 불과 이틀 앞두고 불쑥 찾아와 나를 괴롭힌다. 어지러운 현기증에 천정까지 빙글빙글 돌아가니 환장할 노릇이 아닌가?

비상사태를 대비하여 담당자에게 연락하여 예비 계획까지 세워야 했던 긴박한 하루! 나는 세미나 토론자로 정해져 있었던 것이다. 다행히 하나님의 보살핌과 짝꿍의 지극정성으로 전날 저녁부터 증상이 서서히 호전되어 무사히 행사에 참석할 수 있게 되었다. 정말 감사하고 감사한 일이 아닐 수 없다.

아침 일찍 일어나 상태를 체크해 보니 호전이 되어 기분이 좋아졌다. 혹시나 싶어 일찌감치 출발하여 공사 면회실에 도착, 경주의 사모님 일행이 오기를 기다리며 전시된 사진들을 둘러보았다. '6.25전쟁과 공군 역사 사진전'을 통해 공군의 창설과 초기 전투기 운용, 주요 전과 등의 자료가 잘 정리되어 있었다. 특히 눈길을 끄는 건 〈빨간마후라〉, 〈성난 독수리〉, 〈출격명령〉, 〈창공에 산다〉 등의 영화 포스터들이다. 지금도 생각나는 그 옛날의 영화들.

오찬은 클럽하우스에서 사모님과 몇 명의 제자 그리고 공사 관계관들과 함께하였다. 클럽하우스는 골프를 치러 와서 여러 번 들렀지만 이렇게 행사차 온 것은 처음이다. 불고기 등으로 차려진 점심을 맛있게 먹고, 미니버스를 타고 안내 장교 인솔 하에 강당으로 향했다.

사모님이 학교장님과 환담하시는 동안 우리 제자들은 대기실에서 못다 한 이야기로 꽃을 피웠다. 누군가 "육사 1학년 생도는 두더지라 하는데 공사 1학년 생도는 뭐라 하는가?"라는 얘기에 한쪽에서 "메추리"라는 소리가 들렸다. "그럼, 보라매는 뭔데?" 한바탕 웃음이 일었다.

강당 앞에는 교수님이 그동안 집필한 49권의 책들이 전시되어 있었다. 교수님은 30~50대에 23권, 60대 이후에 26권의 책을 집필하셨는데 특히 80대에 11권, 90대에도 2권을 쓰셨다. 논문도 84편이나 쓰셨으니 그 지치지 않는 열정에 놀라움을 금할 수 없다. 자칭 '애제자'라는 나도 전시된 책의 절반 정도밖에 보유하고 있지 않다. 이나마 가지게 된 것도 경주에 갈 때마다 교수님께서 한 권씩 주셨기 때문이다.

이번 세미나는 공군사관학교와 제자들이 공을 들여 마련한 자리다. 평생을 군사학 연구에 헌신하신 그분의 뜻을 이어 가고자 함이다. 학술대회는 교수님의 모교인 공군사관학교에서 학교장 주관으로 많은 제자들과 군사학도, 사관학교 교수 및 생도들까지 참석하여 그 의미를 더했다. 언뜻 보아 200명이 넘는 듯하다. 이런 자리를 마련해 주신 학교장과 관계관 여러분에게 제자의 한 사람으로서 감사한 마음이다.

세미나는 개회사, 환영사에 이어 공군사관학교장의 축사 그리고 기념촬영을 한 후 시작되었다. 나는 노○○ 교수의 '군사학 학문체계 발전 노력과 성과'에 대한 발표에 대해 토론을 하였다. 군사학이 단순한 학문적 차원을 넘어 종합학문이자 실용학문으로서 국가 안보에 기여할 수 있는 방안에 대해 의견을 제시하였다. 이는 교수님께서 생전에 '군사학 연구를 통해 국가 안보에 이바지하라.'고 남기신 유지이기도 하다. 다른 학문과의 협업과 융합, 병역 자원 부족에 대한 해결 노력, 러시아-우크라이나 전쟁과 이스라엘-하마스 간의 전쟁에서 나타나는 미래 전쟁에 주목한 미래 한국군의 건설방향 제시, 무디어진 안보의식을 고취하기 위한 SNS 활동의 필요성도 제기하였다.

이제 군사학이라는 학문은 꽃을 피우고 열매를 맺어 완전히 정착이 되었다고 해도 과언이 아니다. 군사학이란 용어는 국어사전에도 등록되어 있고, 대학에도 관련학과가 설치되어 학사는 물론 석·박사 학위까지 수여하고 있을 뿐 아니라, 각종 학회와 연구소 등이 설립되어 왕성한 활동을 이어 나가고 있기 때문이다.

누군가 그랬다. "산을 움직이려는 사람은 작은 돌부터 옮긴다."고. 이러한 작은 노력들이 모여서 군사학이 밑거름이 되어 국가 안보를 더욱 든든히 할 수 있다고 나는 굳게 믿는다. 행사 후 클럽하우스에서 만찬을 하면서 학교장께서 공군사관학교 로고가 새겨진 부부 커피잔과 필기구를 선물하였다. 달달한 커피를 마시며 연구를 활동하라는 의미인가? 숙제를 받았다는 생각보다는 오늘 하루를 무사히 보냈다는 생각에 안도의 한숨을 내쉰다. 정말 숨가쁜 하루였다.

풍석 추도식에 다녀와서

세월이 참 빠르다. 존경하는 은사님, 풍석 이종학 교수님께서 하늘나라의 별이 되신 지 벌써 2주기가 되었다. 그래서 아침 찬바람을 뒤로하고 경주로 달려갔다. 새벽에 살짝 내린 눈으로 인해 길이 약간 미끄러웠지만 옆에 앉은 짝꿍, 인간 네비게이션이 있어 든든하기만 하다. 때론 예리한 경고성 멘트로 나를 긴장하게 만들기도 하지만. "오빠! 돈 많아? 과속이야! 저기 감시카메라 안 보여?"

칠곡휴게소에서 잠시 휴식을 취하며 화장실에 들렀더니 "작은 배역은 있어도 작은 배우는 없다."는 글이 눈에 들어온다. 무심코 생각해 보니 정말 맞는 말인 것 같다. 우리들은 인생이라는 무대에서 연극을 하는 배우들이나 마찬가지가 아니겠는가? 살아생전에 큰일을 할 수도 있고 작은 일을 할 수도 있지만 모두가 자기 인생의 주연인 것이다.

경주의 '풍석제'에는 모처럼 많은 제자들이 모여들었다. 감사하게도 충남대 총장과 공사 교장께서도 조화를 보내 주셨고, 공사 대표자와 지역 신문기자도 자리를 함께했다. 추도식은 교수님의 생전 모습에 대한 회고, 추도예배 순으로 순조롭게 진행되었다. 나도 국화 송이를 바치고 큰절을 올렸다. 이어서 교동 쌈밥집에서 점심 식사를 맛있게 하고, 옆으로 자리를 옮겨 차를 마시며 교수님의 유지를 이어 가기 위한 토의를 하였다.

토의 내용은 두 가지. 하나는 풍석 이종학 교수님 논문 선집(選集)을 만드는 것으로 군사사학, 고대사 분야, 에세이 등 3가지 주제로 나누어 5주기 때까지 발간하기로 하였다. 나보고 큰 목차를 정하고 틀을 잡으라니 어깨가 무거워진다. 또 다른 하나는 매년 해 왔던 '군사학총서' 발간을 지속하는 것이었다. 참고로 지난해에 21번째로 발간된 합동군사대 김○○ 교수의 「한국 군사전략의 변화와 발전」이라는 군사학총서는 2024년 학술원 우수도서로 선정되기도 했다.

돌아가며 근황을 전하는 시간에, 우리 부부는 올해 봄, 가을에 신인작가로 등단하여 부부작가가 되었다고 했더니 축하의 박수가 쏟아졌다. 사모님께는 짝꿍이 등단한 '연인'지 가을호를 전해 드렸다. 괜히 머쓱해졌지만 그래도 올해는 나란히 하나의 자취를 남겼다는 자부심도 들었다.

이런저런 얘기를 듣다 보니 모두 열심히 살아가고 있었다. 후학들에 대한 교육과 군사학 연구, 삶의 현장에서 열심히 뛰고 있는 분들이 대부분이다. 오로지 나만 그냥 '건달'로 사는 것 같다. 내년에는 놀 땐 놀더라도 좀 더 생산적인 일을 해야겠다는 다짐을 해 본다.

아쉬움을 뒤로하고 헤어질 때 사모님께서 참석한 모든 분들께 '경주빵'을 선물해 주셨다. 그곳에 가면 늘 그랬던 것처럼. 돌아오는 고속도로 하늘 위에서 교수님께서 빙그레 웃고 계셨다. 갑자기 "오빠~~" 하는 인간 네비의 경고에 정신이 번쩍 들었지만 어쨌든 가슴 뿌듯한 하루였다.

백년을 살아 보니

신년 특집으로 올해 104세인 김형석 교수의 〈스타 다큐 마이웨이〉가 방영되었다. 이북이 고향인 김 교수님은 우리에게 익숙한 사람들과도 인연이 많은데 6.25전쟁의 원흉 김일성, 안병욱 교수, 시인 윤동주, 김수환 추기경 등이 그들이다. 참고로 김 교수님의 제2의 고향이라는 강원도 양구에는 인문학 박물관이 있다. 1관, 2관으로 나누어져 있는데 1관은 '시 & 철학', 2관은 '안병욱·김형석 철학의 집'이다.

다음은 김형석 교수님의 얘기에 나의 생각을 가미해 정리한 것이다.

내가 지닌 것은 모두 남에게서 받은 것이다. 머리부터 발끝까지, 심지어 나의 지식과 학문조차도 그렇다. '욕심 부리지 마라!'고 하면서 톨스토이의 동화에 나오는 얘기를 한다. 아침부터 저녁때까지 갔다 온 지역의 땅을 몽땅 준다는 말에 농부가 죽기 살기로 뛰어 갔다 와서 그 욕심 때문에 죽었다는 것이다. 그렇다면 사람에게 어느 만큼의 재산이 필요한가? 교수님은 그의 인격 수준만큼의 재산만 있으면 된다고 한다. 그렇다면 나의 인격 수준은? 걱정이다.

전 세계를 점령했던 알렉산더 대왕이 남긴 것은 역사적 기록에 그쳤지만 그의 가정교사였던 아리스토텔레스는 조용히 아테네에서 강의하고 저술했을 뿐인데 그의 정신적 유산과 혜택은 2,300년이 지난 오늘까지 감사와 존경의 대상이 되고 있다. 50대 이상의 어른들이 독서를 즐기는 모습을 후대에 보여 주는 일이 자신의 행복인 동시에 우리나라를 선진국으로 진입, 유지하는 애국의 길이라고 주장하신다. 나도 애국자인가? 웃음이 난다.

도산 안창호 선생은 우리 민족의 약점을 '편 가르기'라고 지적했다. 우리 민족이 고쳐야 할 단점은 지나치게 흑백논리에 치우친다는 것이다. 세상에 완전히 선한 사람, 완전히 악한 사람은 없다. 흑색과 흰색의 중간이 회색인데 우리는 이를 나쁜 것으로 본다. 심지어 가장 나쁜 것을 '회색분자'라고 하지 않는가? 나는 백색, 흑색, 회색 무리 중 어디에 속하는가? 많은 사람들이 오늘날 나라가 이렇게 된 것은 정치를 잘못해서 그렇다고 한다. 그렇다면 나 자신은 무엇을, 무슨 일을 했는가를 자문해 봐야 하지 않겠는가?

어떤 철학자가 "내 삶 속에 죽음이 둥지를 틀고 있으면서 손님이 나를 찾아 마중 나오듯이 다가오고 있다."고 했다. 죽음이 나를 찾아오기 전에 내가 할 일은 무엇인가를 물어야 하는 것이 인생이다. 나에게 시한부 인생이 주어진다면 남은 시간 무엇을 할 것인가? 남은 시간의 빈 그릇을 어떤 삶으로 채울 것인가? 인생은 얼마나 오래 살았는가 보다 어떻게 살았고 무엇을 남겼는가 하는 삶의 의미와 내용으로 평가된다고 봐야 할 것이다.

1961년 미국 갔을 때 가장 부러웠던 것은 '인생은 60부터'라는 말이었다. 백년을 살아 보니 인생의 황금기는 60에서 75세 사이였던 것 같다. 신체적인 성장은 여자는 22세, 남자는 24세까지라고 하지만 정신적으로는 75세까지 인간적 성장이 가능하다. 사람은 성장하는 동안은 늙지 않는다고 하니 노랫말처럼 늙어 가는 것이 아니라 나도 익어 가는 것일까? 젊어서는 용기, 늙어서는 지혜가 필요하다. 나이 들수록 옷을 잘 입고, 표정은 밝게, 얼굴엔 미소를 띠자. 그리고 나이 자랑, 건강 자랑, 집안 자랑, 자식 자랑, 손주 자랑일랑은 하지 말자.

김형석 교수님은 평생 대장암 검진을 한 번도 받지 않았고 내과교수 제자의 권유로 딱 한 번 위 내시경 검사를 받아 보았는데 별 이상이 없었다고 한다. 이 글을 읽는 분들도 교수님처럼 모두 '백수건달(백세를 넘어, 수명을 다할 때까지, 건강하고, 달달하게)'로 살 수 있기를 바란다.

일십백천만 운동

세상에서 가장 쉬우면서도 하지 않으면 안 되는 운동은? 익히 알려진 대로 숨쉬기 운동이다. 세상에는 수많은 운동이 있다. 그 옛날 새마을 운동부터 환경미화 운동, 신바람 운동 그리고 최근의 인산 작가가 꿈꾸는 세미책(세상의 미래를 바꿀 책읽기) 운동도 있다. 나도 한 가지의 운동을 주창한다. 이름하여 '일십백천만 운동'이다. 오늘은 바로 그 얘기다.

일(1)

하루에 한 가지 선(善)한 일을 하자는 것이다. 세상을 살면서 자기만이 아닌 남에게 조금이라도 도움이 되는 일을 하자는 것이다. "100리 안에 굶어 죽는 사람이 없게 하라."는 '경주 최부자집'이나 구례 운조루의 '타인능해(他人能解)'처럼 거창하지 않아도 된다. 식당에서 밥 먹고 나설 때 종업원에게 감사하다는 따뜻한 인사 한마디, 버스나 지하철에서 노약자에게 자리를 양보하는 것도 이 범주에 들어간다.

세상은 쉽게 바뀌지 않겠지만 '티끌 모아 태산'이요 '가랑비에 옷 젖는다.'고 했다. 콩나물 시루에 물은 그냥 흘러내리지만 콩나물은 자라듯이 이런 일들이 널리 퍼지면 언젠가는 살맛나는 세상이 오지 않겠는가?

십(10)

하루 열 번은 웃자는 얘기다. 나이가 들고, 세상이 각박해지다 보니 웃음도 점차 줄어들고 있다. TV에서도 시청자들에게 감동과 웃음을 주는 프로보다 각종 사건사고 등에 볼썽 사나운 여의도 뉴스가 많은 시간을 점하고 있다. 조사에 의하면, 어린애는 하루에 수백 번을 웃는데 나이가 들수록 웃는 일이 점차 줄어든다고 한다. 아무것도 아닌 것에 까르르 웃는 천진난만한 어린애들의 웃음을 생각해 보라.

오래되었지만 현직에 있을 때 고등학교에 다니던 아들을 학교 앞까지 태워다 주고 고속도로에 올라 한 구간을 더 달려 부대로 출근하곤 했다. 그때는 습관적으로 아들이 내리고 고속도로로 올라서면 큰 소리로 '오늘은 좋은 날이야!'를 외치면서 큰 소리로 웃어 대곤 했다. '즐거워서 웃는 게 아니고 웃으면 즐거워진다.'는 신조로.

그런데 어느 날 고속도로에 오르기 전 무심코 핸들을 두드리며 미친 듯이 크게 웃어 댔다. 아들이 뒤에 타고 있는 줄도 모르고… 그날 저녁, 마나님이 그랬다. "당신 요사이 무슨 일 있느냐?"고. 그러면서 아들이 자기에게 "아빠에게 좀 잘 해 주세요. 아빠가 이상해요."라고 하더란다. 하긴 차에서 내리던 녀석이 그날따라 얼굴이 좀 이상하긴 했다.

웃음은 전염이 된다. 내가 웃으면 세상이 웃는다. 웃음은 보약이고 만병통치약인데 이 웃음을 처방전으로 지어낼 수는 없다. '소문만복래(笑門萬福來)'라고 하지 않는가? 스스로 거울을 보며 빙그레 웃는 연습도 해 보자. 그리고 하루에 열 번 이상 파안대소하며 배꼽이 빠지도록 웃어 보자.

백(100)

하루에 백자는 쓰자는 것이다. 매일 같이 컴퓨터 자판을 두드리는 직장인들은 많으나 손으로 직접 글을 쓰는 사람은 점차 줄어든다. 손글씨를 쓰지 않다 보니 오랜만에 글을 쓰면 글자체도 이상해진다. 나는 오래전부터 일기를 써 오고 있으니 웬만하면 하루에 백자는 쓰긴 하지만, 밀린 숙제하듯이 건성건성 쓰는 것이 문제다. 그래도 쓰지 않으면 뒤가 개운하지 않다.

다행히 글을 쓸 때는 그 옛날 제자가 선물로 준 만년필을 애용하는데 이제는 그것이 습관이 되었다. 존경하는 스승 풍석 이종학 교수님께서도 마지막까지 만년필을 이용해 글을 쓰셨다고 한다. 그 영향을 받았는지 나는 신문조차도 만년필로 줄을 죽죽 그어 가며 읽고 있으니 때론 이건 조금 과하다는 생각이 들 때도 있다.

천(1,000)

하루에 천 자는 읽자는 것이다. 신문이든 책이든 뭐든 좋다. 우리 국민들의 독서지수는 얼마나 될까? 선진국에 비하면 많이 뒤처지는 것으로 알고 있다. 일본 여행 시 전철을 타면 작은 문고를 손에 들고 있는 풍경을 많이 보았는데 우리나라 전철 탑승객들은 모두가 핸드폰에 머리를 박고 있다. 문화의 차이라고 하기엔 너무나 바꾸고 싶은 모습이다. 내가 인산 작가가 벌이고 있는 '세미책 운동'에 참가하는 이유 중의 하나이기도 하다.

어릴 때부터 책을 가까이할 수 있도록 자녀들을 도서관에 데리고 가야 한다. 내가 다니는 동네 도서관에는 이런 글이 쓰여 있다. '오늘의 나를 있게 한 것은 우리 마을 도서관이었고, 하버드 졸업장보다 소중한 것은 독서하는 습관이다. –빌 게이츠–' 요사이 젊은이들은 신문도 인터넷으로 본다. 아날로그와 디지털의 차이만큼 다른 문화다. 나는 20여 년 전부터 취미 생활의 하나로 신문 스크랩을 해왔다. 어떨 때는 정리해 버릴까 하다가도 못하고 있다. 시대에 쳐진 나는 아직도 아날로그형 인간인가 보다.

만(10,000)

하루에 만 보를 걷자는 것이다. 건강이 뒷받침되어야 하고 싶은 일도 할 수 있다. 한때는 걷기 운동을 전개하자며 '만 보계'라는 것도 유행한 적이 있지만 경험상 하루에 만 보를 걷는다는 게 결코 쉬운 일은 아니다. 작정하지 않으면 목표를 달성하기가 쉽지 않다. 나도 현역 시절 원주의 1군사령부에 근무하며 국제걷기대회에도 참여한 적이 있다. 그때 성공적인 행사 개최에 기여한 공로로 일본에서 개최하는 국제걷기대회에 다녀오기도 하였다. 당시 세계 각국에서 참여한 나이, 성별 불문의 수많은 인파에 놀라기도 했는데 아직도 그 행사는 면면히 이어져 오고 있다.

걷자! 산으로 갈까나, 헬스장으로 갈까나? 자연이냐 인공이냐 그것이 문제겠지만. '건처재사우(建妻財事友)'라는 말이 있다. 건강이 가장 먼저 나와 있다. 어느 코미디언은 '누죽걸산(누우면 죽고 걸으면 산다)'이라 했는데 딱 맞는 말이다. 내가 살아 있는지는 나의 그림자를 보면 알 수 있다. 그림자는 누우면 사라지고, 걸으면 살아난다. '나대는 그림자는 밝아지고 싸대는 그림자는 오래 간다.'고 하는데 맞는 말인지는 모르겠다.

백점은 받겠는데 만점은 받기가 쉽지 않다. 차이가 있나 보다. 백 자는 쓰겠는데 만 보 걷기는 쉽지가 않다. 지난 시간을 뒤돌아보면 가장 취약한 부분이다. 지금도 잠자리에 누우면 가장 먼저 떠오르는 머릿속 '화두'가 '일십백천만'이다. 오늘 하루도 제대로 실천했는지?

그날 웃음이 부족했다면 짝꿍의 양해를 얻어 유튜브에서 개그라도 들어야 한다. 이러면 거의 병적인 수준이다.

어느 날 짝꿍이 나를 한번 웃기겠다고 여기저기서 준비를 했는데 막상 웃겨 보려고 하니 생각이 나지 않더란다. 진한 감동이다. 그래서 또 한바탕 웃었다. 오래 살겠다. 일소일소(一笑一少) 일노일노(一怒一老)라 했으니….

내 마음의 큰바위 얼굴

최근 개봉된 영화 〈노량, 죽음의 바다〉를 보았다. 그동안 이순신 장군과 관련된 영화, 〈명량〉과 〈한산〉을 보았는데 이순신의 마지막 전투인 노량해전과 관련된 영화를 본 것이다. 아마도 이순신과 관련된 수많은 영화 중에서 김한민 감독의 이 세 가지 영화가 일반 대중들에게는 가장 잘 알려져 있을 것이다. 영화 얘기를 하려는 것이 아니다. 나에게 이순신은 그 이름만으로도 가슴이 뛰게 하지만 그와 얽힌 나만의 옛 얘기가 있기 때문이다.

"귀관이 가장 존경하는 인물은 누구인가?" 지금부터 50년 전 사관학교 시험 마지막 관문인 면접 때 당시 생도대장이셨던 '故 김복동 장군'께서 나에게 던진 질문이다. 고등학교를 갓 졸업하고 장군 앞에 선 나는 경상도 사투리가 섞인 떨리는 목소리로 "이순신 장군과 우리 아부지입니다."라고 답했다. 그 이유와 이어진 질문에 대해 어떻게 답했는지는 기억이 아득하다. 지금 와서 가만히 생각해 보니 위국헌신(爲國獻身), '군인의 길'을 가야 하는 자에게 이순신 장군만큼

확실한 모범 답안이 또 어디에 있겠는가? 게다가 아버지까지 보탰으니 한 방에 '충(忠)'과 '효(孝)'라는 두 마리의 토끼를 잡은 셈이었다.

35년간의 군 생활을 마치고 거제에 있는 삼성중공업에 근무하며 남해안 일대를 여행하다 보니 이순신 장군의 숨결이 닿지 않은 곳, 싸우지 않은 곳이 없었다. 문득 이순신 장군을 존경한다는 내가 과연 이분에 대해 얼마나 깊이, 얼마나 많이 아는지 자문해 보니 얼굴이 화끈 달아올랐다. 교과서에도 나오는 단편적 지식, 누구나 아는 그 이상도, 그 이하도 아니었다.

그날 이후 5년 동안의 직장 생활을 하며 특별한 약속이 없는 날이면 가족과 함께 충무공 전적지를 둘러보는 게 버릇이 되었다. 매년 통영시 '이순신 공원' 일대에서 개최되는 '한산대첩 재현 행사'에도 참석하였고, 명량 울돌목에 들러서는 소용돌이치는 물살에 현기증이 일기도 하였다. 남해의 노량해전 지역인 관음포에서는 '전방급신물언아사(戰方急 愼勿言我死, 싸움이 급하니 내가 죽었다는 말을 하지 마라)'라는 비석을 바라보며 긴박했던 그날의 상황에 몸서리가 치기도 하였다. 난중일기도 읽고 관련 책과 논문들도 찾아보았다. 그리고 전적지에 있는 각종 자료들을 사진으로 남기며 언젠가 이게 나의 연구자료, 보물이 될 것이라는 생각도 했다.

내가 존경하는 '우리 아버지'는 어떤 사람인가? 사실 아버지란 이름은 남자의 인생에서 중요한 의미를 지닌다. 태어나서는 소중한 아들로, 결혼해서는 한 여자의 남편으로, 그리고 자식이 생기면 가족을 책임지는 아버지라는 이름으로 1인 3역의 길을 살아가야 하기 때문이다. 같은 부모이지만 아버지와 어머니에게서 느끼는 감정은 묘한 차이가 있는 것 같다. 어머니는 부드러우며 작고 소소한 일까지도 챙기는 다정다감한 분이지만, 아버지는 말도 적고 무게가 있으며 묵묵히 가정을 지키는 든든한 버팀목과 같은 존재이다. 우리 아버지가 딱 그랬다.

가난한 집안에 태어나 평생을 농부로 살아오신 분이시고, 초등학교 학력이 전부다. 그래서 배우지 못한 아쉬움을 자식들에게는 물려주지 않으려고 부단히도 노력하셨다. 이러한 아버지의 지극정성으로 나는 비록 시골 학교이지만 중학교에 수석 입학하는 영예를 안았고, 그 기쁨에 아버지는 없는 살림에 돼지를 잡아 동네잔치를 벌이셨다. 하지만 노랫말 가사처럼 '황소처럼 일만 하여도 살림살이는 마냥 그 자리'였고, 나는 고등학교까지 시골에서 다녀야 했다.

'개천에서 용 난다'고 했던가? 시골에서 몇 년에 걸쳐 사관학교에 겨우 한 명이 들어갈까 말까 하던 시절에 나는 당당히 육사에 합격했고 아버지는 두 번째로 돼지를 잡아야 했다. 그다음부터 움츠려 있던 아버지 어깨에는 힘이 들어갔고, 그 힘든 농사일도 탁배기 한 잔 걸치시고 흥얼거리면서 견뎌 낼 수 있었다고 한다. 칠순 잔치도 못하시고 일찍 우리 곁을 떠나신 아버지를 생각할 때면 지금도 가슴이 먹먹해지고, 사무치는 그리움에 남몰래 눈물을 훔친다.

35년간의 군 생활을 마칠 무렵, 100세 시대를 맞아 인생 2막을 어떻게 살아갈 것인지 고민했다. '송충이는 솔잎을 먹고 자란다.'고 했던가? 때마침 알게 된 충남대 군사학 박사과정에 입학하였고, 그곳에서 만난 분이 바로 풍석 이종학 교수님이시다. 80대의 노(老) 교수님은 50대의 제자에게 너는 한창 때라며 늘 응원과 격려를 아끼지 않으셨다.

자연스레 나의 롤 모델이 되신 교수님의 호는 풍석(風石)이시다. '비록 큰 바위는 되지 못할지언정 바람에 흔들리지 않는 돌이 되겠다.'는 뜻으로 지어셨다고 한다. 그런 교수님께서 나에게 호를 지어 주셨다. "이 박사는 노자에 나오는 상선약수(上善若水)도 좋아하고, 손자병법에 수무상형(水無常形), 병형상수(兵形象水)라는 말도 있으니 군사학도(軍事學徒)에 맞게 상수(常水)라는 호가 좋겠다."면서 '늘 흐르는 물과 같다'는 뜻의 호를 지어 주신 것이다. 나에게 주신 크나큰 선물이 아닐 수 없다. 교수님께서는 평생 49권의 책과 84편의 논문을 저술하시고 2년 전 하늘나라의 별이 되셨다. 별이 빛나는 날이면 빙그레 미소 짓던 교수님이 보고파진다.

며칠 전 동네 도서관에서 우연히 미국의 소설가 나다니엘 호손(Nathaniel Hawthorne)이 쓴 단편소설, 「큰바위 얼굴(The Great Stone Face)」이란 책을 보았다. 기억을 되살려 보니 중학교 교과서에도 실렸던 것 같다. 한 해를 시작하는 지금 생각해 보니 이순신 장군과 우리 아버지 그리고 풍석 이종학 교수님, 이 세 분은 나의 롤 모델이자 큰바위 얼굴이었다. 칠순을 바라보는 지금, 소설의 주인공 어니스트처럼 돈과 명예, 권력을 모두 다 훌훌 떨쳐 버리고, 정직하고 자연에 순화하면서 참된 마음으로 살아가기를 간절히 기도한다.

담고 싶은 글들이 많이 있었으나 지면 사정상 그러지 못했다. 특히 가족 또는 친구들과 해외여행을 하며 남겼던 소중한 기록들은 다음 기회를 엿보며 모두 제외했다.

나는 그동안 살아오면서 정말 좋은 분들을 많이 만났다. 누군가 세상을 슬기롭게 살아가는 방법 중의 하나는 지혜롭고 멋진 사람을 만나 그에게 묻어가고, 붙어가는 것이라고 했는데, 나는 업혀가는 행운을 누리고 있다.

이 책이 나오기까지 정말 많은 분들의 도움이 있었다. 인산 작가와 인산편지 아카데미 가족들, 사관학교 선후배 및 동기생들, 고향 및 학교 친구들, 군에서 생사고락을 같이한 전우들 그리고 사랑하는 가족들에게 감사드린다. 특별히 글마당을 펼쳐 주신 '연인'의 신현운 대표님과 늘 나의 글을 읽고 오탈자까지 세심하게 교정해 주신 이죽희 교수님께도 고마운 마음을 전한다. 이외에도 일일이 이름을 밝히지는 못하지만 격려와 응원을 아끼지 않으신 모든 분들과 출판의 이 기쁨을 함께 나누고 싶다.

지난 2024년은 나에게 특별한 해였다. 그해 봄에는 내가, 가을에는 짝꿍이 종합문예교양지 '연인'의 신인문학상을 받으며 수필작가로 나란히 등단을 했기 때문이다. 우리나라에 부부작가가 과연 몇 명이나 될까? 결코 흔한 일은 아닐 것이다. 이를 기념하기 위해 아들이 멋진 만년필을, 딸이 예쁜 필통을 하나씩 사 주었다. 앞으로 좋은 글을 많이 쓰라는 의미이리라. 이제 또 다른 하나의 목표가 생겼다. 언제가 될지는 모르겠지만 우리 부부가 함께 '공동 수필집'을 내는 것, 참 재미있을 것 같다.

「전쟁의 신」이라는 책에 '나무계단과 나무부처' 얘기가 나온다. 네 귀퉁이에 단 몇 번의 칼만 맞은 나무는 계단이 되었고, 칼과 정을 수도 없이 많이 맞은 나무는 부처로 탄생했다. 그래서 하나는 사람들에게 밟혀 지내고 있고, 다른 하나는 많은 사람들로부터 절을 받으며 지내고 있다.

글을 마무리하면서 좀 더 다듬어지지 않았음이 못내 아쉽고 미흡하다는 점을 솔직하게 고백한다. 그러나 2% 부족한 것이 되레 호감을 가질 수도 있지 않을까? 너무 맑은 물엔 고기가 없다고 했으니까 말이다. 그래서 부족하지만 만족하기로 했다. 뭔가 부족하다고 생각한 때가 바로 지옥이고, 이만하면 되었다고 만족한 순간 천국이 펼쳐진다고 했다. 그래서 지옥에서 천국으로 갈아타기로 했다. 2%쯤 부족한 것이 좋다. 약간의 숨 쉴 만한 공간이 필요한 것이다. 나의 그 부족함은 독자 여러분들께서 채워 줄 것이라 믿는다.

2025년 봄날, 건달 이원희